李金善　周小艳　主编

诗性与文情

社会科学文献出版社
SOCIAL SCIENCES ACADEMIC PRESS (CHINA)

序

李金善

今将詹福瑞先生新近出版的三部书《诗仙·酒神·孤独旅人：李白诗文中的生命意识》（以下简称《李白诗文中的生命意识》）、《小言詹詹》、《四季潦草》研讨会的文章，近40篇，结集成册，书名《诗性与文情》，准备出版。詹老师嘱我作序，我也就作为本书的第一个读者，借此机会说说阅读此本书的感受，不妥之处请批评指正！

詹老师虽然于2003年离开河北大学到国家图书馆工作，但从本科起即就读于河北大学中文系，硕士、博士皆问学于詹锳先生，在河北大学工作了28年，骨子里已经深深地烙上了河北大学的印记。心系河大，情系学术。他和刘崇德老师一道，沿着顾随先生、詹锳先生指引的方向，带领着学科的建设和发展。在国家图书馆及以后繁忙工作的日子里，詹老师一次次的回首眷顾，都使学科的老师们感到温暖，更增加了前行的动力。这次三部新书研讨会在河北大学召开，给大家一个交流、切磋的机会，是对河北大学古代文学学科的又一次鼓励。

《李白诗文中的生命意识》是学术专著，《小言詹詹》是学术随笔，《四季潦草》是诗集。研讨会上，30多位作者就三部新书的学术价值和文化意义进行了深入讨论，仁者见仁、智者见智，从不同的角度发表自己独到的见解。我读了之后，对于深入理解这三部书的内容很有启发。

在《李白诗文中的生命意识》的讨论中，大家普遍认为定名为"意识"而非"观念"是很准确的，因为李白没有对生命观念的直接表述。生命意识是对生命的一种体验和感悟，感性多于理性，是"感性中蕴含着理性，诗性中流露出思想"。这部学术著作的学术价值和创新意义表现在以下几个方面。

首先，用生命意识系统观照李白诗文。詹老师为我们提供了李白诗歌研究的新天地。陈玉强说："詹先生将中外生命哲学的要义融入对李白的阐释，使此书具有明显的生命诗学视野……通过研究李白诗文中的生命意识，为学界建构了生命诗学视野下中国古代经典阐释的新路径。"并指出，詹老师的著作从哲学、历史诸层面，建构了生命诗学的四个维度：哲学之维、历史之维、审美之维、现代之维，这是《李白诗文中的生命意识》的重要学术贡献。

其次，文本细读剖析李白内心。"给读者呈现了一个有温度的李白，同时也让人真切感受到了来自作者的情怀与温度。"胡政拈出"冷笔""热笔"的概念进行分析，颇有启发意义，"书中主体部分论述严谨有法，偏于客观理性，结论公允持正，是为'冷笔'；同时书中对李白及其诗文的解读又多为通达人情之论，尤其是对李白作为凡夫俗子的一面予以充分的人性化的理解，冷静的叙述下掩藏不住作者对李白的共情欣赏与敬仰爱慕，因此书中亦富有温情、热情和人文情怀，是为隐藏于'冷笔'下的'热笔'。尤其是读至'后记'部分，方知该书的字里行间，更蕴积着作者炽热深沉的情感情怀与多年积累的生命感悟"。

再次，将理论探索与文献研究密切结合。葛景春说，这部书"是对李白研究的新贡献，展示了李白研究和中国古代文学研究的新面貌，带出了理论研究的新风气，也预示了古代文学在文献整理的基础上，运用新视角和新理论研究出现的新格局"。据林大志统计，"书中仅对西方哲学典籍的引用就有40余种，本土文艺理论著作的数量更多"。

最后，该书结构严整而独特。张佩说："这部书是以生命观为线索，以探讨生命价值贯穿终始的'李白诗传'，结构设置严谨而特别。八章排布，按照'前世—今生—未来'的轨迹，……整体由具体至抽象，由诗文入哲思，从往昔到如今，似画兰草，一笔撇掠过，焦浓重淡清。"论析得比较深入。对于李白身上凝聚的四组矛盾，张佩认为"快乐"是矛盾交汇处的点，是化解矛盾的一把金钥匙。

从整体来看，王红霞从三个方面归纳《李白诗文中的生命意识》

的价值：（一）半世之书：通俗不失深邃；（二）生命诗学：新变寓于传统；（三）李白归来：天才亦是凡人。这是比较允当而有启发意义的论断。杜志勇、商静怡对该书的论析也很值得阅读。

詹老师在本书的后记中说，"从不惑到耳顺之年，一部书竟然写了半世"，可见詹老师对李白诗文的生命意识的研究由来已久。几十年的思考，几十年的体悟，水到渠成地形成了这本严整的学术著作。对李白诗文生命意识的研究，其实是作者对自己生命历程思考的升华！唐萌说："读这本书也许就是读作者其人：客观、严谨、理性、精审以及超人的理论思辨力，读之令人畅快淋漓。而在这之外，依然不改的是作者开合自如的才与情，情浓时似奔马，辞丽时如花发，词韵俱佳。"共情，需要有相似的情感体验；对话，需要投机，"酒逢知己千杯少，话不投机半句多"。因为共情，所以才有了作者与李白跨越时空的对话。张瑞君说："跨越时空的对话是本书最显著的特色。……与纯粹的古代文学研究者不同，他更多的是带着自己对生命意识思索的快乐与痛苦跨越时空与诗仙李白对话，于是在一千多年前的唐代找到了知音。"詹老师通过对李白诗文生命意识的研究告诉我们，职位高低、财富多少，都是次要的，唯有"人格之尊严、心灵之自由"的价值信念，不可辜负。这是詹老师李白诗文生命意识研究的结论，也是詹老师生命经历的深切体会。他是这么说的，一直也是这样做的。

《小言詹詹》一书收录的均为学术短文，詹老师自己说"小言詹詹者，边边角角、零言碎语也"，不过是"一曲之见""得一察焉""启予者文"。孙光说："此'小言'却非'零言碎语'，而是如零珠碎玉，小而耀目，折射出先生深邃的思想、渊博的学识和真挚的情怀。"于景祥等也说："从篇幅上看虽然都是短小之文，但是读后感受颇深。小文章见大视野，……在时间维度上沟通古今，视角宏大广阔。……以少总多……小文章中具有特别丰富的内涵，容量极大。"确实如此，我也有同样的体会。其实，不只是《小言詹詹》，将詹老师所有的著作、论文和诗文创作阅读一遍，必定有所收获，必定深受启发。

詹老师是诗人，但从来不是书生。他自1994年始历任河北大学中文系副主任、主任，学校副校长，学校党委书记；国家图书馆馆长、党委书记，前后20多年的时间里做行政管理工作，其他社会兼职还有很多，对当代社会有深度的接触和参与。对社会的了解比较深入，这是他区别于大多数职业学院派学者的特点。郗文倩认为："詹师手里拿着望远镜，向前看，也向后看，以一种积极且冷静的姿态投身到学术发展中，显示出当代学者的自觉和宏阔视野。"任文京等认为："詹福瑞先生眼冷心热，眼冷才能批判假丑恶，心热才会关注现实，悲天悯人。之所以如此，是因为他有浓烈的人文情怀和深沉的家国情怀，是因为他有高远澄明的境界和宽宏博大的气度。"查洪德说："他研究的是古代，审视的是当下。他希望用古人高尚的灵魂，塑造当今士人的灵魂，涤除污垢，清新士风。"

詹老师从19岁时就在《承德群众报》发表《迎春花》《赤脚医生赞》等诗歌，20岁时自己创办文学刊物《幼苗》，几十年来笔耕不辍，陆续有诗歌、散文作品发表，2011年出版了诗集《岁月深处》，2017年出版了散文集《俯仰流年》，2021年又出版了诗集《四季潦草》，创作势头强劲。詹老师学者、诗人、官员的身份都各有原则和定位，从社会角色理论的角度分析，三种身份在詹老师身上并不相互干扰，反倒相互支持。他的学术论著都饱含温度，他的诗歌创作炽烈的热情中有理性的判断和思考。雷武铃是学者也是诗人，他从诗人的角度评论《四季潦草》："它即时即兴，与天地自然会通，对外部世界眼前之景的观看和对内心世界萦绕不停的感受的沉思相互交织；它对这世界既有历尽沧桑之后通透的理解，心无挂碍的超脱与自由，又有仁爱天性和道德关怀的情不自禁的牵挂。"赵树功说："作为一个天赋诗才的文人，兼以多年学问磨砺、人生阅历，先生具有敏锐的现实洞悉能力，也颇具文学家审视人的犀利眼光甚至穿透力，但詹先生为人真诚、善良，凡所洞悉的很少说破，凡其透视的又不忍多看，于是情意之间总是保留着温柔敦厚的张力，兴怀抑扬之际又尽呈不忍、不舍。""所谓的'潦草'并非心灰意冷者的自暴自弃，也非无所寄托者得过且过的敷衍，更非看透红尘伤透心的纵恣疏狂，乃是君子的伤神、诗人的自嘲。"两位学者的解读深入而细致。吴蔚则反复提醒我们："不要误解了他对生活印象潦草的话语，不要以为他缺乏对生活的热爱，其实他是不爱与自然分离的生活，不爱不真实的生活。"

讨论《四季潦草》的几篇文章都有相当的深度，也都给予我们深刻的启发，对阅读这些诗作很有帮助。当然，对每首诗深入透彻的理解还需要我们个体的体悟，既需要人生的阅历，也需要我们的悟性。在生命的旅程中，随着时间的推移，我们对这些诗作的理解会越来越深刻，越来越接近作者给我们创造的境界。

读了詹老师的这三部新书，从中学习什么？查洪德说得明白："就是要像詹老师那样，执着求真，做真人，真学者。有老师的榜样，有老师在前，我们就明白，什么是可以放弃的，什么是必须终生坚守、始终不移的。不管在什么情况下，不管面对什么样的纷乱与嘈杂，都不会迷失自我。"跟随詹老师探究生命的价值，追寻学术研究的意义，拥抱诗意的生活，穷达不失人格尊严，保持心灵之自由，有此人生，亦复何求！

目　录

对文学心志不移的学者
　　——詹福瑞先生的中国古代文学研究 …… 任文京　查洪德／1
真人真学者
　　——詹福瑞先生的风范气象 ………………………… 查洪德／29
学者的才情
　　——詹福瑞先生诗歌读后 …………………………… 赵树功／32
学者的学术与"述学" ………………………………… 郝文倩／37

新视角　新发现　新格局 …………………………… 葛景春／41
与李白，做一场跨越时空的对话 …………………… 张瑞君／45
追问生命的意义和价值 ……………………………… 李金善／49
生命意识的存在与永恒 ……………………………… 林大志／55
AI时代，中国古代文学研究将何去何从 …………… 张金明／60
感知生命　塑造生命 ………………………………… 查洪德／67
寻找"失去"的李白 …………………………………… 刘　静／69
知人论世，度情度类 ………………………………… 金景芝／75
"冷笔"与"热笔"
　　——一部有温度的李白研究力作 ………………… 胡　政／83
不曾失落的独行灵魂 ………………………………… 张志勇／90
逝川流光，李白"归来"
　　——生命是一切学问之本根 ……………………… 张　佩／99
视野宏阔，追根溯源 ………………………… 杜志勇　商静怡／104

探寻人生，无问西东 …………………………………… 杨冬晓 / 108
生命诗学视野下的李白研究 ………………………… 陈玉强 / 115
兴酣落笔摇五岳 ……………………………………… 王红霞 / 123
诗仙李白是位孤独旅人 …………………… 贾 飞 范森屿 / 128
生命的觉醒在共情 …………………………………… 唐 萌 / 133
李白生命意识鉴赏中二律背反问题的设置与解决 … 刘振英 / 138
生命是一切学问的本根 ……………………………… 南江涛 / 157
谪仙人李白的世俗面 ………………………………… 赵乾坤 / 162
从生命意识视角研究文学创作者及其作品的探索 … 李英英 / 165
学者之思 诗人之情 …………………………………… 李晓宇 / 171

"小言"中的深沉情怀 ………………………………… 张 蕾 / 180
从《不求甚解》到《小言詹詹》 …………………… 任 慧 / 183
思想、学识、情怀 …………………………………… 孙 光 / 191
小文章见大视野 …………………………… 于景祥 宋艳欣 / 196
面对学术的时间意识 ………………………………… 陈玉强 / 199
从"小言詹詹"看"大言炎炎" ……………………… 李英英 / 205
解读《小言詹詹》的五重维度 ……………………… 李晓宇 / 211

詹福瑞《四季潦草》的美学价值 …………………… 张瑞君 / 217
非陈诗无以慰心，非真诚无以成诗 ………………… 王福栋 / 226
经历·感受·淬炼 …………………………………… 张志勇 / 234
随时间而来的智慧 …………………………………… 雷武铃 / 241
探寻《四季潦草》的生命意识 ……………………… 吴 蔚 / 247

对文学心志不移的学者

——詹福瑞先生的中国古代文学研究

任文京　河北大学；查洪德　南开大学

詹福瑞先生多年从事古代文学研究，主要研究方向为汉魏六朝至唐宋文学。主要著作有：《中古文学理论范畴》《南朝诗歌思潮》《汉魏六朝文学论集》《不求甚解——读民国古代文学研究十八篇》《论经典》《自然　生命与文学》《文质彬彬——序跋与短论集》等，合著《李白全集校注汇释集评》《李白诗全译》等，著有诗歌集《岁月深处》《四季潦草》，散文集《俯仰流年》。在《文学评论》《文艺研究》《文学遗产》等刊物发表论文近百篇。《中古文学理论范畴》获第十一届中国图书奖、河北省社会科学成果一等奖、河北省第四届精神产品精品特别奖、河北省优秀图书荣誉奖。合著《李白全集校注汇释集评》获第七届国家图书奖、教育部第二届优秀社会科学成果二等奖。詹福瑞先生在四十年的教学与研究生涯中，在多个领域取得了令人瞩目的成就，其中尤以文学思潮和文学思想研究、文献整理和基于现实关怀的学术思考最为突出。文学思潮和文学思想研究，鲜明地体现了詹福瑞先生独特的学术建树；文献整理则在文献搜集整理的全面性、准确性和理论研究的创新性上都取得了突破；基于现实的学术思考是詹福瑞先生学术精神的集中体现，是他学术追求的归结。他以先贤和前辈学术大师为典范，重建士人品格，关注社会现实和世道人心，用古代文学中体现的优秀精神浸润世人心灵，体现了他作为一个学者的崇高情怀和学术勇气。四十年来，詹福瑞先生有多种社会身份，但无论境遇如何，他坚守的学者身份始终未变。

一　汉魏六朝文学研究

　　詹福瑞先生对汉魏六朝文学的研究始于20世纪80年代末,他发表了数篇研究论文,对晋宋之际的山水诗、宫体诗派的形成和发展、汉大赋的内在矛盾进行探讨。在《论晋宋之际山水诗潮兴起的内因外缘》一文中,他指出晋宋山水诗的母体是玄言诗。山水诗潮的文化性质,是士族文化的组成部分,是晋宋士族特定的政治和经济地位、特定的生活作风和社会心态以及思想文化的反映。在《宫体诗派的形成及发展过程》一文中,他细致考察了宫体诗派发生、发展的演进过程,认为宫体诗派形成和发展可分为三个时期:天监十二年至普通五年为初具规模时期,中大通三年至大同年间为鼎盛时期,太清至大宝前后为解体期。论文材料丰赡,说服力强,将宫体诗的研究向前推进了一步。在《汉大赋的内在矛盾与文士的尴尬》一文中,他从汉代文士地位与心态这一角度切入,指出汉代体物大赋颂美与讽谏的冲突,使其成为文学史上最为显著的不和谐文体。颂美与讽谏的矛盾,取决于文士作为侍从之臣的尴尬角色;而文义与文辞的矛盾则是文士与文章双重自觉之初的产物。

　　詹福瑞先生研究汉魏六朝文学的代表性成果,是他在1995年完成的博士学位论文《南朝诗歌思潮》。在这部著作中,他运用宏观和微观相结合的研究方法,依据大量的南朝历史资料,对南朝诗人及其诗歌进行了深入细致的分析,一改过去提到南朝诗歌思潮就是形式主义的传统观念,对南朝诗歌进行了重新评价。詹福瑞先生最初计划写一部魏晋南北朝文学思想史,他喜欢魏晋文学,这一时期士人独卓的个性和超越世俗的生活,曾对他的心灵产生过震撼,由人而及文,引发他对魏晋士人作品的关注,而对南朝文学,则是由文及人,是南朝标新立异的文学现象引起的浓厚兴趣。但当时他正跟着詹锳先生作《李白全集校注汇释集评》,精力有限,遂决定缩小范围,集中在南朝诗歌思潮方面。詹福瑞先生认为,南朝诗歌在中国诗歌发展史上占有重要的地位，这一时期诗歌思想活跃，理论发达，流派纷呈，创作标新立异。对南朝诗坛，自唐代以来评价一直就不高。20世纪80年代，学界虽然对南朝诗歌开始重新评价，但深入并全面研究的并不多，这还是一块待开垦的荒地。《南朝诗歌思潮》的出版，打破了南朝诗歌研究的沉寂局面，该书受到学者的一致好评。在这部著作中，詹福瑞先生明确提出南朝诗歌存在着刘宋元嘉诗歌思潮、南齐永明诗歌思潮和梁陈诗歌思潮。他认为，诗歌思潮是文学思潮的分支，是文学思想的组成部分。南朝的每一次思潮，都有其产生的背景和发展过程，比如元嘉诗歌思潮。两晋时期，玄言诗统治诗坛达百年之久。到东晋义熙年间，情况发生了变化，山水诗逐渐多了起来，但尚未形成规模。到了元嘉前期，情势突变，山水理论、山水诗、山水画一时俱兴，风靡文坛。玄言诗因之退出诗坛，逐渐销声匿迹。宗炳的绘画理论和谢灵运的诗歌思想，与苞玄理于山水的创作倾向相互呼应，穷形尽态的形似之风随之兴起。晋宋士族比较稳固的社会地位，以及在此社会基础上形成的尚玄学风和士人体任逍遥的思想，是山水诗形成的社会原因和思想原因。但是，元嘉山水之变，主要来自诗歌发展的内部原因，"以行媚道"的山水诗合乎创作规律，最终取代违背创作规律的玄言诗。就元嘉山水诗而言，那种社会变革带来文学思想变革的观点，不一定适用。

  詹福瑞先生认为，促成永明诗歌思潮的第一因素是社会原因。南朝是门阀士族政治的时代，士族阶层在南朝社会占有极其重要的地位。萧齐时期，士族政治已经没落，士族的实权已经旁落于寒门庶族。士族文人的生活理想变得细琐平庸，他们醉心于竞隶事，比博学，研声韵。加之盛行于士人中的佛教思想影响，在诗坛上遂形成了崇尚"圆转流美"的诗歌思潮。沈约的"三易"说、"四声八病"说便是这种思潮的产物。当然，永明诗歌思潮的形成，也有文学发展的内在原因。魏晋南北朝是文学的自觉时期，文学的自觉首先表现为文学特征的自觉、文体特征和艺术形式的自觉。自五言诗和七言诗至汉末魏初逐渐成熟之后，诗人就开始有意识地探索诗歌形式问题。从建安到永明，积三百年的创作实践和理论探索，诗的声律问题、使事问题，终于上升为自觉的理论阐述。

　　永明诗歌思潮之后，梁代诗坛的文学思想呈现出多元发展的态势。以裴子野为代表的复古思想，以萧统、刘勰为代表的通变思想，以萧纲为代表的趋新派思想，相继流行文坛。复古思想和通变思想主要流行于梁代中前期，虽有一定影响，但没有形成创作潮流。而趋新派思想却在扫清复古文学思想和通变文学思想之后，确立了它在诗坛的一统地位。萧纲的新变思想和"放荡理论"，成为宫体诗人的创作纲领，在相当长的一个时期内形成了"朝野纷纷"竞习宫体的局面。

　　詹福瑞先生指出，就文化性质而言，元嘉思潮和永明思潮属于士族文化，不仅两次思潮以士族的政治、经济、文化为背景，而且思潮中的领袖人物和代表诗人，也多出自士族文人。虽然鲍照出自寒门，但他的思想也受到士族思想的影响。如鲍照的山水诗，主要是接受了士族的山水意识和审美趣味。在南朝的三次思潮中，只有梁陈诗歌思潮属于皇族文化。梁陈两朝皇帝发迹前的军伍下层文化，是梁陈诗歌思潮的文化基础，同时也受了新兴的市民文化的影响。因此，梁陈诗歌思想和诗歌创作潮流，明显带有军伍文化追求感官刺激的特点，而醉心于以观赏玩味的态度去描绘女性，也就成为宫体诗的主要特征。

　　对于詹福瑞先生的这部《南朝诗歌思潮》，詹锳先生给予充分肯定和高度评价："作者从政局的变化，士人心态的变化和社会思潮诸方面，探讨诗歌思潮的演变，在对诗歌思潮的把握与论证上，都比以往的文学史和文学批评史的有关论述更为全面、更为深刻，是这一研究领域的一次重要突破。关于南朝诗歌的研究，近年来已有不少论著，要在已有的基础上提出新见解，确实相当困难。本书的特点在于从理论的深度上着力，提出不少为前人所忽略的见解，或更加细致地阐发已有的成说，如提出元嘉山水诗人的生新幽奇的审美取向，以纠正对谢灵运山水诗艺术风格的片面理解；从永明时期士族文人的心态及生活理想的变化，揭示这一时期诗歌思潮追求新变的具体内涵；从梁陈时期的文化背景，即以军伍文化为主体，同时融入市民文化，剖析宫体诗兴起的社会历史原因，又对宫体诗人的审美风尚作了细致的分析，从而对于风行梁陈直至初唐仍有影响的这一特殊诗风,作了合于历史实际的评价。"① 傅璇琮先生作为论文的同行评议专家,对论文也给予了充分的肯定,认为这篇论文是一部颇具开创性的学术论著。詹锳先生和傅璇琮先生都是古代文学研究的杰出学者,这样评价一篇博士论文,反映出詹福瑞先生的学术研究已经达到了一定的高度。而取得这样的成就,背后付出的艰辛可想而知。据詹福瑞先生回忆,那时的读书真是投入全部精力,詹锳先生每天都要检查他们的学习,从版本、目录、训诂,到魏晋南北朝诗文,手把手地教他们,还推行了满负荷工作法。凌寒溽暑弗倦,积久必能淹贯。这一时期是他宝贵的人生经历,也是珍贵的学术经历,为他日后从事学术研究打下了坚实的基础。

对古代诗歌的深入研究,还得益于他有一颗纯真的诗心。在从事学术研究之前,詹福瑞先生是一个诗人,曾发表许多优秀诗歌。诗人的激情灵动和学者的严谨深邃结合,使他对诗歌有了特殊的感受,目光留驻于诗篇,思维却跨越时空回到历史,在诗歌的细微之处嗅出历史的生活气息,真切地体会到古代诗人所思所感,因而才能准确把握诗歌的真谛。理论研究者同样需要具有诗人的气质和艺术家的灵性。陈寅恪说:"凡著中国古代哲学史者,其对于古人之学说,应具了解之同情,方可下笔。盖古人著书立说,皆有所为而发。故其所处之环境,所受之背景,非完全明了,则其学说不易评论,而古代哲学家去今数千年,其时代之真相,极难推知。吾人今日可依据之材料,仅为当时所遗存最小之一部,欲借此残余断片,以窥测其全部结构,必须备艺术家欣赏古代绘画雕刻之眼光及精神,然后古人立说之用意与对象,始可以真了解。所谓真了解者,必神游冥想,与立说之古人,处于同一境界,而对于其持论所以不得不如是之苦心孤诣,表一种之同情,始能批评其学说之是非得失,而无隔阂肤廓之论。"② 陈氏之论述,对于研究古代诗歌同样适用。研究南朝文学,使用的是科学的方法,解

---

① 詹福瑞:《南朝诗歌思潮》,河北大学出版社,2005,詹锳序第1~2页。
② 陈寅恪:《金明馆丛稿二编》,生活·读书·新知三联书店,2001,第279页。

读诗歌，则需要回到历史场景，走进诗人的心灵世界。詹锳先生称其"运用的有历史的研究方式和微观研究方法，还有逻辑的研究方式和宏观研究方法"，"一方面利用南朝的历史资料，一方面又对南朝主要作家的诗歌作了大量的细致分析"，[①]其实也是在肯定詹福瑞先生的南朝诗歌研究达到了陈寅恪所言与古人"处于同一境界"，"而无隔阂肤廓之论"。

二　中古文学理论研究

在研究南朝诗歌的基础上，詹福瑞先生又把研究目光转向中古文学理论。文学研究和文学理论研究是不可分的，专执一方，很难将研究做深做透。詹福瑞先生上大学时就对文艺理论产生了兴趣，后来跟随詹锳先生学习，受到很大教益。詹锳先生研究《文心雕龙》造诣颇深，先生一篇篇地讲，他就一篇篇整理笔记，一篇篇背诵，终于感觉到走进了这座精深的理论殿堂。詹福瑞先生毕业留校任教，讲授过中国文学批评史，也专心研究过中古诗文，横观纵览，对中古文学理论有了独到的见解。1997年出版的《中古文学理论范畴》，就是这一时期研究中古文学理论的代表性著作。此书于1998年获得第十一届中国图书奖、河北省社会科学成果一等奖。

在这部著作中，詹福瑞先生从文德、文术、文体、文变四个方面论述文学的本质与特征、文学创作、文学风格和文学发展，把范畴与文学思潮、文学现象结合起来研究，别开生面。范畴本是哲学名词，指的是反映客观事物的本质联系的思维方式，是人的思维对事物的本质特性方面的概括或反映。所谓文学理论范畴，就是作家、批评家对文学的本质、特性以及文学内在关系的概括和反映。中古文学理论，经历了由初步形成到成熟、发展乃至繁荣的过程。两汉时期，文学理论由非自觉转为自觉。魏晋南北朝时期被称为文学批评的黄金时代，文学理论达到中国古代文学理论史上的鼎盛期。这一时期，中国古代

---

① 詹福瑞：《南朝诗歌思潮》，河北大学出版社，2005，詹锳序第1页。

文学理论在其快速发展的进程中，形成或创造了相当数量的概念、范畴，如言志、缘情、文章、神思、比兴、体性、风骨、隐秀、通变等等，几乎涉及了文学的本质和特性、文学创作、形式技法、风格、文学发展等各个方面。

詹福瑞先生认为，综观中古文学理论范畴的发展，大致可以分为三个阶段。两汉时期为第一阶段。这一阶段文学理论仍集中于对文学性质的探讨。批评家热衷于从文学的社会作用、功能和价值来认识文学的性质。"诗言志"仍是汉代不断修补和完善的主要理论范畴。魏晋时期是第二阶段。这是文学完全自觉的阶段。随着文学的转型，作家和批评家对文学的性质有了新的认识，提出了"诗缘情"的文学观念，使之成为与"诗言志"并行的两大诗歌理论系统。齐梁时期为第三阶段。在这一时期，产生了刘勰的《文心雕龙》和钟嵘的《诗品》等重要的文学理论批评著作。尤其是《文心雕龙》，体大思精，具有极强的理论概括性和系统性，是矗立在中国文学史上的一座丰碑。它的出现，把中古文学批评推向了高峰。

中古文学理论范畴的形成，有文学创作和审美观念的影响，那么哲学范畴对中古文学理论范畴的影响有哪些方面呢？这是阅读此书的读者普遍关注的一个问题。詹福瑞先生指出，范畴是理论思维的一种普遍的逻辑形式。任何具体的科学，都要有理论思维，都无法离开范畴。而各种具体科学的范畴，都会受哲学范畴的影响。这是因为哲学范畴相对于具体科学的范畴，外延更为广阔，具有普遍的认识意义。中古文学理论范畴的提出与形成，与中国哲学范畴有着至为密切的影响与被影响的亲缘关系。哲学范畴对中古文学理论范畴的影响，主要表现为两个方面。首先，有些文学理论范畴直接借用了哲学范畴，最有代表性的是曹丕《典论·论文》提出的"文气"说和刘勰《文心雕龙》提出的"通变"说。"气"是中国哲学最具民族特色的理论范畴。它具有外延较广、含义飘忽的特点，不同时代、不同派别对其有不同的解释。然而从先秦到两汉，"气"逐渐演化为世界万物的本原，成为生成宇宙万物的根始，也成为决定人的气质个性的根本。曹丕《典论·论文》就是从这个意义上把"气"引入文论，用来说明创作个性、文学作品风格形成的根本原因的。这是直接引用哲学范畴的名和实来建构文学理论范畴的典型事例。刘勰《文心雕龙》的"通变"论，也是借用了哲学的范畴。与"文气"论不同的是，刘勰借用了哲学概念之名，而后，从更广泛的意义上来借用哲学的常变思想，建立起他的通变理论。"通变"一词见于《周易·系辞》，其本义是通晓变化和因变化而通达。"通变"的内涵主要是"变"，"变"是《周易》的主要思想。刘勰借用来阐述其"文变"思想。然而，《通变》篇并非仅仅谈"变"，全文都贯穿了"因"与"革"，在因承的基础上求变的思想，即所谓的"通变之术"。而这种"因"与"变"的思想，则是从更广泛的范围吸收了哲学"常"与"变"的思想。其次，中古文学理论的一些概念、范畴的提出与建立，并未直接借用哲学的概念，然而，文学理论范畴的内涵却受了哲学思想的影响或启发。陆机《文赋》提出的"心游"和刘勰《文心雕龙》提出的"神思"，是我国最早的艺术想象论。"心游"和"神思"显然不是来自哲学概念。然而陆机"心游"和刘勰"神思"的提出，却明显受了玄学言意之辨的影响。陆机写作《文赋》的目的，是有感于文学创作中"意不称物，文不逮意"的苦闷。因此，他试图研究"心游"的规律，来解决意与物、文与意的矛盾，使构思之意更好地表现外物，文辞完美地表达构思之意。刘勰的《文心雕龙·神思》篇，也是建立在物、意、言三者关系基础之上的。刘勰认为，言决定于意，意决定于思。言辞是表达构思之意的，所以要受构思之意的制约。构思之意又是为了表达思想的，所以思想制约着构思之意。而作家的思想又有一个与外物交互作用的过程，正是外物与思想的交游，形成了艺术想象。由此可见，神思的核心问题，仍是意如何表现物、文如何表达意。

言意之辨是魏晋玄学论题之一。言辞能否充分表达人的意念？詹福瑞先生指出，围绕这个问题，玄学理论分为三派。一派是言不尽意论。这一派主要是接受了《周易》和《庄子》的观点。《周易·系辞上》云："子曰：书不尽言，言不尽意。"《庄子·天道》云："书不过语，语有贵也。语之所贵者意也，意有所随。意之所随者，不可以言传也。"言不尽意论者认为言辞不能达意。这一派理论在魏晋时期最为盛行。第二派是得意忘言论。其观点源头也来自《庄子》。《庄子·外物》云："言者所以在意，得意而忘言。"王弼则进一步发挥了《庄子》的观点，他在《周易略例·明象》中说："夫象者，出意者也。言者，明象者也。尽意莫若象，尽象莫若言。言生于象，故可寻言以观象；象生于意，故可寻象以观意。意以象尽，象以言著。故言者所以明象，得象而忘言；象者所以存意，得意而忘象。"第三派是欧阳建的言尽意论。他认为名与物、言与理不可分割，物因名而定，理因言而畅，因此言必尽意。陆机和刘勰的艺术想象论，明显受了魏晋玄学言意之辨的影响。这种影响不仅在于他们的理论是建立在物、意、文三者关系基础之上的，而且，其理论观点亦折中于尽意与不尽意之间。

詹福瑞先生强调，对文学理论范畴的影响，除了哲学思想，文学创作的实践也是不能忽视的，因为文学创作对文学理论的影响更为直接和具体。他指出，近些年来研究中国古代文学理论，多重视文学理论范畴的哲学渊源，却忽视了文学创作对文学理论范畴的影响。中国古代文学理论的许多问题，多从历史与现实的文学现象中归纳、总结出来，建立在创作实践的基础之上。因此，研究中古文学理论范畴，不能离开文学理论范畴据以产生的创作基础。刘勰在《文心雕龙》中提出了"风骨"和"隐秀"，这两个概念是带有明显的风格指向性的创作原则，涉及形象和风格两个范畴。而"风骨"和"隐秀"，则是建立在两种不同文风的创作基础之上的。从汉魏到齐梁，诗歌基本走的是一条由阳刚之美趋向阴柔之美的发展道路。刘勰在《文心雕龙·时序》中评建安诗歌云："观其时文，雅好慷慨；良由世积乱离，风衰俗怨，并志深而笔长，故梗概而多气也。"《明诗》又云："慷慨以任气，磊落以使才。造怀指事，不求纤密之巧；驱辞逐貌，唯取昭晰之能；此其所同也。"概括刘勰的评论，可以看到建安文学具有这样的特点：思想感情慷慨悲壮，真挚、充实而有力；言辞表达简要朗畅，形象鲜明。这正是刘勰所推崇的清明、朗健的文风，是取法经书才能获得的"情深""风清""事信""义直""体约""文丽"的文风。所以,"风骨"的提出,是建立在两个时期、文风相近的创作基础之上的:一是经书的创作传统,一是刘勰以赞赏笔调所描述的建安文风。

詹福瑞先生在书中指出,自永嘉东渡以后,诗歌的气格开始逐渐下降。到萧齐永明时期,士人崇尚圆美平易,诗风转为平熟秀婉、韵味深长,弥漫文坛的是一股轻柔诗风。刘勰"隐秀"论的提出,即与永明诗风有着内在的联系。"隐秀"的"余味曲包""情在词外"的特点,以及"壮溢目前""卓绝为巧"的特点,都可以从永明诗歌中找到切实的印证。此外,如陆机"诗缘情"的提出,文章"丽"的特征的揭示,"比兴"内涵的演变,都有文学创作实践作为理论的前提和基础。哲学范畴和文学创作对文学理论范畴的影响,不是单向的,而是交叉的、混融的。它们与时代政治、社会思潮、士人生活构成了一个文化场,影响和作用着文学理论。如"风骨"这一概念的提出,既有文学创作的根源,又与玄学的"以少总多"的方法论、魏晋士人尚清简的生活作风有关。因此,考释和阐述中古文学理论范畴,不能仅仅局限于某一个方面,要综合起来考虑。

三 关于李白研究

詹福瑞先生在唐代文学研究方面也取得了卓越成就,其中尤以李白研究最为突出。在其学术研究中,李白一直是他所钟情的。他在读研究生期间,就参与编写了詹锳先生主编的《李白全集校注汇释集评》一书。此书以静嘉堂宋本为底本,以明正德宋咸淳本、元刊萧本、何校陆本等16种刊本并唐、宋、元、明重要总集及选本进行校勘。全书340万字,集校勘、注释、评笺于一书,广泛采纳新的研究成果。参编《李白全集校注汇释集评》,为詹福瑞先生后来研究李白打下了坚实的基础。1997年,詹福瑞先生又和刘崇德、葛景春两位先生出版了《李白诗全译》,全书80万字,每首诗都分"题解""原诗""注释""译文"四部分,其中译文以当代散文语体译出,力求信、达、雅,是这本书的特色部分。是书编著目的，是"介绍李白，普及李白，让李白超越历史的隔膜，走进当代中国人的心灵，跨越民族的鸿沟，成为国外人民的朋友"。在《李白诗全译》前言中，詹福瑞先生指出李白豪放飘逸的艺术风格具体表现在四个方面：气骨高举，情感恢张，想落天外，自然为言。语言简练而又准确地把握了李白诗歌的特征。

2000年，他发表《20世纪李白研究述略》一文，回顾了李白研究的百年历史，肯定了成绩，也对李白研究作了新的展望。詹福瑞先生将20世纪的李白研究分为三期。第一个时期为20世纪初至40年代末，主要集中在三个方面：一是李白诗歌选本的编选，为普及李白诗歌作出了贡献；二是概述性的著作和论文，多就李白的思想与性格、李白的作品进行全面概述，不乏中肯切当之论；三是李白身世的专题研究，为其后的李白研究奠定了坚实的基础。第二个时期为20世纪50年代至70年代初。这一时期在延续50年代以前李白研究的基础上，又有较大变化和发展，主要包括两个方面。第一个方面是李白生平事迹和诗文系年取得了突破性进展，代表性著作为詹锳的《李白诗文系年》。郭沫若《李白与杜甫》成书背景复杂，书中扬李抑杜的倾向有失公允，但此书在研究李白生平事迹方面却获得有重要价值的成果。第二个方面是有关李白思想、性格及艺术成就的研究，以林庚《诗人李白》最有影响。此书关于李白诗歌为大唐盛世之音，代表人民普遍愿望的观点，以及李白的布衣精神的实质，在学术界引起广泛讨论。第三个时期是20世纪70年代末至20世纪末，这一时期，由于学术思想解放，研究队伍不断壮大，成立了中国李白研究会，李白研究呈现空前繁荣的局面，取得了一批高水平的成果。其一，李白全集的整理等基础性研究工作最富有成果。这一时期，相继推出了三部李白全集校注著作。第一部是瞿蜕园、朱金城的《李白集校注》，第二部是安旗主编的《李白全集编年注释》，第三部是詹锳主编的《李白全集校注汇释集评》。作为基础性研究工作，这时期还有两部工具书出版：一是裴斐、刘善良编的《李白资料汇编（金元明清部）》，有很高的参考价值；一是郁贤皓主编的《李白大辞典》，既为读者提供了有关李白的各种基本知识，又反映出学术界已有的研究成果。其二，李白生平事迹的研究取得较大进展，研究的内容涉及李白的出生地与家世行踪，著述较多。其三，关于李白思想、性格及艺术成就的理论研究，视野开阔，获得了许多创造性成果。如裴斐的《李白十论》，立足于分析李白的思想与性格矛盾，力排李白诗歌是盛世之音的观点，提出李白诗歌豪中见悲的观点，在李白思想与性格的研究中独树一帜。其四，普及性著作和作品赏析文章蔚为大观。

回顾李白研究史是为了更清楚地看到李白研究的现状以及未来的研究之路。詹福瑞先生指出，李白研究尚有许多工作要做，待开拓的领域比较广阔。李白身世和生平事迹有许多并无定论，有待新的史料的发现和旧的文献资料的发掘；理论研究也有待拓展与深入；李白研究尚缺少一部带有总结性的著作。

在前些年发表的论文和学术演讲中，詹福瑞先生多次提到李白的布衣精神，他曾说过要写一部专著，专门论述李白的布衣精神。在詹福瑞先生看来，古代的"布衣"并不是一个贬义词，布衣为庶人之服，用来代指无官无禄的平民。古代平民不能衣锦绣，汉代桓宽在《盐铁论》中说："古者庶人耋老而后衣丝，其余则麻枲而已，故命曰布衣。"《荀子》中说："古之贤人，贱为布衣，贫为匹夫。"司马迁《史记》说孔子是"布衣"，孔子自己也说"吾少也贱"。《吕氏春秋》说，"孔墨，布衣之士也"，就是说他们出身贫寒。甚至连皇帝有时也自称布衣，如刘邦说"吾以布衣提三尺剑取天下"。李白在诗文中也自称布衣，如说自己是"陇西布衣，流落楚汉"。玄宗皇帝召见李白，也知道他是布衣，"卿是布衣，名为朕知"。与李白同时的诗人也自称布衣，如杜甫说"杜陵有布衣，老大意转拙"。高适说"白璧皆言赐近臣，布衣不得干明主"。布衣精神强调的是虽然出身贫寒，却胸怀天下，积极进取，以天下为己任，有担当意识，有社会责任感，充满了强烈的自信。即使种种原因导致不能实现人生理想，也要保持自己的节操，所谓"达则兼济天下，穷则独善其身"，说的就是这个意思。李白说"布衣侍丹墀，密勿草丝纶"，"丹徒布衣者，慷慨未可量"，"余亦草间人，颇怀拯物情",强调的都是这一点。晚唐刘驾说"布衣岂常贱,世事车轮转",以及清代屈大均说"从来天下士,只在布衣中",表达的都是这个意思,只不过在李白身上体现得更充分、更强烈。

詹福瑞先生强调,李白在盛唐的布衣里面是一个典型。他有强烈的功名心,希望能有机会大展宏图,实现自己的理想。"申管晏之谈,谋帝王之术,奋其智能,愿为辅弼。使寰区大定,海县清一。"(《代寿山答孟少府移文书》)这就是李白的政治理想,他希望像管仲、晏子一样,做帝王之师,成就大业,把自己的才能充分发挥出来。天宝元年,李白被征召入京,面见玄宗。李白对此次入京充满希望,认为实现理想的机会终于来到了。但是长安三年令李白非常失望,唐玄宗只是把他作为一个文人看待,等到赐金还山之时,他的思想又陷入苦闷。不过,他仍然坚持自己的信念,"长风破浪会有时,直挂云帆济沧海","东山高卧时起来,欲济苍生未应晚",相信机会还会再来,一定会建立功业。李白一生都在追求功名,这种功名思想在他的诗歌里面强烈地表现出一种英雄意识,表现出对英雄的崇拜。这种崇拜表现为三个方面。一是对英雄功业的敬仰。他写姜子牙、张良,这些人都是运筹帷幄之中、决胜千里之外的历史英雄,李白对他们表现出赞叹和景仰。二是对这些英雄才干和人格的崇拜,李白既写他们的功业,也写他们的人格魅力。三是李白对英雄机遇的羡慕。人成功都有机遇,不管有多大才干,把握不住机遇,就无法实现自己的抱负和理想。李白写的历史人物都是布衣,这些人虽然地位卑微,但是一旦机会到来,他们就能抓住机会施展才干,干出一番惊天动地的伟业。实际上,李白对英雄的崇拜更主要的是以英雄自居,对自己充满了高度的自信。李白的功名思想怎么和社会责任感结合起来?功名心和功业思想不等同于社会责任感,因为价值取向同样存在功利思想。而"以天下为己任"的思想是具有社会责任感的,所以有人认为这样的情怀是"公而忘私"的价值观。功利思想和功业心主要是倾向于个人价值的实现,这里面既包含违他性,也包括违己性,所以我们说唐代诗人的功名心和功业思想都带有浓厚的社会使命感和国家荣誉感。

詹福瑞先生认为，布衣之士的这种社会责任感不仅表现为匡扶社稷，还表现为侠义色彩，即解危救难，一诺千金。这也应该是布衣精神里面很重要的一个方面。其中解危救难、一诺千金的思想和墨子的思想有一定的联系。"侠"就是从墨子那里来的。墨子提倡兼爱，主张"有力者疾以助人，有财者勉以分人，有道者劝以教人"。墨子不仅谈理论，也谈实践，主张"言必信，行必果"，这对布衣精神也产生了很重要的影响。当然，救危济困的思想不仅来源于墨家，也来源于儒家，如孟子就主张"救人之难犹救己"，认为"禹思天下有溺者犹己溺之也，稷思天下有饥者犹己饥之也"，主张做事要果断，要救济他们，与墨子一样，都有很强烈的责任心。李白在诗里多次提到的鲁仲连就是这样的人，行走江湖，指点青山，蔑视功利，粪土王侯，路见不平，拔刀相助。当时秦王围攻赵国，危在旦夕，鲁仲连就去见秦国国君，慷慨激昂，申明大义。结果是秦国撤兵，邯郸解围。赵国的平原君要给鲁仲连高官和金钱，鲁仲连一概拒绝，说："所贵于天下之士者，为人排患、解难、解纷乱而无取也。即有取者，是商贾之事，而连不忍为也。"于是与平原君终生不复见。李白在诗歌中对鲁仲连这种布衣之士的侠义思想是非常赞赏的。

布衣精神还有一个很重要的方面就是讲操守，重人格。布衣之士渴望建立功业，甚至也不排除通过建立功业享受荣华富贵，但他们很注重个人的人格，注重个人的情操。布衣之士并不因为出身贫贱就自视低人一等，而是努力实现抱负，绝不出卖人格和情操，"三军可夺帅，匹夫不可夺志"。如果诸侯怠慢我，我绝不轻饶；如果士大夫怠慢我，我就终生不复见。不尊重自己的人格，不符合自己的道德理想，就是给一个官也绝不去做。李白就是这样，这也是李白在长安待了三年最终赐金还山的根本原因。理解了这一点，也就理解了李白内心深处的孤独。他既坚持自己的主张和人格操守，又看不出道路在何方。"行路难，行路难，多歧路，今安在"，"大道如青天，我独不得出"，可见其内心是非常苦闷的，所以李白的孤独意识与布衣精神也有内在的联系。这和孟郊的"出门即有碍，谁谓天地宽"不在一个层面。李白的格局阔大高远，孟郊则局促狭小。李白不喜欢科举考试，他认为科举考试是对自己人格和自由的一种束缚。布衣之士的最高理想是做王者师，虽然一方是君王，一方是平民，但二者之间是平等的关系，而不是一种依附的关系，这是非常可贵的精神。可是我们现在恰恰就缺少独立的元素，缺少独立的自由精神。

用这样的视角研究李白，就会看到一个立体的李白和有深度的李白。詹福瑞先生有专文论述李白的孤独意识、生命意识和自然意识，都给人深刻的启发。如他在《李白诗歌的生命意识》一文中指出："正因为李白清醒地认识到时光不居、生命不能永驻，所以他十分珍惜个体的生命。追求精神的自由，重视现实的享受，试图延长生命或求取生命的不朽，都成为李白实现生命价值、呼唤理想的生命形态、解脱和安顿灵魂的尝试，并因此而成为李白诗生命意识的又一重要表现。"[①]他在《李白诗中的"自然"意识》中指出，李白自然意识的实质是追求个人身心的最大自由，不受任何束缚，自由适意，保持个人的自然本性。这种意识，影响到他的功名思想，形成了他的功成身退、舒卷在我的思想。反映到他的山水诗，山水诗成为他释放豪纵天性、摆脱尘累、保持素心的所在。这样分析李白的诗歌和心态，显然有自己的独到见解，在前人研究的基础上有所突破。2017年，詹福瑞先生发表论文《唐宋时期李白诗歌的经典化》，从经典化的视角研究李白。他指出，李白诗歌在唐朝的经典化，与当时的名士、帝王推崇有关，与入选唐诗选本广为传播也有关系。逮至宋代，士人对李白批评之声渐多，主要是政治与道德的指责，但李白的经典地位没有被撼动，反而更加强化，进一步得到肯定。这样的视角，别开生面，为李白研究开辟了一个新的天地。综观30年的李白研究，詹福瑞先生从对李白诗歌进行汇释集评，到对全部诗歌进行翻译，由回顾百年李白研究史，到对李白进行心理探索、布衣精神解读，再到运用经典化理论研究李白诗歌，

[①] 詹福瑞：《李白诗歌的生命意识》，王杰主编《东方丛刊》1997年第3辑，广西师范大学出版社，1997。

他从不停留在一个领域裹足不前,而是大胆探求,敢于开拓,表现出非凡的学术勇气和学术自信。

四 对民国古代文学研究的解读

对民国时期学者的古代文学研究,当代学术界似乎没有引起很多的重视,致使民国时期一些学者的著述尘埋书库,即使一些大家如胡适,人们知道他的哲学研究和对现代文学的贡献,而他对古代文学的研究则鲜为人知。有鉴于此,詹福瑞先生选择民国时期古代文学研究的十八篇论文进行解读,打通古代与当代的文学研究,重新发现这些论文的价值以及对当前研究的启示,可谓有学术慧眼。

21世纪初,詹福瑞先生为了研究之需,陆陆续续读了一些民国时期的古代文学研究著述,给人一种不吐不快的感受,恰好大型文学丛刊《长城》约稿,于是就有了回顾民国时期古代文学研究的一组文章。这组文章不同于学术论文,而是采用学术随笔形式,不加注释,不列参考文献,打破了刻板和僵化,显得轻松活泼。读一篇研究文章,写一篇学术随笔,并附上学者的研究文章。如《考证与识浅》,附有胡适的《西游记考证》;《于人情世情处勘入》,附有阿丁的《金瓶梅之意识及技巧》。詹先生将书名定为《不求甚解——读民国古代文学研究十八篇》,用"不求甚解"的寓意是什么?他在前言里指出:"既然提出不求甚解,那就意味着古代文学研究中存在着'甚解'。所谓甚解,就是深解,时髦地说即所谓的过度阐释,这是古代文学研究中大量存在的一种现象。"[①] 例如关于《西游记》,文学研究者总想搞出什么微言大义,探讨出作者通过唐僧师徒西天取经表现什么重大主题,越说越悬,什么道教秘诀,什么禅宗心法、反理学、反正统等等,不一而足。胡适的《西游记考证》指出:"《西游记》被这三四百年来的无数道士和尚秀才弄坏了。道士说,这部书是一部金丹妙诀。和尚说,这部书是

---

① 詹福瑞:《不求甚解——读民国古代文学研究十八篇》,中华书局,2008,前言第2页。

禅门心法。秀才说，这部书是一部正心诚意的理学书。这些解说都是《西游记》的大仇敌。现在我们把那些什么悟一子和什么悟元子等等的'真诠''原旨'一概删去了，还他一个本来面目。至于我这篇考证本来也不必做；不过因为这几百年来读《西游记》的人都太聪明了，都不肯领略那极浅极明白的滑稽意味和玩世精神，都要妄想透过纸背去寻那'微言大义'，遂把一部《西游记》罩上了儒释道三教的袍子；因此，我不能不用我的笨眼光，指出《西游记》有了几百年逐渐演化的历史；指出这部书起于民间的传说和神话，并无'微言大义'可说；指出现在的《西游记》小说的作者是一位'放浪诗酒，复善谐谑'的大文豪做的，我们看他的诗，晓得他确有'斩鬼'的清兴，而决无'金丹'的道心；指出这部《西游记》至多不过是一部很有趣味的滑稽小说，神话小说；他并没有什么微妙的意思，他至多不过有一点爱骂人的玩世主义。这点玩世主义也是很明白的；他并不隐藏，我们也不用深求。"① 胡适是反对"甚解"的。他的一番话，就把那些想寻找微言大义的人都给挡住了。但是，"甚解"风气并未就此停止，詹福瑞先生指出："建国以后，反而有了变本加厉之势，孙猴子摇身一变，成了农民起义的英雄。不过由于阶级的局限，后来受了招安，反而去打和他一样出身的阶级兄弟——妖魔鬼怪了。当然这是在文学研究偏离学术轨道下的变态，然而，恢复常态下的研究，也没有走出去多远：抱住政治的，高歌反抗、正义；追求哲理的，又挖出了宗教、心学。不把作品搞得很沉重，不放心，也不甘心。"② 詹先生重提民国时期的古代文学研究，使"走入歧途"的古代文学研究重新回到正轨，其意义在此。《红楼梦》研究也有过度阐释现象，如把这部家庭小说说成政治历史小说，以贾家为代表的四大家族代表了封建制度，宝玉、黛玉是反抗封建制度的叛逆者，等等。过度的挖掘，烦琐的考证，离小说的旨趣越来越远，忘记了文学研究的初心。记得华君武1980年创作了一

---

① 詹福瑞：《不求甚解——读民国古代文学研究十八篇》，中华书局，2008，第35~36页。
② 詹福瑞：《不求甚解——读民国古代文学研究十八篇》，中华书局，2008，前言第2页。

幅漫画——《曹雪芹提抗议》，批评这种过度阐释。画面上曹雪芹扭过头对身后替自己梳辫子的人嘀咕："你研究我有几根白头发干什么？"华君武曾坦言创作初衷，说这幅漫画是讽刺某些红学家烦琐的考证。当然了，《红楼梦》是应该研究的。可是研究到很烦琐、考证太多的时候就可笑了。

詹福瑞先生认为，"甚解"不仅指过深求解，还有旁解。"甚解"还仅限于望风捕影，影子是过度阐释的依据，而旁解则是无中生有，多属臆测。这样的例子不胜枚举。例如汉人说《诗》，围绕《诗序》展开，每首诗都要附会诗的本事，这些诗的本事多属于旁解。《关雎》一诗，汉人解诗说君子是指文王，淑女是指太姒，诗歌颂扬的是太姒的后妃之德。这真是风马牛不相及。詹先生引出胡适的《谈谈诗经》，让我们看到民国时期的学者是怎样破除《诗经》的神圣，拆解附会之词，使之回到文学本身。胡适指出："《诗经》并不是一部圣经，确实是一部古代歌谣的总集。"[①]　"没有文学的鉴赏力与想象力的人，不能读《诗》。"[②] 有些道理是古今相通的，今天大家熟悉的《敖包相会》《达坂城的姑娘》《小河淌水》，都是经典的民歌，一代代传唱，谁能说里面有什么微言大义？回顾历史是为了反思当下。詹先生认为，学科成熟，固然是学术研究的一大进步，是学术发展的福音，但是近些年来也渐露学术研究僵化、刻板之象，有的研究甚至离文学渐行渐远，变成了文献的堆积、思想的演绎。他强调，民国时期，是中国古代文学研究由草创到逐渐成熟的阶段。草创时期的文学研究，自然有很多幼稚之处，有的甚至还不知何为规范。但是，却也有它原始时期的感性和鲜活。詹先生强调，所选十八篇文章，最大特点是不离文本，重视对作品的分析。另外，民国时期的文学研究，个性色彩特别突出：重个人的感受，个人的体验，个人的参悟，因而也更贴近文学本体。詹先生在《不求甚解——读民国古代文学研究十八篇》中评说闻一多

---

① 胡适：《谈谈〈诗经〉》，转引自詹福瑞《不求甚解——读民国古代文学研究十八篇》，中华书局，2008，第46页。
② 曹伯言整理《胡适日记全编3 1919—1922》，安徽教育出版社，2001，第644页。

· 18 ·

《宫体诗的自赎》，称其为"诗性的学术论文"，评说方管《王维散论》，称之为"妙悟与熟参"，都是有意强调"感性与鲜活"。闻一多是古代文学研究的大家，也是卓有成就的诗人。他以诗人之心研究古代诗歌，对作品细腻的感受和体验以及对作家充满感情的评论，鲜有出其右者。他用诗一样的语言说宫体诗，说初唐四杰，说孟浩然，一篇篇文章就是一篇篇散文诗，令人陶醉，心潮澎湃，却又有理性的思索和体悟。方管对王维的评说，也带有对具体作品的个人体会色彩。他说王维笔下的山乃是春天的温和的山，不是萧条死灭的秋山或冬山。有日出，有月光，有鸟鸣，不是浓重的暗，不是沉重的静，而是融入了个人感受山水的经验。而今天的文学研究，用的套路一样，固定不变的格式，就像一个模子里出来的，作者的面目隐去了，只剩下冷冰冰的文字。2012年，詹先生发表《古代文学研究中的文学感悟力》，再次强调感悟力是研究文学作品最基本也最重要的能力。他指出，文学史家和批评家进入作品的途径是形象，进入之后对作品的把握，则要通过感同身受的体验，再现作品的内容，这些都存在着感悟的过程。因此，研究者对于中国古代文学作品的把握，必须要有悟性，要有极强的艺术感悟力和生命的穿透力，才能参透诗旨，有所收获。

五　阅读理论与经典化研究

2003年，詹福瑞先生任国家图书馆馆长，在继续研究中国古代文学的同时，也开始关注全民阅读。近年来，随着生活节奏的加快，人心的浮躁，技术的突飞猛进，原本温馨的读书变得越来越功利化、碎片化、娱乐化，尽管国家每年都大力提倡全民阅读，设立读书节，举办读书会，但阅读的现状仍令人担忧。作为国家层面的典藏单位和推动全民阅读的重要平台，国家图书馆有责任组织开展不同层次的阅读活动。作为馆长，詹先生每年都会受邀到国家机关、高等院校、央企作报告，讲读书的意义、读书的动力、读书的方法、读书的阶段、读书的境界等等，深受听众欢迎。例如他在《读书与人生》的演讲中，把读书分为三个阶段：幼少时期读书注重知识积累和兴趣的培养，青壮年时期读书要考虑职业与工作的需要，老年时期读书为了消遣和娱乐。他认为，读书对于人生的意义有四点：使人活得明白，使人活得聪明，使人活得快乐，使人活得智慧。这样讲，就把读书看成了一种生活方式，视读书为生命的一个重要组成部分。在《读书的境界》一文中，他根据读者读书的需要、目的和心态的不同，把读书的境界分为三种。第一种是为知识而阅读的境界，这是读书的初级境界。初级的读书是功利性的，为了学业和求职，读书不是完全出于喜爱和兴趣。第二种是出于兴趣而读书的境界，这种读书是自发的、自愿的，没有诱导和压力，没有任何心理负担，完全是发自内心的喜欢。第三种是理想的读书境界，这是读书的最高境界。这一境界的特征有三：一是忘我，二是精神的大解放、大自在、大自由，三是获得发现与创造的快意。如何达到读书的最高境界？詹先生提出了三种阅读方式：一是无功利地读书，不带任何目的，心灵无拘束而愉悦地读书；二是无限制地读书，不设任何禁区，想读什么就读什么；三是无障碍地读书，读者的接受水平与所读的书基本持平或接近，这样才有能力与书对话和交流。此外，詹先生的读书演讲还涉及儿童阅读、经典与大众阅读、个人性的读书等不同方面的内容，为广大读者指出了读书的方法和途径，推动了全民阅读。阅读、演讲之外，詹先生借助国家图书馆这个平台，在2004年设立了"国家图书馆文津图书奖"，旨在发挥国家图书馆在倡导读书、组织读书、服务读书方面的重要作用，引导读者的审美取向和文化消费，进一步培养全社会的阅读习惯，提升全民阅读素养。每一届文津图书奖经过专家评选、社会参与等多个环节，最终评出"国家图书馆文津图书奖"获奖图书十种、"文津图书奖"推荐图书若干种。"文津奖"图书的评选，在社会上引发了强烈的反响，受到学界、业界和广大读者的一致好评。

随着推广阅读活动的深入，詹先生也看到了一些关于读书更深层次的问题，"大众文化的流行，不仅令文化变成了供人消费的商品，而且也使读书退化为单纯的消遣娱乐，读者正在远离数千年累积下来的人类优秀文化遗产——经典，经典已然被边缘化。而这委实是一个不祥的兆头。所以，我们不但是要推动阅读，使这个世界多几个读书人；而且还要提倡读经典，这个社会不仅有轻飘飘的阅读，更应该多些有深度、有厚重感的读书"①。于是，詹先生开始思索什么是经典，经典是如何形成的，经典有哪些属性，为什么要提倡读经典。这一时期他阅读了大量的中外文献，经过长期的思考和艰辛的笔耕，历时五年，终于完成了30万字的《论经典》书稿。这部著作被列入国家社会科学成果文库，由人民文学出版社出版。这部著作在前人研究的基础上，把"经典学"的研究向前大大推进了一步。詹先生在这部著作中打通中外古今，从文学的视角切入，对经典的基本属性进行了判定，即经典的传世性、普适性、权威性、耐读性、累积性等五个属性，并探讨了外部因素对经典的影响，即经典在传播和建构过程中，与政治、媒体、教育、大众阅读的关系。《论经典》一书是中国学术界首次以"经典"为中心，全面、深入探讨"经典"的实质及相关属性的系统研究著作，不仅对普通读者阅读经典有指导意义，对中国当代的文化建设、政府的文化决策、出版事业以及教育文化事业也都有参考价值。

  关于经典的定义或属性，意大利作家卡尔维诺在《为什么读经典》一书中对经典下了14个定义，所论极为精彩，但语言过于诗性，一般读者不易把握。耶鲁大学教授哈罗德·布鲁姆的《西方正典》列举26位西方经典作家及其作品，是讨论经典、力推经典的名著。比较而言，詹先生的《论经典》引用古今中外书目达212种之多，学术视野更为开阔，对经典属性的概括准确而更易被读者认同。其论述政治、媒体、教育、大众阅读与经典的关系，则阐明经典在形成过程中交织着复杂的社会背景。关于经典的传世性，詹先生指出，经过时间的淘洗，经典仍旧具有生命力，活在当代，并且以强大活力参与当代文化建构，这就是经典的传世价值。而所谓的"时间"，不仅指自然的时间，也指经典要经受两个甚至更多的社会制度和意识形态、更多的文化阶段检

---

① 詹福瑞：《论经典》，人民文学出版社，2015，第411页。

验的历史的时间。经典的传世性是从时间的维度来看，而普适性是从空间的维度看，具有超越地域、阶级、种族、族群的普适性价值和意义。文化既有差异性，也有共通性，差异性使之保留文化的特殊性，共通性则代表不同阶级、不同民族的人共同的关注，有共通性才能传播、交流和融合。经典也是一样，必须承认不同族类、不同阶级和阶层以及不同性别之间，是存在着"共同的感觉"和"共同的目标"的。中国读者对莎士比亚、雨果作品的共鸣，伏尔泰、托尔斯泰对孔子学说的服膺，都说明这些经典中有共通的内容。关于经典的权威性，詹先生指出，这不仅来自读者在阅读经典时对于合于自己的价值观的前见的承认和认可，还表现为对经典的信任与信服。如果说承认和认可是读者阅读经典时对经典接受的理性判断的话，那么读者对于经典的信任和信服，则带有明显的情感成分，是理性判断和情感仰慕相统一的阅读接受。对于经典的耐读性，詹先生指出，这来自文本既陌生又熟识的两个属性，如卡尔维诺所说，"一部经典作品是一本每次重读都像初读那样带来发现的书"[1]，同时，"一部经典作品是一本即使我们初读也好像是在重温的书"[2]。陌生有三方面的含义：一是经典的独创性，独一无二，与他者绝无雷同；二是经典内涵丰富厚重，不断打破个人业经阅读同一部经典所形成的前见，激发读者想象，带来多方面启示；三是经典的思想内涵深刻，对社会人生的认识精辟入微，入木三分，深入事物核心，直达本质。而熟识感，是指经典为读者提供了他所关心的内容，所写的事物是读者曾经经历、思考过的问题，或者是读者试图认识、试图解决的问题，用伽达默尔阐释学的理论说，这些都属于读者的前见。读者阅读经典时所产生的熟识感，就来自经典的内容与读者前见的连接。关于经典的累积性，詹先生将经典文本称为经典原生层，经典经过历史累积而形成的读者阅读的前见为经典的次生层。

---

[1] 〔意〕伊塔洛·卡尔维诺：《为什么读经典》，黄灿然、李桂蜜译，译林出版社，2006，第1页。转引自詹福瑞《论经典》，人民文学出版社，2016，第134页。
[2] 〔意〕伊塔洛·卡尔维诺：《为什么读经典》，黄灿然、李桂蜜译，译林出版社，2006，第4页。转引自詹福瑞《论经典》，人民文学出版社，2016，第135页。

后者依前者而产生，随时间推移不断增加，包裹在原生层周围，从而构成经典完整的生态圈。在接下来的几章中，詹先生以广阔的学术视野和深邃的学术目光，对政治、媒体、教育、大众阅读与经典的关系进行了详细而深入的论述，尤其是"大众阅读与经典面临的挑战"一章，他对新时期以来受大众文化影响所形成的大众阅读对经典阅读带来的严重挑战深表忧虑。真正的学者不是隐居书斋忘记天下，而是时时反思自己，观察社会，洞悉大势，具有悲天悯人的胸襟和救世疗人的情怀。詹先生在"后记"里说："随着温习经典越来越多以及写作的深入，在沉着坚定地以仁义、民本思想救世的孔孟面前，在愤世嫉俗地以自然无为救人的庄子面前，在奋起抗争黑暗、高呼'救救孩子'的鲁迅面前，在柏拉图、莎士比亚、托尔斯泰等'西哲'面前，我强烈地感受到对当今学者文士，包括我自己甚深的失望。缺乏思想和信仰，没有悲天悯人的情怀，斤斤计较于一己之利，我们于世已经变得可有可无。"[①] 由谈论经典引出这样沉重而又无法回避的话题，令每一位读者深思，崇高的社会责任感和强烈的担当意识也令人肃然起敬。这已经不是单纯地讨论经典阅读，而是提出了一个时代的大问题，像黄钟大吕一样震撼着我们的心灵。

《论经典》出版后，引起学界的高度关注。张政文先生在《博览群书》上发表《"经典"的当代价值与本土的话语权》书评，认为"这部2014年度"国家哲学社会科学成果文库"的入选作品，在解析阐释大量历史遗留下来并被认可的经典基础上，从传世性、普适性、权威性、耐读性、累积性等多个属性层面论述了经典的形成机制和科学内涵，从经典与政治、媒体、教育及大众阅读的关系等方面评述了经典的社会维度和当代价值，在诸多方面实现了对经典研究的突破，具有重要的学术价值、理论价值和社会价值，捍卫了关于经典的本土话语权"。"要之，《论经典》作为目前国内学界第一部关于经典的系统专著，在当前中国社会现实文化语境下，以纵贯中西的学识涵养、实事

---

① 詹福瑞：《论经典》，人民文学出版社，2015，第412页。

求是的科学态度、全面系统的历史眼光和深厚沉实的研究功力,弘扬时代正气、矗立经典价值,彰显了直面时代问题、挖掘时代精神和构筑学术体系的理论勇气,表现出当代中国学者守护民族文化血脉、捍卫经典尊严的责任担当。"[1] 这一评价是实事求是的。

《论经典》的出版,并没有使詹先生停止思考经典的问题,他利用各种场合大讲经典,呼吁整个社会重视经典阅读。2016年,他在辽宁省图书馆演讲,题目是"经典的魅力",针对大众文化凸显的娱乐性和感官性,以及由此导致的单纯追求阅读快感和盲目从众现象,提出经典的魅力有探索性、耐读性和超越性。他强调,经典的魅力不在于好读,而在于我们的需要、社会的需要、个人成长的心理需要和精神需要。2017年4月7日,詹先生在山东大学作题为"经典的命运"的学术报告,针对当下国民的阅读现状,指出文学及经典所面临的困境,并以中国古代文学中的经典为例,指出文学经典应当具备历时性、典范性和永久性三种性质;文学经典的构建主要取决于作品本身的独创性、超越性和深刻性,而这正是经典与大众文化的冲突所在。文学研究者应当始终以经典为关注焦点,这不但是一个原则,也是一种使命。他倡导大家多读经典,呼吁文史研究者在选择研究课题时,重视经典作品和经典作家,占领研究高地。所有这些,都反映出作为一个学者的强烈社会责任感和心怀天下的高远境界。

六 唐诗选本研究及其他

唐诗选本是詹福瑞先生长期关注的一个学术点。20世纪90年代,他便开始关注并开展唐诗选本整理,取得初步成绩。他组织专家对著名的唐诗选本进行整理点校,其中有《唐音评注》《唐诗鼓吹评注》《唐诗解》《唐诗合解笺注》《诗镜》等,获得学界肯定。他在"整理

---

[1] 张政文:《"经典"的当代价值与本土的话语权——评詹福瑞新作〈论经典〉》,《博览群书》2015年第9期。

说明"中指出，唐诗浩如烟海，现存近五万首，一般读者难免有望洋兴叹之感。唐诗选本的出现，对传播、普及唐诗发挥了重要作用。关于唐诗选本兴起的原因，詹先生指出大概有三。一是编选唐诗选本是为了标宗明派，如锺惺、谭元春编选《唐诗归》是出于竟陵派幽深孤峭的意趣，王士禛《唐贤三昧集》贯彻了神韵派淡泊的主张。二是选诗虽无明确目的，但因审美趣味使然，选诗体现出选家的审美爱好，如芮挺章编选《国秀集》，选诗多温婉流丽，殷璠编《河岳英灵集》崇尚风骨。三是选诗主要为了普及，或属童蒙读物之类，如《唐诗三百首》。从文学发展角度看，唐诗选本属于不同时期与文学发展密切相关的文学现象，从文学传播学角度看，唐诗选本对唐诗传播起到了助推的作用，不仅为广大读者所重视，也应引起治文学史者的重视。为了使点校唐诗选本成批推出，他亲自负责《唐诗合解笺注》的点校工作，并撰写《王尧衢〈古唐诗合解〉的宗唐倾向及选诗标准》一文。在这篇论文中，詹先生指出王尧衢编选《古唐诗合解》受到叶燮《原诗》源流正变思想的影响，有浓厚的宗唐色彩。为何称为合解？王尧衢在"凡例"中作了解释："譬之于木，《三百篇》根也，苏、李发萌芽，建安成拱把，六朝生枝叶，至唐而枝叶垂阴，始花始实矣。读者须熟悉乎文质、体裁、格律、声调升降之不同，而诗之源流本末乃全。既不弃根而寻枝叶，自不得读唐而置合古。夫是以为合解也。"[①] 詹先生认为，王尧衢的编选理念坚持了叶燮源流正变的观点，并将其作为自己创古唐二诗合解的依据。王尧衢有浓厚的宗唐色彩，却脱略了复古的怪圈。学习古人之诗，最后还要落足于客观事物的变化，以及诗人自身的才识胆力。有了这两个诗歌创作的主客观条件，再体悟古人作品，才有会心之处，方有天机流动之诗。

近年来，詹先生有计划地指导博士研究生开展唐诗选本研究，已完成的有《明代唐诗选本与明代诗歌批评研究》《清代唐诗选本研究》等，形成了一个系列。2013 年，他主持国家社科重点项目"大

[①] （清）王尧衢注，单小青、詹福瑞点校《唐诗合解笺注》，河北大学出版社，2000，第 2 页。

陆藏汉文古籍藏书题跋整理与研究",其中涉及《箧中集》《河岳英灵集》《国秀集》《分门纂类唐歌诗》《唐诗鼓吹注解》等30余种唐诗选本题跋的整理。2016年,主编国家出版基金项目"历代唐诗选本汇评",同年,他主持的国家社科基金重大项目"历代唐诗选本整理与研究"获得批准立项。这个项目设六个子课题。其一是"历代唐诗选本总目",充分利用当前海内外古籍调查著录成果,形成迄今为止最为全面的古代唐诗选本目录。通过目验比对,厘清同书异名、卷数版本变化与是否形成新的选本等一系列问题,确保目录的准确性。其二是"历代唐诗选本整理",在"历代唐诗选本总目"的基础上,将现存475种唐诗选本进行整理,编纂为"历代唐诗选本汇编"。其三是选取历代有重要影响,或为文学史上重要诗派的,或版本珍稀的唐诗选本30种进行点校整理,名为"历代唐诗经典选本点校"丛书。其他三个子课题分别对唐宋金元时期、明代和清代选本进行系统研究。詹福瑞先生强调,"历代唐诗选本整理与研究"重大项目的实施,是一次对唐诗选本全面系统的整理与深入研究,无论是对唐诗的传播及经典化研究,还是对历代诗风及诗歌流派诗的研究,都有重要学术价值和学术意义。

　　詹福瑞先生在从事学术研究之余,也抽暇创作了百余篇诗歌和散文,诗歌结集为《岁月深处》,散文结集为《俯仰流年》。岁月不居,时节如流,往事历历难以磨灭,而今细细咀嚼,竟也有温馨的画境诗情和令人回味的苦辣酸甜。他从岁月的古井里慢慢地打捞出尘封的思绪,放在阳光下晾晒,读者不仅看到了詹福瑞先生真实的人生岁月,也读懂了他的心灵成长历程。在《俯仰流年》里,他用很大的篇幅写了他对一些学者的回忆,以及对当前学术、教育等问题的思考,给读者很深的启示。他写魏际昌先生讲《庄子》,一篇一篇串讲,一字一字求义,最初颇感陈旧,甚至腹诽魏先生有些食古不化,但当真正接触旧学,从事研究,才感到这样的教学多么管用。詹锳先生讲《文心雕龙》,也是用这种讲法,一篇篇讲解。詹福瑞先生由此反思当下的教学,"追求科学体系,强调以论带史,与老辈学者用训诂疏通文义的教学相比,对于学生的传统文化训练,哪一个更有效?其实真的难说,未必老辈学者的方法就一定落后"。① 他对詹锳先生身上体现的学人良知极为推崇。他认为良知表现为对所从事专业的"惟精惟一"的精进恒一精神。这包括两个内容:一是对治学的坚守,以生命投入其中的热爱,恒久的钻研和探索的毅力;二是对学问的敬畏之心,敬畏学术,敬畏真理,敬畏对手,对古代文学研究,表现出严肃、认真、一丝不苟的态度。詹福瑞先生亲炙任继愈先生,耳濡目染,他对任先生坚定的学术信念和清醒的研究自觉有了深切的体会,从任先生身上看到了深挚而又坚定的文化责任,感受到真正的大师风范和仁者之风。任先生认为中华民族文化有过春秋和汉、唐三次文化繁荣期,经过多年积累和发展,将会迎来第四次繁荣期,当代人的工作就是为此做好准备。任继愈先生提出的国家图书馆的两大发展目标和三大发展战略,就体现了深邃的思想和高远的智慧。只有面对詹锳先生和任继愈先生这样的大师,才能真正体会"先生之风,山高水长"的含义。詹福瑞先生多次讲过对高校古代文学研究的不满——离思想越来越远,缺乏价值判断,缺少批判精神。他回忆裴斐先生充满深情,也充满激情。李白研究多讲豪放飘逸,裴斐先生则强调豪中见悲;大家都讲传统文化的精髓是中庸,中国文人是圆的人格,裴斐先生则强调文人方的人格。圆是顺从,难得糊涂;方是抗争黑暗,与恶势力不合作。"裴斐先生已经去世多年,但是他越来越走近我们。尤其在当代学术界的映衬下,他越来越凸显出一个知识分子、一个有个性的学者在我们心中的地位。"② 在《人:大学永恒的主题》一文中,詹福瑞先生指出,现在的大学变得越来越功利化,越来越职业化,而最缺乏的是"人"的教育。大学培养的学生不能成为思想的侏儒,如果这样,那是教育的失败。詹先生强调,无论小学、中学或大学,"人"的培养都是其宗旨。情感教育、信仰教育和理性之外,才是技能教育。大学不仅需要生产技术,

---

① 詹福瑞:《俯仰流年》,生活·读书·新知三联书店,2017,第121页。
② 詹福瑞:《俯仰流年》,生活·读书·新知三联书店,2017,第157页。

也需要生产思想，所以无论是人文精神还是科学精神，最终都要回归到"人"，回到人文关怀。尤其是对于人文学科，不能自甘沉沦，醉心于形而下之事，逃避或远离形而上之思。在其他的散文中，詹先生还把目光投向更为广阔的视野，诸如清雅与现代城市的品格，人与自然的关系，高等院校养士的气度，文艺批评灵魂的丢失，等等。詹福瑞先生眼冷心热，眼冷才能批判假丑恶，心热才会关注现实，悲天悯人。之所以如此，是因为他有浓烈的人文情怀和深沉的家国情怀，是因为他有高远澄明的境界和宽宏博大的气度。

真人真学者

——詹福瑞先生的风范气象

查洪德　南开大学

多年来，在老师的教导与帮助下一步步走来，老师的人格力量也一直感召着我。每次读老师文章，都感受到一种震动。这不仅仅是为其中真知灼见所折服，更是被其中灌注的真性情所感动。

2016年詹老师在詹锳先生百年诞辰学术研讨会上的发言《一代学人的良知》，是一篇震撼心灵、让人永远记住的文章。他讲的，是一个学者终其一生都应该坚守不变的良知，其中贯彻的精神，是每一位学者应该守持的本心。会议休息时，我找詹老师要他的讲稿，但已经被别人拿去了。可见受感动的，不止我一人。我辗转找到了这份讲稿，回到天津，在我学生读书会上读，要学生们牢记其中的话语。2022年初，詹老师新著《诗仙·酒神·孤独旅人：李白诗文中的生命意识》出版的消息，在网络和微信中广泛传播，书还没见到，从网上看了书的目录，其中不少章节已先期发表，书的内容我已了解。在我看来，这是一部思考人生、启迪人生、有益人生的著作，我当即写了一篇小文《感知生命　塑造生命》，作为《中学语文教学》卷首语（2022年第2期），推荐给中学语文老师。我觉得，这有益于塑造下一代的灵魂。2022年暑假后开学，詹老师在首都师范大学开学典礼上代表教师的发言，我读了，感觉那是迷雾中的亮光。那些话，是对学生说的，也是对所有在学术道路上追寻的人说的。我当即在微信上写了"新原道""新师说"六个字。老实说，在很多时候，我们都有困惑，有迷惘。在我们学术圈子里，不同的人做着不同的事，走着不同的路，追求着不同的东西。相信不同的人的作为，会留下不同的印迹，对下一代产生着不同影响。作为学者，总是有一些东西是必须坚守的，用孟子的话说，就是"本心"。《孟子》中说，人要守持本心，不能失去本心，"操则存，舍则亡，出入无时，莫知其乡"。这些年来，不能守持本心的学者有的是。读了詹老师在首都师范大学开学典礼上代表教师的发言，就应该消除困惑与迷惘，明白追寻什么，守持什么。

詹老师随笔集命名《小言詹詹》，老师可能有自己的取意，但我们都知道，"小言詹詹"出自《庄子·齐物论》："大言炎炎，小言詹詹。"自称"小言"，可能是谦虚，作为人文学者，詹老师守持的是学人的良知。《一代学人的良知》这篇文章，已经收入《俯仰流年》，这次又收入《小言詹詹》，可见詹老师多么看重这篇文章。文章说："从道德角度来看詹先生这一代学人，最值得关注的是他们关注社会民族与人民命运的情怀，我认为这是老一辈学人与当代学者的最大差别。老一辈学人，从选择了人文学科这个职业，就受了淑世思想的左右。"老一代学者是如此，詹老师也是如此，或者说更是如此。应该说，在他心目中，作为一个人文学者，本身就该如此。詹老师在这篇文章中转述任继愈先生的话："我深信探究高深的学问，不能离开哺育我的这块灾难深重的中国土地。从此我带着一种沉重的心情来探究中国传统文化和传统哲学。"我觉得，这也是詹老师的心里话。詹老师探究詹锳先生"李白诗中的爱国情操"，认为："詹先生所说的爱国，就是关怀人民、同情人民、爱护人民。这就是詹锳先生作为人文学者的良知，也是那一代学人的良心。"我们深刻理解，詹老师这些话，是有现实针对性的。他很尖锐地指出："知识分子代表着社会的理性、代表着良知。当然并非任何有知识、受过专业训练的人都可称为知识分子，即使是大学教授也不例外。20世纪90年代以来，中国进入了一个专业化和学院化的时代。专业化和学院化造就了众多拥有专业知识的学者。与此同时，面对纷纭变化的社会，在崇尚物质的潮流中，一些学者将自己的专业知识与利益集团相勾连，从而丧失了知识分子应有的品格。这使得公众对他们的公信力产生了怀疑。"（《知识分子何以永恒——评〈中国知识分子十论〉》）读詹老师的著作，我们深切地感受到他对现实的关注，对人的关注，对世道人心的关注，感受到他博大胸襟中的社会责任感，感受到他对人生的思考，对真理的探究，对社会的悲悯。他研究的是古代，审视的是当下。他希望用古人高尚的灵魂，塑造当今士人的灵魂，涤除污垢，清新士风。我跟詹老师交谈，基本上是谈学术，偶然谈到一些人和事，看到老师因此而伤感。詹老师从年轻时起，就担任领导职务，但他始终不变的，是学者本色。他执着追求的，是学术。在我为数不多的几次看到他伤感时，都是因个别学者沾染了某些习气，做了某种不该做的事。由此我们就可以理解，他保持着学者的本真，他也希望所有学者都保持学者的本真。知识分子是社会良心，如果作为良心的人失去了良知，对于社会，确实是悲哀的。

读詹老师诗集《四季潦草》跋，感觉通篇写了一个字："真"。如果加一个字，那就是"求真"，詹老师几十年来就在求真。他在这篇跋中写道："小说的价值在于戳破假象，揭示真实的人性；诗歌的本性则在于表现真实的心灵，用爱拯救灵魂。"历史的真实早已湮没，现实的真实被云雾遮蔽，幸而我们是研究文学的，能在小说与诗歌中感受真实。我们时时教导学生做真学问，现在想想，还是先要做真人，做真的学者。真人、真学者，才能做真学问。

我们读老师的三部新书，从中学习什么？就是要像詹老师那样，执着求真，做真人，真学者。有老师的榜样，有老师在前，我们就明白，什么是可以放弃的，什么是必须终生坚守、始终不移的。不管在什么情况下，不管面对什么样的纷乱与嘈杂，都不会迷失自我。

学者的才情

——詹福瑞先生诗歌读后

赵树功 南开大学

第一次深入接触到的詹先生的文学作品是《俯仰流年》，当时惊讶于先生记忆的深刻、文字的纯净以及内心的柔软。那么多影像，亲人、友人、玩伴、乡亲，远远近近，老老少少，那么浓浓的怀念与回味，在依依不舍中娓娓道来，让人难忘，甚至其中老宅的那只狐狸都带有灵性，使得已经不可能重回的往昔、童年、回忆由此具有了灵光闪烁、兴象玲珑的神意。

继而在先生学术著作之外阅读《岁月深处》《四季潦草》，进一步加深了这样的感慨：先生是学者，更是诗人，是才而能兼、学而能通者，因此我的题目就确定为"学者的才情"，不着意——也不敢过多置评先生的创作——意在通过作品让读者更深入地了解先生的人格。

"才情"的基本意指就是作家的才性在其性情、气质之中的反映，本为哲学术语。在董仲舒《春秋繁露》的阴阳哲学中，情属于"阴"，内敛；古代"才情"往往与"才气"相对，才气属阳，发散而无节制。

才情纳入文学批评之后，承续哲学的意蕴，又拓展出新的所指，大致表现如下：其一，敏锐甚至敏感的气质性情；其二，能够将以上敏锐体察、感悟所及的情怀、意兴表现、成象的能力。

之所以从"学者的才情"来讨论詹先生的创作，出于以下考虑：学者与诗人在历史上本就存在着关于才情的博弈，且不乏误解。这从西汉的经生与文士、东汉王充眼里的鸿儒、文人与儒生对比之中都隐约可见。六朝的文笔之辨，本质上也可以理解为"文者"与"笔者"两种身份的较量。宋代诗坛兴起无一处无来历之风，以学问为诗，由此引发《沧浪诗话》"诗有别才"之论，其中蕴含类似的考量。及乎明清之际，这种分辨区划意识日益强烈，如袁枚《小仓山房尺牍》，其中《覆家实堂》《与程蕺园书》等皆围绕这一话题展开；进而甚至兴起所谓诗人之诗、学人之诗、儒者之诗等诗歌体类划分，为各种入流不入流、当行不当行的诗歌存世寻找借口，实则已近伪判断、伪命题。是不是诗人，是不是佳作，不在于彼此的术业或者职业，关键要回归作者是否具有文学创作尤其是诗歌创作的才情。从这个意义上讨论詹先生的诗歌、散文创作，正是从文学本位出发，因为其创作充分体现了这种才情。

其一，兴感无端。诗人必善感，这是自汉代已有的总结。先秦所言"登高能赋"者可为大夫，汉代班固概括其本义，归为登高能赋者具有"感物造端"的能力，因感于物而能由此及彼、由近及远、由点及面引发开端，敷衍联类。六朝以后文人论兴妙论极多，我觉得王夫之的表达最为精彩，他在其自许甚高、认为必待后人方可解悟的《俟解》之中如此论断："能兴即谓之豪杰。"兴的本源是生命之气，人何以不兴？根源于缺乏生命的茁壮昂扬之气，"拖沓委顺当世之然而然，不然而不然，终日劳而不能度越于禄位田宅妻子之中，数米计薪"。一切循俗而为，丧失自我，一切唯利禄马首是瞻，如此则"日以挫其志气"，其最终情态即是"虽觉如梦，虽视如盲"——醒着如同梦中，虽眼前可睹，却目无所见，一如盲人，如此无兴者正犹面墙而立。现实中人经常会遭遇现实逻辑、情理逻辑难以跨越、不可超拔的困境，如沉重的高墙封堵，只有能兴者才可以在现实面前侧身、转步，才能寻找到跨越封堵的大道。詹先生心怀幽邈，性情纯粹，无论是面对现实的变异、人生的起伏，还是不同的际遇、邂逅，即使来来去去、匆匆忙忙，一花一叶、一草一木、一光一影，都能激发他情意的波澜。詹先生的诗给人的感觉是：生活的每一个痕迹在先生生命里都被深藏，就像肉上的刀口，久久难以愈合，即便岁月绵长，时光老去，也依然在他记忆之中留下一道难以磨灭的隆起。作为一个天赋诗才的文人，兼以多年学问磨砺、人生阅历，先生具有敏锐的现实洞悉能力，也颇具文学家审视人的犀利眼光甚至穿透力，但詹先生为人真诚、善良，凡所洞悉的很少说破，凡其透视的又不忍多看，于是情意之间总是保留着温柔敦厚的张力，兴怀抑扬之际又尽呈不忍、不舍。这就是兴感无端，不仅敏感、捷悟，还流连于光景，缠绵悱恻、顾念彷徨，形成源源不断的创作灵感，极见先生气质。

如此无端兴感，化作诗句排遣，表面上多愁善感，实则透达出不可泯灭的生命激情与不易被摧毁的对美好的希望。就似《想象一个房间》，有苦，不想浅浅地言说，也不愿深深地倾诉，于是有了兴会之下飞舞的性灵："无法到达，就想象，一个房间。"

其二，验物切近。"验物切近"见于宋代叶适最重要的一篇诗学论著《徐道晖墓志铭》：

> 盖魏晋名家，多发兴高远之言，少验物切近之实，及沈约、谢朓永明体出，士争效之。初犹甚艰，或仅得一偶句，便已名世矣。夫束字十余，五色彰施，而律吕相命，岂易工哉！故善为是者，取成于心，寄妍于物，融会一法，涵受万象，稊苓桔梗，时而为帝，无不按节赴之，君尊臣卑，宾顺主穆，如丸投区、矢破的，此唐人之精也。

其中"魏晋名家，多发兴高远之言，少验物切近之实"，是说魏晋诗人创作多停留在直接表现意兴和直接抒发情感，虽有自然之美，却缺乏对"物"——自然与社会、物我关系、人生遭际等细致、准确的摹绘，尤其不在意或者说不擅长提炼名句，将情意义理表现到具体贴切的意象之中。而唐诗则具备了这一审美特征，我们所熟知的"兴象玲珑"并非指唐诗传达给读者的仅仅是意象的组缀，如果只是意象变换下的排列组合，那不是诗，而是文字游戏，极易形成虚泛不实、惝恍迷离的"浮响"。唐诗之所以经典，正在于其一切皆是"取成于心，寄妍于物"，即通过心和物的交流以及对这种情感交流的概括提炼创造意象，也就是作者所说的"涵受万象"。在意象之前，有一个情怀对于象的审视观照历程，入诗之象无拼凑韵律的随意牵扯，皆是曾经动情兴怀的对象，内心纤细通透的体察，使得作者与这些对象之间建构起仅仅属于诗人自己的隐秘亲缘，如此显形，如此构体，外有象而内有风骨，诗歌虽玲珑迷离、比兴错综却有根有源，具有生命体的生长性。

詹先生的诗歌鲜明体现了这种"验物切近"的特征。作为古代文学研究界的重要学者，先生对于古典诗学自不隔膜，对经典与优秀传统的谙熟与敬重，使其自身创作一直自觉置身于传承的序列之中，他用新体诗创作，发挥的是新体的自由以及语言伸缩变化之中的情意涵受，同时也一以贯之地承续了中华诗学赋比兴的传统，且尤其善于捕捉意象，如海边的潮汐、新年旧年交替之际的影子、富有飘忽感的鲜花、具有象征意味又将自嘲自信不屈融为一体的小草，如《雪中》试图掀起诗人羽绒服却被诗人发现其远较晴天安全的"温柔"的风，又如已经具有经典意义的故乡的青龙河。在以上心物关系的建构过程中，先生超越了发兴高远、意绪飘忽的赋写，验物则凝定于物，不脱离于物，以最大的耐心、最大的诚意，宽柔和缓，一步步切近，实际、入微，在实实在在可触摸的意象之中创作。如此潜在的情义模式支撑着意象组合的个性化形态，同时也呈现出诗人才思运动的径路，这就是文艺成体的"内逻辑"力量。而意象又实为心象，面对如此与"乾坤万里眼，时序百年心"相对，更念念于一叶草上说世界、"一枝一叶总关情"的诗作，沉吟不辍之间，眼前同时耸立起一面透视明镜，让我们看到了先生的胸襟。

其三，生命韵调与诗歌风调的统一。读詹先生的诗，有评者看到了青春，有评者读出了童心，我感受到的是先生生命的韵调：以诗歌、文章与学术论文为手段，一路寻求着生命的超越，自成一首乐曲，蕴含着淡淡的伤感。尽管先生曾俯仰《岁月深处》，但依然以《四季潦草》自嘲，总见其内心的遗憾。关于《四季潦草》，读者多有测度，我也有自己的猜想：我认为这个诗集题目可为先生人生志意的注脚。所谓行过的那么多四季依然"潦草"，是一个后置判断，根源于人生没有预演的前置定论或宿命，不可能没有缺憾由此成为人生的必然。如同临案成章或酒后挥洒,一字一字,一行一行,不管兔毫狼毫,都曾饱蘸浓墨用心用情地书写,虽行笔如云却总未免一竖一点难尽人意。对于缺憾的深深感慨由此转化为人生的叹息。因此先生所讲的"四季潦草"实为苏轼所说"飞鸿雪泥"所成体度的自我勾勒:"人生到处知何似,应似飞鸿踏雪泥。"茫茫雪野上留下的是雪泥之中的鸿爪,虽然不深,狂风掠过、骄阳高照后也许会渐渐消逝,但每一个爪印都是坚实的。因此我觉得先生所谓的"潦草"并非心灰意冷者的自暴自弃,也非无所寄托者得过且过的敷衍,更非看透红尘伤透心的纵恣疏狂,乃是君子的伤神、诗人的自嘲。而就先生的人生以及诗歌书写的生命激情而言,这所谓的"潦草"更近乎汉代张芝的"匆匆不暇草"。张芝在当时就有"草圣"之誉,每与他人尺牍,最后总要写一句"匆匆不暇草"。有些释读有误,以为是时间仓促,来不及工笔正楷,故而草就书札,或者以草书为之。实则《后汉书》等文献均记载其每临书必为"楷则",所谓"楷则"并非楷书,而是楷书的法则,是讲张芝草书均行以楷书法则,故而应速而迟、当疾而缓,是匆忙之际难以成就的书体,故有"匆匆"反而"不暇"之称,这是其于自己草书的戏称,或者类似自封的雅号。詹先生的人生实则也是如此"匆匆不暇之草",虽带着自己心心相念的遗憾,但每一步都那么扎实、坚定,皆有其度,皆有其则,盈溢着主体的不屈不挠。其诗歌就如同洒向人生每一个四季的墨渖,无不凝结着沉甸甸的在意、不苟甚至无言的抗争,那每一个走过的四季,由此都留下了淋漓的一笔,本已浓墨重彩,却依然自觉犹有歉意。

于是,"从春天撩人的风开始",至于一片黄叶飘洒,就有了先生漫长的等待,"我还是一如既往地充满热望/我腾空了一个窗前的书案/准备坐下来和它细细地讨论来年"(《等待》),如此忍耐,如此与流年细数青丝白发、商略雨晴晨昏,似乎就成了先生为生命之诗拗救的寓言。

学者的学术与"述学"

郄文倩　杭州师范大学

詹师福瑞先生新近出版了《诗仙·酒神·孤独旅人：李白诗文中的生命意识》《小言詹詹》《四季潦草》三书。看到这三本书，我马上想到此前曾读过的陈平原先生的《现代中国的述学文体》，想到了这个发言题目。我很想把詹师的这些著作放在学者的"述学"传统中加以观察。

陈平原先生在书中集中讨论了晚清和五四时期，即在中外新旧文化激烈碰撞的时代，中国学者是如何建立"表达"的立场、方式和边界的。换句话说，当时的学者对于学术表达说什么、怎么说、在什么场合下说（写）等都有着极为深入的讨论和大量实践。包括如何引用，是不是要加注释，用白话还是用文言，在报章上如何表达，讲义如何表达，著作如何撰写，演讲如何表达，要锤炼怎样的技巧，等等。我们现在看来理所当然的很多表达方式以及学术规范和学术观念，在当时都不是"理所当然"，而是充满了挣扎，有自我怀疑，自我确证，也有质疑和争论。晚清至五四时期正是传统学术向现代学术转换的时期。陈平原先生认为，现代性是一种思想体系，一种思维方式，一种生活方式，同时也是一种表达方式。他说自己做学术史研究，能不能写出像样的学术史著作无关紧要，关键是在这一研究过程中，亲手触摸到那个被称为"学术传统"的东西。

而詹师这三本书，一本学术著作，一本演讲和随笔集，一本诗集，文体各不相同，表达方式各异，也令我亲手触摸到被称为"学术传统"的东西。读罢我有三点体会。

第一，每一代学人都面临一个特殊的时代氛围，在某种学术潮流中摸爬滚打，而杰出学者常常能站在潮头，冷静观察，深入思考，亲身实践，而不是被裹挟，茫茫然随大溜。

比如《小言詹詹》，此书名出自庄子，本指无关紧要的话，喋喋不休。但事实上，这本书这几十篇短文，涉及近二十年来学界特别是古代文学界讨论的很多大问题，绝不是无关紧要的。单是第一辑就涉及以下一系列学界热点话题：如何看待传统文化热？国学到底是什么，该如何界定？传统和现代有着怎样的关联？传统的整理和创新关系是怎样的？文学史该如何写，意义何在？中国文学的自觉时代当追溯到哪个时期，标准是什么？古代文学和史学的关系是怎样的？古代文学如何呈现"文学"性？文学和政治的关系是怎样的？雅文学和俗文学的关系是怎样的？文学研究的"自由"体现在哪里？古代文学研究如何保持自己的学术个性，研究者如何保持自己的研究个性？等等。詹师手里拿着望远镜，向前看，也向后看，以一种积极且冷静的姿态投身到学术发展中，显示出当代学者的自觉和宏阔视野。

当代学术研究强调专业化，术业有专攻，研究多窄而深，是在用显微镜观察研究对象。但如果没有对学术大潮的冷眼观察和深入思考，研究就很容易成为小圈子甚至个人的自娱自乐，从而缺少文化视野，缺乏历史关怀，如此，对时代和学术的贡献也是有限的。更有甚者，还可能除了自己关注的狭窄的专业问题外，在其他领域呈现出惊人的无知。

第二，对人的生命价值的理解和思考是文人、学者一生的命题。

从诸子百家开始，文人、学者对于生命的短促和生死的无常就有深刻的认识。在有限的生命中，生命如何获得意义？对此，每个人都面临许多纠结和挣扎。陈平原先生说，在现代学术史研究中，他看到了晚清和五四时期读书人如何在求仕和致用、官学与私学、学术与政治、专家与通人的夹缝里挣扎与前行。这样的挣扎在当代前辈学人身上也是存在的。然而，有纠结，有挣扎，但始终保持前行，才带来中国历史上一个又一个文化的高峰。

在詹师的书中我也看到了上述对于生命意义的持续思考。如《诗仙·酒神·孤独旅人：李白诗文中的生命意识》一书讨论李白的生命意识，其实也是在探讨文学最基本的母题，更是对人的生命意义的感悟和揭示。詹师感慨从"不惑到耳顺之年，一部书竟然写了半世"，感叹"大脑的长成，据说在十七岁；而人的精神成长，却是一辈子的事"。这种感慨即源于对生命的深刻理解。寻找人生命的意义就是精神不断成长的过程，这个过程就是人的一生。

而这个过程可能也是孤独的。《诗仙·酒神·孤独旅人：李白诗文中的生命意识》一书封面有三个关键词，其中一个就是"孤独旅人"。在詹师的诗集中也有一首诗《测不透的季节》，丁帆先生称其中有一句可谓诗集的"诗眼"和"诗心"，这句诗也表达出孤独的情绪：

我静静地候望着，一盏
如同守望着一根零度的火柴。

人们常常觉得"孤独"这个词有些凄凉，其实是把"寂寞"当孤独。寂寞和孤独的区别是：寂寞者自怜，孤独者自足。孤独本来就是生存的本质，而孤独也恰是凝聚力量的源泉。人只有回归独处，静下来思考，才能反观自身，发现、调整和完善自己。詹师观察李白，看到孤独的价值和力量，我也在这本书中看到詹师对于孤独的理解，得到了启发。

第三，对于如何"表达"的探索。

人文学本身就带有很强的修辞意味，因此，学者的"述学文体"是很值得关注和讨论的。詹师这几本书有长篇著作，有会议发言短论，有读书笔记，有学人著作评介，也有书序，每一种都有自己的写法，粲然可观，显示出詹师对文体的自觉和表达方式的锤炼，给后辈学人也做出了很好的垂范。

陈平原先生曾分析鲁迅的文体意识，认为其非常注重"量体裁衣"，"学问须冷隽，杂文要激烈；撰史讲体贴，演讲多发挥——所有这些，决定了鲁迅的撰述虽有'大体'，却无'定体'，往往随局势、论题、媒介以及读者而略有变迁"①。不仅鲁迅如此，古今中外很多文人学者都有"随机（体）应变"的能力，"有学之文"，本就应当是"有文之学"。唐人刘知几曾说，治史学的，应具备三个本领：才、学、识。钱穆先生也曾说论学文字"极宜着意修饰"，"未有深于学而不长于文者"。而治文学者更是脱不开这三方面能力。

今天的学术成果，处处强调规范化、标准化、专业化，这当然没错，但论文以及学术著作似乎越来越不追求"好看"了。人们有时感叹学术写作规范的僵硬约束，感慨"博士体""规范论文体""课题结项成果体"流行，但学者对当今如何"述学"的反思和自觉训练却似乎是不够的。学者如何"述学"，如何与同行建立更畅达的交流通道，如何将象牙塔中生成的精神产品反哺社会，在此过程中如何建立表达的边界和立场，这些内容都还在摸索中，尚待反思和总结。当然，要想达到理想的状态，对作者的学识、修养、洞见、才情乃至智慧，都提出很高的要求。虽不能至，心向往之。

---

① 陈平原：《现代中国的述学文体》，北京大学出版社，2020，第257页。

新视角 新发现 新格局

葛景春 河南省社会科学院

在研究李白的著作（现有 300 多种）中，詹福瑞先生的大著《诗仙·酒仙·孤独旅人：李白诗文中的生命意识》一书，脱颖而出，亮人眼眸，视角新颖，理论新锐，论析切中肯綮，发现多多，是近来李白研究著作中的最新成果。

中国古代文学的研究，经过长期的积淀，取得了丰硕的成果。但实事求是地说，目前的古代文学研究，搞文献和考证的多，用理论研究文学作品的却较少。文学研究向史学研究靠拢，对文学自身研究不够。这是因为当今古代文学的研究普遍存在着一种轻视理论研究的倾向。当然，为避空疏而重实证，文献和考证是基础，但留停于此是不够的。文学研究只有在理论引导和参与下，才能得出高层次的发现和新认识。只重收集材料而不重理论研究，是偏颇的。要将文献收集整理的实证研究与运用理论研究相结合，两条腿走路，才是全面的。

福瑞先生是文献整理和文学理论兼擅的。对中西的文学理论，都有深厚的素养和基础，并能融通结合。他是业师詹锳先生的高足。在文献的整理上，他是詹师主编的《李白全集校注汇释集评》的主要撰写人，在文献整理方面，有很深的功力。在理论方面，其著作《中古文学理论范畴》是古代文学理论研究方面的重要著作，对《文心雕龙》的研究也多有心得。他将理论研究和文献实证整理两个方面的优长，做了充分的结合和发挥，将中国古代文学的理论和实证相互融合，充分发挥了理论的优长，对李白研究做了充分的理论分析，他从生命意识的理论视角引入李白的诗文研究，有了全新的认识和发现，这是难能可贵的。

生命意识是生命哲学的重要组成部分，也就是人们所关心的生死大关的理论思考和切身感受。之前，有学者将其引入文学的研究，尤其是先唐文学研究，如汉末魏晋六朝的人性的觉醒和人的生命意识的研究，取得不少的收获。但是对李白这位深受魏晋风度影响的诗人，却很少有人运用生命意识的观点来研究。而福瑞先生就是一位先行者，他早在20世纪90年代就发表了《李白诗歌的生命意识》《李白诗中的"自然"意识》《生命力的穿透——读李长之〈道教徒的诗人李白及其痛苦〉》《试论李白的孤独意识》等系列论文，开始用生命意识的理论对李白进行研究。经过数十年的研究和探索，才写出了一部全面研究李白生命意识的著作。由于视角的新颖和理论的新锐，该书对李白的思想和生命观有了新认知，呈现出了研究李白的新面貌，开辟了李白研究的新格局。

福瑞先生此书的前两章是对先秦两汉魏晋六朝文学有关生命意识的理论总结；后六章是以李白思想和诗文为对象，对其生命观和生命意识做了全面系统的分析，分别对李白诗文中的生命本质、快乐主义的生命观、存在价值与生命本质的塑造、天才诗人的孤独意识、心灵的逃逸与解脱、顺其自然的生活态度等六个方面对其思想和生命意识进行了全方位的解析。眼光独到，分析到位。其中对李白的快乐主义、享乐意识的论析尤为精彩。

李白的享乐意识和快乐主义的生命观，在李白诗文中有突出表现，但是有些学者，或出于为贤者讳的原因，无意或有意对其忽略或轻描淡写，不作深谈。就是谈到李白"及时行乐"的思想行为，也简单视为李白思想的消极因素而加以否定和批判。但从人性的角度来看，否定了肉体的快乐，就是否定了人生最基本的物质需求。个体生命所追求的不就是幸福和快乐吗？人难道希望痛苦地活着吗？人人都有追求幸福和快乐的愿望和权利，不管是达官贵人还是平民百姓都如此，李白当然也不例外，作者列举古今中外哲人的"快乐主义主张"[1]，以证

---

[1] 詹福瑞：《诗仙·酒神·孤独旅人：李白诗文中的生命意识》，生活书店出版有限公司，2021，第222页。

明此理不误。不过李白不受虚伪礼教的束缚，敢于大胆直白地追求人生快乐和功名传世的渴望，这些想法并不可耻，是很合理正常的愿望，没有什么可指摘的。福瑞先生指出："李白及时行乐的思想，既出自于快乐主义的生命观，同时还有其更为深刻的内在思想基础和外在原因。内在的思想基础是其对实现生命社会价值的不懈追求；外在原因是社会对其追求理想的阻碍，使李白追求生命价值的努力遭到打击，其生命力受到挫折，此时的及时行乐就是执着于生命的矫激行为。在这里，及时行乐的目的是显而易见的，就是以最强调的形式指出生命的顽强性。"[①] 这个说法是有道理的。正因大多数人所追求的幸福快乐为社会不公平的种种因素所阻挡，才造成人生的痛苦和不满，才激起了愤懑和反抗。李白的及时享乐思想和行为，是爱惜光阴和热爱生命的表现。他在《将进酒》中高调唱出："人生得意须尽欢，莫使金樽空对月。"正是惜时和适性的表现，也是他长期怀才不遇和理想受到压抑后感到人生短暂的生命意识的觉醒。李白追求快乐的享乐意识是正当行为，不应讳言，也不应否定。其实不光是李白，古今人皆如此，只是有些人不愿明说罢了。福瑞先生用生命哲学戳破了这张纸，直指本质和真相，为李白正名。

李白的"天地者万物之逆旅，光阴者百代之过客"的"过客"意识，说出了人的生命是单向旅程、时光一去不回的客观现实，是看得很透彻的。"人生如梦"的幻灭感，使李白的"及时享乐"的生命意识觉醒了，正是李白"快乐主义的生命观"具体体现。福瑞先生将李白的及时行乐的快乐主义人生态度，揭示无遗，不为贤者讳，并加以肯定，是很有胆识的。

福瑞先生不但从物质的方面解析了李白强烈的生命意识，还从精神上强调李白追求功名事业的生命意识。他指出，李白"在其生命目的中，肉体的快乐，亦是其追求之一。李白和常人之大不同即在于他

---

① 詹福瑞：《诗仙·酒神·孤独旅人：李白诗文中的生命意识》，生活书店出版有限公司，2021，第233~234页。

不满足于此，还要超越于此，追求生命的不朽，这就升华为精神的快乐。所以李白的功业理想和渴望，最根本的是来自不朽生命价值的内在动力"[1]。从生命的物质追求和精神追求两个方面来全面地把握李白的生命意识，是辩证的，也是深刻的。李白很重视儒家的三不朽：立德、立功、立言。建立功业，报效国家，作诗著文以传世，以求精神之不朽，这是一种从物质向精神的升华，是李白生命意识的高度表现。作者指出：这种对享乐意识快乐主义的超越，才是李白生命意识的最好体现。此外，李白的英雄情结、孤独意识、超越意识、顺其自然的生命观，都由生命意识的理论一以贯之，辨析无碍，令人信服。

福瑞先生的这部著作，是对李白研究的新贡献，展示了李白研究和中国古代文学研究的新面貌，带出了理论研究的新风气，也预示了古代文学在文献整理的基础上，运用新视角和新理论研究出现的新格局。它也克服了古代文学研究只重文献而轻理论的偏颇，使文献和理论二者齐头并进，紧密结合，将更切合文学本体的研究的本质。福瑞先生这部书，充分地发挥了理论的威力，将古代文学的研究推向了一个虚实互补、理论和文献相结合的新阶段。

---

[1] 詹福瑞：《诗仙·酒神·孤独旅人：李白诗文中的生命意识》，生活书店出版有限公司，2021，第 294 页。

与李白，做一场跨越时空的对话

张瑞君　太原师范学院

　　以往，对李白诗文中生命意识的研究，大多重视古风、拟古、咏怀等题材的开掘，往往是单一视角、单篇论文的形式。而《诗仙·酒神·孤独旅人：李白诗文中的生命意识》一书的研究策略，是有开创性的。作者詹福瑞把李白的生命意识作为一个整体，从李白的全部作品出发，在细读文本的基础上进行阐释，而不是从既定的研究视角找材料；把李白的生命意识放在中国文学史的长河中，分析其承传流变，同时从中外文化的视野纵横观照李白。全方位立体呈现了一个天才诗人与俗世凡人的李白，一个有血有肉的、独一无二的李白。

　　跨越时空的对话是本书最显著的特色。

　　德国哲学家伽达默尔曾说，"历史的理解意味着自我意识的不断增强，意味着生命视域的不断扩展"（《真理与方法》）。为使自己能够达到与李白跨越时空的对话条件，作者不怕长时间耐心等待，故作者感慨，"一部书竟然写了半世"。对于自身生命的透彻领悟是前提，对李白诗歌反复的体悟是基础，这样从容的对话，才能焕发出独特的光彩。

　　在走向古代文学研究领域之前，詹福瑞是个作家，写新诗，写散文，年过花甲后仍不断写新诗，具有典型的诗人气质。与纯粹的古代文学研究者不同，他更多的是带着自己对生命意识思索的快乐与痛苦跨越时空与诗仙李白对话，于是在一千多年前的唐代找到了知音。因此，与一般的研究文章相比，这些文字都是从心灵的清泉中自然地奔涌出来的，是自己真实的心路历程的外现。文学的热情与感伤为全书积蓄了气势，历史的纵向审视增添了厚重感，哲学的睿智与超越升华了论证的穿透力。

　　作者深入观照白发意象及含有照镜子细节的全部诗歌，说明李白时时关心的是时间流逝，焦虑个人的衰老。

　　论生命意识，欧美的生命哲学最发达的是死亡哲学。与其说李白是死亡恐惧，不如说其是衰老恐惧。他的哲学不是向死而生，不是由死亡反思如何生活得更好、更有价值，却是向老而生，由人将老去而反逼少壮之时如何生活得更有价值、更有意义。由具体的文本细读到独特的生命体验，再到走心的跨越时空的对话，才能升华出这样高屋建瓴的见识。正如伽达默尔所言："真正的历史对象根本就不是对象，而是自己和他者的统一体，或一种关系，在这种关系中同时存在着历史的实在以及历史理解的实在。一种名副其实的诠释学必须在理解本身中显示历史的实在性。"（《真理与方法》）扎实细致的文本阅读、独特的对话感悟是基础，深入的分析提升了对话的理性思辨精神。

　　《诗仙·酒神·孤独旅人：李白诗文中的生命意识》以完整科学的结构体系，全面系统的宏观审视，彰显出开拓创新的学术理想。

　　此书打破了李白诗歌研究集中于咏怀、咏史、山水、爱情、赠别、边塞、政治等传统题材研究的局限，以生命意识来整体观照，把李白置于人类文明的历史长河中审视，完整而不是分散，立体而不是平面，动态变化而不是静态地揭示历史时空中富有传承新变的李白。避免了只见树木不见森林的局限，又突破了就李白说李白，就唐代论唐代的窠臼。

　　全书首先从生命意识的范畴入手，全面继承中国古代文学研究中的生命意识研究成果，对中西方关于生命意识的传统及异同进行了认真梳理。作者新见迭出，首先表现在对一系列范畴细致入微的领悟：生命意识不同于生命哲学，乃是对生命的理性思考，生命意识的特征表现为人对生命的一种体验和感悟，感性多于理性，或者更确切地说，是感性中蕴含着理性，诗性中流露出思想。个体生命的意义，就在于瞬间的存在，并于瞬间创造价值以体现生命的存在或证明曾经的存在。

　　不可否认，生命是古代诗歌的永恒主题。然而正如黑格尔《美学》

第三卷下册中所言，抒情诗"特有的内容就是心灵本身，单纯的主体性格，重点不在当前的对象，而在发生情感的灵魂"。作者不仅全面系统地开掘李白作品各类题材中的生命意识，更是揭示李白对生命意识独特的创造性表达。同时，作者善于将个案研究上升为规律的总结。如："李白力图把握个人的命运，打破生命的有限性，从追求生命价值而获得精神意义的无限，这里表现出了诗人抗拒命运以获取生命价值极致而悲壮的努力。""由李白之例可得出如下结论：对于中国古代士人而言，人格的尊严、心灵的自由，是其获得生命之快乐的根本源泉。"（《诗仙·酒神·孤独旅人：李白诗文中的生命意识》）

作者重视追溯源流，透过现象揭示规律，体现了厚积薄发的学术功力。

一些论述缺乏对李白诗歌中的及时行乐，孤独意识、英雄意识的深入理性分析，有的甚至只是简单肯定或否定。此书从中外快乐主义哲学、生命存在本质、士文化精神立论，居高临下，透过现象，抓住本质：李白的快乐主义是以强调的形式指出生命的顽强性。如果被评价为颓废思想的话，那也是合乎人的生命本质的"深刻的颓废"。英雄意识虽未促成李白实现建功立业的理想，却成就了他的诗歌。这种孤独感不同于常人离开群体或不为群体所接受而生成的负面心理，而是一个天才诗人特有的心理体验，它既有对人生乃至宇宙终极命运思索所产生的孤旅之悲，亦有高自标持、不与世同流的孤傲。再与书中第七章写心灵的逃逸与解脱，第八章写顺其自然的生活态度通盘考量，论述的全面深刻就更明显了。李白接受孔子"逝川"的生动比喻，再生发想象，创造了更为具体的黄河东逝意象。作者论《将进酒》开头四句：这种夸张所反映出来的正是李白真实的震撼心灵的感受，突出了生命瞬间存在的本质。这样的分析深入透彻。

作者极富个性又雅俗共赏的语言风格，具有现实的启发意义。

我们一方面感叹，关注学术著作的人越来越少，学人把圈子内阳春白雪式的自说自话作为一种自我安慰；另一方面，我们超越自我的反思不足，超越自我的努力与尝试更不够。当今不少学术著作远不如冯友兰、朱自清、闻一多等前辈学者的流畅自然，如何能深入人心？此书恰似从山间吹来的清新春风，令人心旷神怡。全书读起来特别通畅，又不失热情。细腻处如涓涓泉水；激情澎湃时，似长江黄河；含蓄深隽处，如山涧碧潭。全书的语言具有丰富、生动、新颖、准确的特质。

伽达默尔说，"把文本或艺术作品中存在的真实的意义析取出来，本身乃是一个无尽的过程"（《真理与方法》）。在看似难以耕耘的研究领域，只要潜下心去细读文本，不断丰富自己的知识谱系，树立开拓创新的学术理想，就一定能够继往开来，写出不负时代的学术著作。

追问生命的意义和价值

李金善　河北大学

李白虽然没有关于生命及生命价值的理论著述，但是他的诗文里却都是对生命和生命价值的理解。李白不仅是唐代最重视生命书写的人，在中国文学史上也是独特的存在。研究李白诗歌的生命意识，是对李白及其诗歌的本质的认识，对推进李白研究显然有积极意义。詹福瑞先生的《诗仙·酒神·孤独旅人：李白诗文中的生命意识》，2021年11月由生活书店出版有限公司出版，系统探讨李白诗歌的生命意识，打开了李白诗歌研究的新视界。

《诗仙·酒神·孤独旅人：李白诗文中的生命意识》后记说这本书："从不惑到耳顺之年，一部书竟然写了半世。"[1] 1975年，福瑞先生自考入大学后便开始思考和研究李白诗歌。半个世纪中，他先后发表了《试论李白的孤独意识——李白心理探索之一》《李白诗歌的英雄意识》《李白诗歌的生命意识》《"人生得意须尽欢"——试论李白的快乐主义生命观》《时间意象与李白对生命本质之体悟和表现》《生命意识与李白之纵酒及饮酒诗》《中国古代文学"生命意识"的传统与现代——以李白诗文研究为中心的讨论》等十几篇李白诗歌生命意识相关的论文，不断地从不同的角度思考、研究李白诗歌以及先秦以来文学作品中的生命观念和生命意识，到2021年这本书正式出版，过去了46年的时间，几近半个世纪。这本书不唯是对李白诗歌生命意识的研究，也是福瑞先生半生如歌岁月对生命观念和生命价值意义的思考。

---

[1] 詹福瑞：《诗仙·酒神·孤独旅人：李白诗文中的生命意识》，生活书店出版有限公司，2021，第579页。

我们将新书与之前的十余篇论文进行比对，发现在《诗仙·酒神·孤独旅人：李白诗文中的生命意识》全新结构的框架下，作者对每篇都做了调整、补充、完善，使该书成为完整的、系统的新著作。

福瑞先生是学者、诗人，又曾兼职行政，三个社会身份集于一身，社会经历可谓丰富。他著作等身，始终在学术前沿探索着、追求着；官职也做到厅局级，是多数学者难以企及的高位。但是我以为他社会身份的底色是诗人，一个热诚、爱憎分明的诗人，不少熟悉他的朋友说福瑞是性情中人，说的是不错的。福瑞先生1972年19岁时就在《承德群众报》上发表《迎春花》《赤脚医生赞》等诗歌创作，1973年20岁时自己创办文学刊物《幼苗》，这期间两度参加承德文化局举办的文学创作班，在进入大学之前就受过文学创作的专门训练。进入大学之后，更是追随顾随、詹锳、韩文佑、魏际昌、胡人龙、高熙增、张弓、雷石榆、李离等著名学者刻苦学习，大学就读期间，即在《河北文艺》《长城》上发表《九月的怀念》《过贵妃墓》等诗歌作品。福瑞先生早年发表过很多文学作品，他也有心收集了，但几经搬家，丢失了一部分，目前正在搜集整理当中。调入国家图书馆工作以后，福瑞先生恢复了创作的习惯，先后出版了三部文学作品集《岁月深处》（人民文学出版社，2011年3月）、《俯仰流年》（生活书店出版有限公司，2017年6月）、《四季潦草》（河北教育出版社，2021年9月）。从书名上看，能感受到他对生命的思考。从岁月的记忆，到流年的感叹，再到四季的沉思，都集中在对生命这一有限的时间的慨叹。

福瑞先生是个深情的人，这种深情源自亲情、乡情及友情，并能推己及人，升华成一种深刻的人文关怀。他有过农村生活的经历，青少年时期是在村里度过的，有过两年的农村干部的经历，当过团支部书记、林业队队长兼职农业技术员，被农村的静谧、农民的淳朴和善良所感染，奠定了生命价值判断的感情基础，农村的淳朴和善良像种子一样植根于心中，是他生命中的暖色。他浓墨重彩地歌咏着亲情、乡情、友情的真淳，深刻地记录着青少年以及农村生活的体验。在

《岁月深处》里反复抒写着青少年温暖的记忆，那是他生命本质的认知和向往。

福瑞先生的深情还来自他对政治、社会的直接接触。我们几乎都有背井离乡、寒窗苦读的经历，也有足以让别人感动到流泪的孤独和寂寞，这些福瑞先生也有：天津马场道与同门师友寒夜用电炉子熬鸡汤的苦涩，别妻离子的寒窗苦读，盛夏汗流浃背地备课，等等，备尝现实生活的酸甜苦辣。他当过系主任、副校长、学校党委书记，国家图书馆馆长、党委书记，在政治和社会层面上经历了"达则兼济天下"的过程。我偏执地认为，作为一个人文学者，不接触政治，不接触社会，就缺少对人生和社会的全面认知，就很难有正确而深刻的思想。在这一点上，福瑞先生是深切体会到了的，面对社会和现实，作为管理者的运筹帷幄，以及愿望、理想不能实现的无可奈何。他经历的生命形式和过程，使他对生命价值的理解更加深刻，深入骨髓，这何尝不是他的幸运。《俯仰流年》与《四季潦草》，记录了他对生命及其价值的直接感悟。

我们探究李白诗歌的生命意识，须有自己的深刻的生命体验和深入思考。从以上的分析中，我们看到福瑞先生做到了。就李白的生命意识而讨论生命只是就事说事，还不能说是深入的研究。福瑞先生很早就意识到这一点，思考李白的时候就把唐代以前的生命思考纳入了自己的研究范围，先后发表了十来篇先秦两汉到魏晋南北朝生命主题的学术论文，如《庄子与列子生命观异同论》《生命意识的觉醒与儒道生命观》《魏晋刘宋诗文建功立业与及时行乐的生命取向》《魏晋诗文的忧生之嗟》等，厘清了唐前文学中生命意识和生命价值观的基本走向，为深入研究李白诗歌的生命意识溯清根源。如果按照这个方向走下来，便是我们本土学者认可的套路，但是福瑞先生没有局限于此，而是展开视野，把李白诗歌的生命意识放在世界哲学文化背景下去解读，显然拓展了此书的学术价值和社会意义。2000年，在国家图书馆见到福瑞先生，他桌子上摊着费迪南·费尔曼的《生命哲学》，他说正在系统阅读西方哲学著作，好几家出版社都在陆续出版，大学期间学得不系统,现在正好补补课。我们看到《诗仙·酒神·孤独旅人:李白诗文中的生命意识》中的有关生命理论、生命意识和生命观念,是中外古今诗人、学者共同思考的问题。西方哲学的生命思考与李白的诗歌生命意识,在福瑞先生的著作里相遇,共同印证着生命存在的意义和价值。

李白诗歌的生命意识是什么,福瑞先生从李白诗文的光阴意象中总结出了李白理解的生命本质:一是逝川、流光与石火,二是春容与飞蓬,三是逆旅与过客,四是春殿与古丘。"惊惧时光的飞逝,嗟叹生命不永,是生命意识在李白作品中至为突出的表现。"[①]

李白的功业理想,进入其诗文,表现为突出的英雄崇拜。他钦敬英雄的功业,崇仰英雄的才具与人格,其英雄崇拜是一种以英雄自居的心态,以吕尚、鲁仲连、张良、诸葛亮、谢安自居,反映出了李白与时人殊调的非凡抱负,以及诗人自许自信的心理。李白的人格个性,可以说无不是其英雄意识使然,傲岸不驯、好剑任侠,都是其英雄心态的反映。但是应该指出,李白的英雄意识,带有更多的浪漫诗人的心理因素和精神特质。英雄意识有很强的现实性,然而李白则缺少这种现实性。英雄意识虽未促成李白实现其建功立业的理想,却成就了他的诗歌。

李白的功业理想难以实现,在现实生活中不免陷入"孤独"的心理状态,"这种孤独感不同于常人离开群体或者不为群体所接受而生成的负面心理,而是一个天才诗人特有的心理体验,它既有对人生乃至宇宙终极命运思索所产生的孤旅之悲,亦有高自标持、不与世同流的孤傲"[②]。李白同古代士人一样,有无根过客的孤独,有"此身乃毫末"的孤独,但最根本的是政治上的遭弃感和在人世间的无所归依感。需要强调的是,李白的孤独是"自我放逐的孤独",即诗人孤高傲世、目

---

① 詹福瑞:《诗仙·酒神·孤独旅人:李白诗文中的生命意识》,生活书店出版有限公司,2021,第160页。
② 詹福瑞:《诗仙·酒神·孤独旅人:李白诗文中的生命意识》,生活书店出版有限公司,2021,第339页。

中无人、不愿与世同流的孤独。这种孤独意识,直接影响到他的诗歌,给他的诗带来崇高感和悲感。李白诗歌风格豪放已成定论,然而,孤独意识给其作品带来的崇高感和悲感,使其相当一部分诗具有了"豪中见孤崛""豪中见悲"的风格特点,这是研究李白作品风格时不能忽略的。

李白建功立业的理想难以实现,于是疏离社会,转而求助庄子,即由实现生命目的和价值的社会性行为转向个人行为,追求精神的自由放旷,以此来达到一种宽广的生命状态。反映这种解脱和超越意识的主要有游仙诗、饮酒诗、山水诗,游仙诗之飘逸,饮酒诗之精神释放与释然,山水诗之豪纵天性、摆脱尘累、保持素心。

李白的诗歌表现出了快乐主义生命观,"李白对快乐的追求如此耀眼,这直接影响到他对功名理想、富贵荣华、士人节义与自由的态度"[1]。一方面,高调声言追求身后的生命不朽;另一方面,他又醉心现实的享乐。《古风五十九首》之九给出了答案:"齐有倜傥生,鲁连特高妙。"其高妙之处在于:解世之纷,青史留名,是他自由的选择;功成身退,潇洒江湖,亦是他自由的选择。"李白有此傲视权贵之气,不仅使他捍卫了个人的人格尊严,而且保卫了心灵自由,因此而获得人生最大的快乐。"[2] 李白追求功业理想,也追求快乐主义的活法,看似矛盾的两极在李白身上的调和是以他生命核心价值观来完成的。不辞富贵和粪土王侯,是以人格的尊严、心灵的自由为前提的,有人格尊严、心灵自由,则富贵不辞。人格之尊严、心灵之自由,是李白生命价值的基础和底线。在李白人格尊严和心灵自由的生命底色中,有时是儒家的执着,有时又是道家的旷达,或追求功业以期不朽,或纵情任性以求自由,"超越了汉末无奈以求现世享乐的悲婉,也不同于阮籍的浮世和陶潜的委运任化的冲漠;纵情任性以求自由,使其又不同

---

[1] 詹福瑞:《诗仙·酒神·孤独旅人:李白诗文中的生命意识》,生活书店出版有限公司,2021,第215页。

[2] 詹福瑞:《诗仙·酒神·孤独旅人:李白诗文中的生命意识》,生活书店出版有限公司,2021,第256页。

于建安诗歌拘执于功业的沉郁悲慨"①。这形成了李白独具的生命意识,也因此造就李白诗歌独特的风格特征。

在漫长的宇宙长河中,人之生命如流星闪过,白驹过隙,天地一瞬,孔子慨叹,庄子悲哀。面对渺小的生命,如何增大它的体量,福瑞先生以李白诗歌为例透彻地告诉了我们:职位高低,财富多少,都是次要的,唯有对人格之尊严、心灵之自由的追求,不可辜负。这是福瑞先生半世以来研究李白诗歌生命意识的结论。其实,这又何尝不是福瑞先生的体会?他自己一直就是穷达不失人格尊严,始终维护心灵之自由。

读完这本书,掩卷沉思,原来生命的价值和意义在此!

---

① 詹福瑞:《诗仙·酒神·孤独旅人:李白诗文中的生命意识》,生活书店出版有限公司,2021,第 508 页。

生命意识的存在与永恒

林大志　闽南师范大学

人应当怎样活着？生命的意义从何体现？有一首粤语老歌，名叫《笑看风云》，由香港影星郑少秋主唱，这首歌的歌词为我们提供了一种答案，那就是笑对人生。不久前，生活书店出版有限公司出版的詹福瑞先生关于李白研究的最新力作——《诗仙·酒神·孤独旅人：李白诗文中的生命意识》（以下未标出处者均引自该书），同样为我们提供了一种答案。

这本书共分八个部分，约600页，近40万字，称得上近年来研究李白最有分量的一本书。当然，说一本书有分量，肯定不能单论字数多寡。重要的是，这本书将当代李白研究向更深更广处推进了一步，对一个以前人们虽然有些关注，但并未说足说透的问题进行了充分而全面的阐发。这个问题就是李白诗文中的生命意识。

文学是人学，"人的生命是一切人文之始，亦是文学的最终源头"。故而生命问题自然是文学研究需要面对的一个根本问题。具体到李白，生命意识在他的诗文里尤为鲜活并彰显，是一个大有内容可说的学术问题。李白是中外闻名、家喻户晓的大诗人，诗才出其右者恐怕屈指可数。因此，把这个问题说清说透，就不仅有学术上的价值，还有文化的、哲学的以及社会的诸多意义。

一部诗性才情与理论思辨兼美的佳作——这是我读罢全书的总体观感。遍览各章，心中涌起诸多思索。如同一杯香浓醇厚的咖啡，不仅享受着品味过程的惬意，还有悠长的余韵与回味。择其要者，置喙如下。

敢言人所不敢言、不常言，还原一个"既是天才又是凡夫俗子的李白"。这是我读罢全书得到的一个最为突出而深刻的印象。

李白是"千年独出无二的天才诗人"。说李白是天才,这种评价并不少见,说他还是个凡夫俗子,甚至是一个时常沉溺酒色之人,这么大胆的评价就比较少见了。作者认为,李白是一个快乐主义者,然而,"囿于传统的价值观,学术界对快乐主义的生命观一直持否定态度",因此学术界对李白这方面的研究就非常缺乏。其实,不仅仅是缺乏,即使有少数触及者,往往也只是浅尝辄止。该书则大胆而深刻地剖析了李白的快乐主义生命观。"李白是一个重感官快乐者",他醉心于"现世的享乐",诗中常见"美女之艳影、美酒之流光";"追求肉体的快乐,来自人的先天的获与,是人的权利"。在李白的诗中,"声名与享乐同在,精神与物质共生快乐"。诸如此类的言语,论李白者少有人言,甚至可谓言人所不敢言。

同时,从全书内容的安排,也可见作者对这一问题的重视。书中计有六个章节专论李白诗文的生命意识,首章谈生命本质,这一问题则紧随其后,置于次章,而且是一个独立完整的章节,用这样的篇幅论其快乐主义思想,在有关李白的著作中似乎第一次见到。这之中,作者处处用李白的作品说话,通过他的诗文再现其昔日的生活场景,从而,我们看到的便颇多一些美酒、佳人、任侠、山水,这类与感官享乐相关联的物事。

不乏沉溺酒色的行为,却并非所谓酒色之徒。这正是本书深刻性之所在。书中论道:"李白及时行乐的思想,既出自于其快乐主义的生命观,同时还有其更为深刻的内在思想基础和外在原因。内在思想基础是其对实现生命社会价值的不懈追求;外在原因是社会对其追求理想的阻碍,使李白追求生命价值的努力遭受打击,其生命力受到挫折,此时的及时行乐就是执着于生命的矫激行为。"无疑,这样的论断是透辟的、深邃的,是对李白享乐行为的深刻理解与阐发,可谓千年之后穿越时空的知音之论。李白是一个充满矛盾的独特的生命个体,他是痛苦的、孤独的,同时他又是快乐的、张扬的,这一切精神行为的外在表象,究其根本,则源于天才诗人内心强烈的生命意识。

通过对李白诗文的细致解读,从多个维度揭橥其中生命意识的特征含蕴，则是这本书最主要的创获之所在。

关于做学问，王国维有"三重境界"说。怎样才算真正读懂一首诗？套用这个说法，恐怕也有三重境界。粗通字句，理解主旨，可算一重境界；洞彻情感内蕴、审美祈向，可算二重境界；深刻体悟诗人寄寓的生命体验，并实现其理论建构，或可谓三重境界。生命的本质是什么，每个人都有自己的理解和表达，对李白而言则有其独特的表现形态，那就是诗文中的光阴意象。逝川、流光、石火、春荣、秋蓬、古丘，作者敏锐地抓住了诗人择取的这些大自然中的独特意象——天地之间瞬间的存在，它们是个体生命本质的映现。因此，对于这一问题，李白虽然没有提出任何理性的概念，却有着"对个体生命本质的深刻体认"。生命只是瞬间，那就尽力去创造、彰显其价值，用生命那瞬间闪耀的光芒实现身后声名之不朽，这是诗人珍视个体生命的结果，故而，英雄情结、功业意识，是由此而来的诗人对于个体生命本质的塑造。渴望建立功业却功业无成，诗人被内心涌出的焦虑与孤独所环绕，孤独意识由此成为李白生命意识的有机构成，它是天才诗人独特的心理体验。作者引述叔本华的理论指出，孤独并不一定只是负面的、消极的、被动的，它甚至来自个体主动的心理追求，"孤独是天才远离庸俗与人群的自觉选择"，它"只存在于伟大天才的心理体验之中"，是伟大卓越之人的共同命运。这既是独到的见解，也是与李白这一天才诗人相契合的生命体验与生命特征。所幸，李白的"思想极为自由与灵活，既不是儒家思想的信徒，也不是道家思想的仆人"。于是，他试图去排解这种内心的孤独与苦闷，以求灵魂的解脱，游仙诗与饮酒诗成为他释放自己、获得精神解脱的有效途径。

通观全书不难发现，以上几部分内容真切展现了李白的多样人生，建构起李白生命意识文学表达之理论体系。同时，章节之间环环相扣，内在逻辑关系清晰，融汇为一个有机的整体。在此基础上，作者将李白的思想归结为自然意识，并重点分析了集中呈现这一意识的诗歌文本——山水诗，它们是诗人"顺其自然的生活态度"的文学映现。这种一任自然的思想，究其根源，正是李白生命意识的本真体现。

诗性与文情

就研究方法而言，兼取中西哲学之长，特别是酌用西方哲学理论，是这本书的又一个显著特点。

研究中国古典文学，是否应该使用西方理论，学术界的立场似不尽一致，但是，生命意识这一问题显然少有争议。生命，是人类永恒的话题，感慨光阴流逝，叹息人生苦短，古今中外，可谓概莫能外。就理论深度与体系建构而言，西方哲学有其独到优长之处，这一点毋庸讳言。我们看到，对于问题的探讨，作者时常运用西方哲学理论加以诠释，文中所征引者，不是可有可无的点缀和陪衬，而是切实推动问题本质得以深刻揭示的思想"利器"。例如，论李白诗的光阴意象，作者引狄尔泰的话说："从根本上讲，任何文献都是颤抖的人类心灵的表现。"论李白的快乐主义生命观，引罗素的话："我要说服读者相信，无论有何种论据，理性绝不会阻碍快乐。"此外，书中还引证了伊壁鸠鲁、叔本华、威廉·詹姆斯、朋霍费尔、蒙田等多位西方哲学家的著述，这样一来，就令问题的观照不仅限于对文本的感性把握之维度，还在哲学思辨的理论维度上得到实现。

比较而言，书中关于光阴意象的生命本质、快乐主义生命观、李白的孤独意识等部分的论述，这一色彩呈现得尤为鲜明。如论李白的孤独意识，作者引用叔本华的观点："事物所有的存在方式都在向我们展示着生存的虚无……时间是一种形式，在此形式中，作为自在之物恒常不灭的生命意志，展现了自己所有努力的徒劳无功。时间的魔力使我们手中的所有东西化为乌有，并丧失其所具有的任何真正的价值。"如作者所论，这正是李白生命感受的理性表达。西方哲人们智慧的言语、深邃的思想，诸如这般的学理性剖析，令读者在感受李白诗文中充盈着的强烈的主观感性色彩之外，引发更深层的、冷静的理性思索。

与此同时，作者对本土哲学思想也多有参酌，从老庄、列子、孔子到当代哲学名家，论述中都有广泛的思考和引证。约略统计，书中仅对西方哲学典籍的引用就有40余种，本土文艺理论著作的数量更多。这既反映了作者广博的理论视野，也实现了对问题本质更为深刻的揭示,从而增强了这本书的厚度和分量。这样的研究方法也由研究对象的基本属性所决定。作者开篇即明确指出,"生命意识不同于生命哲学或生死哲学。生命意识承认生命不仅可以从理论上认识,亦可以感受和体验到……是人对生命的感性认识,具体说,就是对于生命的感受、体验与感悟","如同身体感受疼痛一样直接、感性而又具体"。作者同时又强调,李白的生命观"揭示了对生命规律的感悟",从而令其诗文的生命意识"表现出以感性为主又融入理性思考这一特征"。那么,感性与理性兼顾,也是研究对象本质属性的内在要求。

还应指出的是,该书这一研究理念,从学术传承角度看也渊源有自。作者早年师从詹锳先生研究古代文学,中西会通正是詹锳先生长期坚持的治学理念。他原在西南联大读本科,曾跟随罗庸、闻一多、朱自清等多位名师研习中国文学,后又赴美攻读博士学位,转学心理学,形成了中西兼通的治学体系。就师承渊源来看,无论是研究领域,抑或治学理念,作者堪称得詹锳先生学术衣钵传承之学者。

以上微观品读汇聚起来,对于全书的整体认识渐渐清晰,那就是通过对李白生命意识的文学解读,实现对其诗其文更为透辟的体悟,进而为读者还原一个本真的李白,一个"既是天才又是凡夫俗子的李白"。

AI 时代，中国古代文学研究将何去何从

张金明 燕山大学

今天我不揣冒昧，想谈一点我拜读詹福瑞先生的李白研究新作《诗仙·酒神·孤独旅人：李白诗文中的生命意识》一书后所受之启发及感想，以就教于各位方家。

一 让中国古代文学研究回归文学

个人感觉，目前包括中国古代文学研究在内的许多文学研究已与文学本体渐行渐远，这种现象值得关注。

当然，研究文学不可能也不应该仅仅局限于文学本体，也可以借助政治学、经济学、历史学、哲学、心理学、管理学等学科工具与手段，以拓展研究视野，从更丰富的维度观照文学，但终究要回归文学本体，不能往而不返。

研究文学要以文献为基础，讲究"无征不信"，"小心求证"，"有一分材料说一分话"，不能束书不观，游谈无根。因此，文献的收集、整理、辨析、考证是很重要的基础工作，但终究还是要落实到文学本体，不能入而不出，否则，也会失落文学本身应有的生命与灵性，沦为僵死的标本或木乃伊。

文学研究最好是理论与创作两手抓，两手都要硬。如果既见过猪跑，也吃过猪肉，那就最好。当年唐宋古文运动、五四新文学运动之所以能够成气候，风靡天下，即与此有关，也就是说既要有系统可行的理论倡导，也要有质量上乘的创作示范。文学研究者如果有过甘苦深历的创作体验，则相对而言，其文学研究也就更容易深入文学本体，

对文学本质的审美属性也就更加容易深具会心。所以我一向认为，文学理论与创作这两个方面是相辅相成的。至于詹先生在文学研究与创作这两个方面的实绩，大家有目共睹，我无须赘言，这显然就是一个有力的佐证。

另外，詹先生在一次古代文学高峰论坛上曾经表达过这样的疑惑："既然我们一再在讲古代文学就是文史哲不分的文学，那我们究竟怎么研究，什么叫回归文学本体？这就是一个很难回答的问题。我们在对古代文学即所谓的文史哲都在其中的'泛文学'做研究时，还做不做文学性的研究？文学性的研究还是不是我们古代文学研究中的核心问题？"① 对于这个疑问，我近些年由于在做学问方面态度荒疏，并没有去积极主动地检索詹先生现在在这方面有哪些新的思考成果，但从詹先生这本研究李白的新作中，我看到詹先生确实在致力于对此一问题的现实解决，并且富有成效。

在这次古代文学高峰论坛上，詹先生还指出了这样一个问题，就是现在还有个倾向，研究一些中小的作家。这些作家没有被研究过，每个研究都是开创性的，填补空白的。那这些经典的作者还需不需要研究？詹先生的观点是，其实并不是这些经典作家就不能研究了，有很多问题看似研究过了，但实际上还需要研究。而且詹先生认为，研究经典作家，才能解决文学上的重大的、根本性的问题。而靠研究小的作家，很难解决文学史上的一些重大问题。从詹先生这本研究李白的新作看，他不仅看到了这个问题，而且还率先垂范，直面挑战，扎扎实实地付诸行动，致力于解决这个问题。

二 让中国古代文学研究回归人学

2020年6月11日的《文汇报》介绍了钱谷融先生写于1957年的

---

① 詹福瑞：《在学科评论·十年前瞻古代文学高峰论坛上的发言》，刘跃进主编《古代文学前沿与评论》第1辑，社会科学文献出版社，2018年。

《论"文学是人学"》这篇著名文章。从中可见,钱谷融先生"主张文学应该回到活生生的、有血有肉的'具体的人'。但强调'人'并不意味着文学要脱离现实。在他看来,文学'抓住了人,也就抓住了生活,抓住了社会现实'。而如果本末倒置,一个支离破碎的'工具人'反而无法反映现实。钱谷融还认为,作家不仅仅是现实的旁观者,他应该与这个现实发生一种'痛痒相关、甘苦与共的亲密关系'。"① 总之,我认为,钱谷融先生强调"文学是人学"也就是强调文学创作应融入创作者个人的生命体验、生命意识,为文学作品打上个性鲜明的生命印记,比如司马迁的《史记》,就是这样的作品。从这个意义上讲,包括文学作品在内的艺术作品,都不是僵死的标本符号,而是创作者生命元气由内向外涌溢的产物,都是富有诗学灵性的有机生命体。魏文帝曹丕《典论·论文》尝云:"文以气为主,气之清浊有体,不可力强而致。譬诸音乐,曲度虽均,节奏同检,至于引气不齐,巧拙有素,虽在父兄,不能以移子弟。"詹先生的《中古文学理论范畴》一书则指出,这里的"气","是作家的生命元质,决定了作家的创作个性,且成为决定文章不同风格特征的根本元质"。② 从这个意义上讲,明代王世贞《艺苑卮言》以"以气为主,以自然为宗"对李白诗歌(也适用于李白之文)总貌进行概括,可谓直击要害,而关键词就是"生命"二字。詹先生在回顾《诗仙·酒神·孤独旅人:李白诗文中的生命意识》一书的创作缘起时曾写下这样一段话:

> 然而到了不惑之年,一日读到"君不见黄河之水天上来,奔流到海不复回。君不见高堂明镜悲白发,朝如青丝暮成雪",竟然悲从中来,怆然泣下。未曾独上高楼,在灯火阑珊处寻找,却蓦然发现了"生命"。不,不,不是发现!是伟大诗人带着他强烈而又真实的生命感撞开了我愚钝的心扉。再读李白,哦,果然"生

---

① 陈瑜:《钱谷融:倡导"文学是人学"的理论家》,《文汇报》2020年6月11日。
② 詹福瑞:《中古文学理论范畴》,河北大学出版社,1997,第169页。

命"无处不在，扑面而来的正是他充盈的生命意识。因此知道，生命意识是李白诗文的重要内容，支撑起其风骨形神的是他勃郁的生命力。遂开展李白生命意识的研究……①

由此，我忽然想到一个问题，就是标题所写的：AI时代，中国古代文学研究将何去何从？众所周知，现在的人工智能已经非常强大，以至于知乎上出现了一个弥漫着焦虑不安情绪的浏览量超百万的话题：人类有哪些能力，不会被人工智能取代？

点赞最高的回答，由ChatGPT自动生成：创造力和社交能力。

> 创造力：艺术家、设计师、作家等，需要具备创造性和创新性，这些是人工智能目前难以模仿的。
>
> 社交能力：很多医疗、教育、社工等职业都需要拥有良好的情感和社交技能，例如关怀、耐心、同理心和良好的沟通技巧。

那么，以上列举的艺术家、设计师、作家需要具备的创造性和创新性从何而来？那就是基于生命体验、生命意识以及心灵和情感的审美感受力与想象力，这些绝非仅仅依靠单纯的计算即可获得。目前，人工智能已经战胜了世界围棋冠军李世石和柯洁。这是必然的，因为无生命的人工智能惊人的计算能力绝对不会受到情感、情绪波动的影响，这是人类所不及的。然而，这也正是人类的优势所在。因为生命体验、生命意识的缺失，人工智能可以创作出一首规范的乐曲、诗歌，一幅规范的画，却永远不会成为贝多芬、莫扎特这样的音乐家，李白、杜甫这样的诗人，以及凡·高、齐白石这样的画家。这样的音乐家、诗人、画家，其基于主客观条件而形成的生命体验、生命意识是独一无二的，因而他们自身及其各自的艺术作品也是独一无二的。

---

① 詹福瑞：《一部写了半世的书》，《读书》2021年第10期。

以上是从文学创作这个角度讲的,从文学研究的角度讲,也大抵如此。因为,文学研究是一个人的心灵、灵魂呼应另一个人的心灵、灵魂,一个人去主动理解并共情另一个人的生命体验与生命意识。这一点,无生命的人工智能因为生命体验、生命意识的缺失,也是做不好的。

在詹先生这本新书的封面上,印着书中摘出的这样几段话:

> 古人说,死生亦大矣。生命是一切学问的本根。中国古代文学中,生命主题也是悠久而又重要的传统。
>
> 此书从生命角度观照李白,重在分析其诗文,试图还原一个肉体与精神的李白,一个既是天才诗人又是凡夫俗子的活生生的李白。

让中国古代文学研究回归人学,詹先生这本新书毫无疑问是一个卓越的范例。

三　让中国古代文学研究回归当下

众所周知,中国古代文学可以说是中国传统文化中最重要、最具有活力的一个部分,且深刻、生动地体现着中国文化的基本精神。当然,放眼整个世界,文学对整个文化传承和文化积累也都具有最重要的意义,思想和文化艺术的含量也最高。因此也可以说,文学是文化的核心部分,是文化结构的核心。然而说到对待传统文化的态度,我国却走了相当长一段时间的弯路。当然,时至今日,多数人都可以比较理性地看待中国传统文化了,然而,也还有一些人,跪久了站不起来,比如为了讨好"洋大人"以便拿奖,扮"眯眯眼",自我矮化、丑化,执迷不悟,在自弃自辱的路上越走越远,棒打不回。就好比阿Q,别人跟他说站着也行,但他还是跪下了。还有毛主席在《论十大关系》中特意提到的贾桂:"有些人做奴隶做久了,感觉事事不如人,在外国人面前伸不直腰,像《法门寺》里的贾桂一样,人家让他坐,他说站惯了，不想坐。"[①] 这种人真的应该好好学学李白，好好体会一下什么叫作"不屈己不干人"，什么叫作"黄金白璧买歌笑，一醉累月轻王侯"。甚至连《与韩荆州书》中的干谒之语，李白也说得洒脱磊落，气宇轩昂！

到今天，我们已经深刻认识到，我们的传统文化是必须要继承和接受的，就如同我们不能丢弃自己的父母。马克思也说过："人们自己创造自己的历史，但是他们并不是随心所欲地创造，并不是在他们自己选定的条件下创造，而是在直接碰到的、既定的、从过去承继下来的条件下创造。"[②] 只不过，我们应该批判性、创造性地继承和接受。而且事实证明，只要我们对待传统文化的态度和方式是正确的，传统文化就不会迟滞、阻碍、束缚我们中华民族的生存与发展，反而会为我们中华民族伟大复兴提供强大的助力！因此，保持对于传统的温情与敬意，坚守传统，并不意味着要回归过去和历史。从本质上讲，传统是一种进程，传统的内容、价值、意义在历史进程中不是凝固不变的，而是不断开放和重建的。每一代人都是站在自己的时代境遇中解释传统的，带着现实中遇到的问题向传统讨教的，都是从现代性出发，建构传统对于现代的意义的。这就正如克罗齐所言，"一切历史都是当代史"。因此，就中国古代文学研究而言，必须回归当下，参与建构当代生活，与人民大众息息相关，成为人民大众精神生活、文化生活的一部分，乃至于日用而不察，而不应该只是极少数专业人士躲在象牙塔里孤芳自赏把玩的奢侈品，或博物馆里僵死的、毫无生命气息的生物标本。

詹先生也曾发表类似的观点："文学研究本身就是关系到人生、关系到社会的学问，它不可能离开社会，也不可能离开政治，不可能离开人，所以当代所有的古代文学研究必然是和当代的文化结合在一起的，这是必然的。而且作为古代文学研究者，虽然我们研究的是前人的文化，可是我们站的立场应该是现代的立场，我们研究的价值观也应当是当代的价值观，而不是古代的价值观。正是因为这样，我们所有

---

① 《毛泽东选集》（第五卷），人民出版社，1977，第287页。
② 《马克思恩格斯选集》（第一卷），人民出版社，1995，第585页。

的研究还是要关注民生，关注社会现实，而不是做一种完全独立自足的东西。这个观点我也在不同场合讲到过。"（《小言詹詹·古代文学研究的困惑》）

另外，詹先生这本研究李白的新作引言部分曾在《文学遗产》（2020 年第 5 期）上单独发表，文章题目是《中国古代文学"生命意识"的传统与现代——以李白诗文研究为中心的讨论》，文章摘要中即指出："中国古代文学研究中的'生命意识'，有从传统到现代的转化过程。""今天研究李白诗文中的'生命意识'，自然有其现代价值。"文章前言部分又强调，人类生活中的"生命至上"，反映在文学作品中就成为文学的"生命意识"。这种"生命意识"，其实也是处在不断的发展、变化中，足以体现古代文学进程中的"传统"与"现代"问题。李白诗文中的"生命意识"，就具有这样的典型性与代表性。

综上所述，再结合詹先生这本研究李白的新作的具体内容，可以看出詹先生在这个从传统到现代的转化方向上确实也已做到大力开拓，且成就卓越！

李白的魅力何在？说到底就是这种已被詹先生系统深入论述过的生命意识。李白的诗歌，可以说最充分也最集中地体现了大唐盛世的精神风貌。那种饱满的青春热情，争取解放的蓬勃精神，积极乐观的理想展望，强烈的个性色彩，无不是这种生命意识的具体表现，而这一切，又汇成了中国古代诗史上格外富有朝气的歌唱。也因此，美学家李泽厚在其名著《美的历程》中论及李白这一节时，标题就是"青春·李白"。遥想过去那个中华民族遭遇深刻危机、饱尝屈辱与苦难滋味的年代，梁启超先生曾在《少年中国说》一文中饱含深情地写道："日本人之称我中国也，一则曰老大帝国，再则曰老大帝国。是语也，盖袭译欧西人之言也。呜呼！我中国其果老大矣乎？梁启超曰：恶！是何言！是何言！吾心目中有一少年中国在！"这段话，不妨视为对李白精神风貌、生命意识回归彼时的热烈期盼。而今，全体中华儿女也同样热烈期盼着李白精神风貌、生命意识的回归。从这个意义上讲，詹先生这本研究李白的新作的问世，可谓恰逢其时，功莫大焉！

感知生命　塑造生命

查洪德　南开大学

　　李白是深受青少年学生喜爱的诗人，语文教师要善于引导学生读李白。学生处在生命意识形成期，引导学生感知生命，理解生命，非常重要。李白诗充满激荡奔流的生命意识，是塑造学生生命观的极好读物。读詹福瑞先生新著《诗仙·酒神·孤独旅人：李白诗文中的生命意识》，当会获得很好的启发与助益。

　　首先是感知生命。李白诗中有很多感受生命的诗句："君不见黄河之水天上来，奔流到海不复回。君不见高堂明镜悲白发，朝如青丝暮成雪！"（《将进酒》）人生是如此短促。李白能直面生命之短暂，又具有时不我待的紧迫感。对于成长期的学生，生命的存在感与紧迫感，都需要建立。少年与老年，对生命与时光的感觉是不同的。在前者看来，人生是漫长无尽的将来；而在后者，人生不过是短暂的过去。对此，詹先生有极好的阐发："个体生命的本质虽然在于瞬间的存在而终归虚无，但人生命的存在，既是生物的存在，也是文化的存在，创造文化是人的生命的重要体现。"而"读李白诗文，扑面而来的正是他充盈的生命精神、清醒的生命意识，支撑起其风骨形神的也是他勃郁的生命力"。

　　其次是珍爱生命。詹先生说："人们只有首先坚持生命至上，才能进而讨论其他问题。"这无须论证，但需要强调。从文学研究的角度，詹先生说："尊重生命是古代文人关注的重要话题，文学对生命的表现，则是中国古代文学的重要内容。"[①] 李白清醒地认识到时光不居、

[①] 詹福瑞：《中国古代文学"生命意识"的传统与现代——以李白诗文研究为中心的讨论》，《文学遗产》2020年第5期。

生命如寄，他珍惜生命，绝不虚度光阴。建功立业，追求声名不朽，就是李白为个人生命找到的最为重要的价值所在。他始终怀有"使寰区大定，海县清一"（《代寿山答孟少府移文书》）的抱负。"俱怀逸兴壮思飞，欲上青天揽明月"（《陪侍御叔华登楼歌》），虽然从未实现，但他从不放弃。

最后说塑造生命。詹先生在论生命的终极价值时说："每个个体生命，与其说是一个自然存在，毋宁说是自我塑造的存在。创造生命的价值，就是在时间的生命之流中塑造个人的生命。"塑造生命，可以从两方面理解：一是客观理性对待生命的有限；二是努力作为，突破有限，实现生命的不朽。委运任化，典型表述有陶渊明的《形影神·神释》："纵浪大化中，不喜亦不惧。"李白也有面对生命的坦然，更多的是追求生命的有为与不朽。"屈平词赋悬日月，楚王台榭空山丘。"（《江上吟》）詹先生说：生命意识激发了李白建功立业的情怀，以期通过建功立业完成自己的崇高使命，实现自己的人生价值。

该著内容极其丰富，思想极其深邃。这里只是从引导青少年学生读李白的角度，作简单介绍。

寻找"失去"的李白

刘 静 河北经贸大学

在中国文学史上,代表古代诗歌最高成就的是唐代诗歌。唐代诗坛,名家辈出、云次鳞集,李白、杜甫在其中超伦轶群,尤为不同凡响,双星闪耀、交相辉映。"李杜文章在,光焰万丈长。"(韩愈《调张籍》)李白、杜甫的诗歌,不论是在中国文学史还是世界文学史上,都是和璧隋珠般的文学遗产。

后人论说唐诗,自宋代起,便多扬杜抑李,20世纪以前,对李白的研究与杜甫研究的盛况相比始终只能瞠乎其后。时至当下,学人研杜较之研李似乎是在做更为高深的学问;诗词爱好者若喜爱李白则极易被视为鉴赏力不足的入门者,追捧杜甫往往被看作进阶到较高段位的标志。然李杜作为唐朝诗坛的双峰并立,本不必硬要分出优劣高下。"子美不能为太白之飘逸,太白不能为子美之沉郁。"(严羽《沧浪诗话》)诗歌史中,自由奔放、激情昂扬的李白代表了盛唐之音,杜甫则承上启下,在盛唐的余响中开创了中唐诗的新世界。诗仙李白的风格是浪漫主义,诗圣杜甫则是现实主义。同写泰山,一为"旷然小宇宙",一为"一览众山小",或仰观,或俯察,视角虽有差异,气势却同样不凡。更有"山随平野尽,江入大荒流"与"星垂平野阔,月涌大江流"相映成趣,异路的诗圣和诗仙此处给人交错换位的感觉,最终则是殊途同归。

对中国古代文学的文化研究,不论是研究方法的革新问题,还是寻找切近中国古代文学之根本的最佳研究思维问题,詹福瑞先生都有深入的思考。文学自诞生之时,就处在文化关系的网格之中,与其他社会文化交织在一起。其他社会文化对文学的影响,都会投射到作家的心理和观念中。"把中国古代文学置于中国古代文化的宏阔背景和综合关系网络中加以考察,以揭示文学作品和文学现象生成的文化原因、文学的文化性质。……它不仅要求从多种文化纽带审视中国古代文化中的文学现象,而且对其作圆融通照的研究。这样,就改变了剥离式或单一的研究思维模式,赋予文学研究以宏阔的视野和融通的思维模式。"①詹先生这种对比分析与整体研究的思路和方法,文学研究者和爱好者均可从中得到许多启迪。

文学作品与创作者的人生体验有着密切的联系,这种联系是复杂的,文学真实并非人生真实的简单投影。但作家或诗人不论何种风格、秉承何种创作理念,都不可能完全脱离自己的人生体验、纯粹凭空想象去进行完全"自由"的创作。创作者的人生经验、人生气度、人生价值观等都会或隐或显地呈现在作品之中。二者互为表里,透过创作者的人生,走进他的精神世界,无疑是鉴赏其作品的良方与捷径。杜甫的诗作,大部分时间定位是较为明确的,杜诗集也多按照年代顺序编排,读者阅览品鉴作品,如同追随着杜少陵的脚步,一路走过沉郁沧桑的诗史。而李太白飘逸仙游、天马行空,诗作中有很多创作年代难以推定,时间脉络很不清晰,因而李白诗集一般是按主题内容编排。例如詹福瑞、刘崇德、葛景春等先生的《李白诗集全注全译》便是采取了主题内容与诗歌体裁相结合的方式分类编排,将存世的李白诗完整地展现给了读者。

认为李白不关心苍生社稷、消极避世、一味贪图享乐的偏见由来已久。实则李白一方面追求快乐、向往神仙生活,另一方面也关心国家命运、民生疾苦,反对穷兵黩武,揭露社会腐败。谪仙人李白是仙人与凡人同为一体的存在,在常人看来,似乎在云端、在天际,无迹可寻,常人的观念、识见也难以进入与李白相同的思想维度,因而极易对其产生误读。为了寻找"失去"的李白,詹福瑞先生以治中国文学史者的使命

---

① 詹福瑞:《文化研究:寻找中国古代文学研究的最佳思维》,《文艺研究》1997年第3期,第103页。

担当，倾注二十余载心血，完成了《诗仙·酒神·孤独旅人：李白诗文中的生命意识》这部闳识孤怀、张皇幽眇的厚重之作。此书探得一条通幽曲径，让李白超越历史的种种隔膜，走进当代人的心灵，让我们有机会与这个曾奏响盛唐最强音、杰出而独特的灵魂产生碰撞与共鸣。

诗仙、酒神、孤独旅人，标注了李白身上的三重属性，他的旷达与孤独，迷醉与痛苦，游仙与从俗，矛盾统一地呈现了出来。天才的诗人对生命的存在与虚无有了不平凡的认识和感悟，但飘逸的精神终归只能以沉重的肉身为载体。李白作为诗人的杰出与独特，使其在唐代诗人中对时间的体验尤为敏感和与众不同。"他的诗中表现出浓厚的生命意识，惊惧时光的飞逝，嗟叹生命不永，……而且就其对时间的感受的深刻与强烈而言，超过了以往任何关于时光的认识，他在诗歌中创造的时间意象和表达，在唐代诗歌中既突出又独特。"[1] 关于生命意识，西方哲人的关注点多在死亡哲学。面对死亡恐惧，海德格尔的"向死而生"是一种积极的应对方式，让人们通过内在精神成长的方法，珍惜生命中的每分每秒，焕发出生命的积极进取意识和内在活力，提高生命的效度和目标的密度。"而李白的生命意识则不然，与其说是死亡恐惧，不如说是衰老恐惧更为确切。他的哲学虽非向死而生，由死亡而反思如何生活得更好、更有价值；却是向老而生，由人将老去，而反逼少壮之时，如何生活得更有价值、更有意义。"[2]李白以天地为逆旅，以人生为过客，这与他的异域内迁背景和追求自由精神都不无关系。李白的一生尽在旅途，从作品中不难看出，他虽然也认识到官场不自由，名缰利锁束缚羽翼，但终究还是无法割舍求取功名之心。"他的人生漂泊无依之感，夹杂着来自政治抱负的无所施展、功名付与流水的苦闷和人生如过客的孤单。"[3] "李白诗中所塑造的过客意象，以

---

[1] 詹福瑞：《诗仙·酒神·孤独旅人：李白诗文中的生命意识》，生活书店出版有限公司，2021，第160页。

[2] 詹福瑞：《诗仙·酒神·孤独旅人：李白诗文中的生命意识》，生活书店出版有限公司，2021，第192页。

[3] 詹福瑞：《诗仙·酒神·孤独旅人：李白诗文中的生命意识》，生活书店出版有限公司，2021，第200页。

及它所表现的过程意识,应该说是所有关于生命的理解中,最为理性的认识。……因此可以说李白的生命意识是清醒的、现世的、现实的。"① 海德格尔说"诗人的天职是还乡",而对李白来说,此心安处是吾乡,神州处处皆故乡,只要还在追求的路上,就不会失去他的精神家园。李白就是以这样与众不同的方式诗意地安居。

詹先生将李白对待生命的态度界定为"典型的快乐主义",李白的作品中也处处洋溢着内心之快意,并且投射到笔下的天地万物。生前功业、身后之名、声色犬马、荣华富贵样样都要,鱼与熊掌一个都不能少,但总括起来他所看重的最大的快乐还是"自由"二字。李白无论是求取功名富贵,还是结交达官王侯,前提是要保持个人的独立性和自由。对于快乐主义,人们往往不加分析,简单粗暴地斥之为及时行乐思想或是享乐主义,从古至今,大都持否定态度,认为那是一种消极思想。"其实,就生命目的而言,及时行乐思想亦不出快乐主义的范围。如果说重视身后名是延长生命的一种精神上的价值追求的话,那么追求现世的感官快乐则是尽可能占有生命空间的一种物质上的努力。两者同样都是面对生命苦短的现实而自然生成的提高生命质量、增加生命力度的行为方式。追求快乐行为,合乎人的本性,因此也是合理的。"② 不过,李白的及时行乐,"内在思想基础是其对实现生命社会价值的不懈追求;外在原因是社会对其追求理想的阻碍。……因此,李白的快乐主义如果被评价为颓废思想的话,那也是合乎人的生命本质的十分深刻的颓废"。③ 恣意与纵情的华丽外衣之下,是对生命敬畏与珍视的厚重。

古希腊哲人伊壁鸠鲁提出了一种快乐主义幸福观,这个思想对后来的功利主义有很大影响。享乐主义者多偏重于感官上、肉体上的享

---

① 詹福瑞:《诗仙·酒神·孤独旅人:李白诗文中的生命意识》,生活书店出版有限公司,2021,第 201 页。
② 詹福瑞:《诗仙·酒神·孤独旅人:李白诗文中的生命意识》,生活书店出版有限公司,2021,第 232~233 页。
③ 詹福瑞:《诗仙·酒神·孤独旅人:李白诗文中的生命意识》,生活书店出版有限公司,2021,第 233~234 页。

受，而伊壁鸠鲁特别强调的是精神上的享受。伊壁鸠鲁的快乐主义与放纵主义不可相提并论。"快乐是幸福生活的开端和终点。因为我们认为它是首要的和天生的善，我们对一切事物的选择和规避，都从它出发，又回到它，仿佛我们乃是以感受为准绳去判断所有的善似的。"[1]即使如此，伊壁鸠鲁的快乐主义还是受到和李白相似的非议与误解，常常被视作享乐主义。由此从另一个侧面可见对李白的快乐主义进行深入剖析、匡正种种偏见和误读，确实对更好地了解其思想、赏析其作品有着重要意义。

李白进入永王李璘幕府，本以为终于登上了向往已久的政治舞台，能够一展身手，没想到错付了一腔热情，逃亡、入狱、流放，品尝了一连串的厄运滋味，跌入了人生的谷底。但即令在身为南冠君子呼号辩冤、最痛苦最悲愤的危急时刻，依然未有消沉和颓废，依然初心未改，仍旧保持着强烈的自矜与自信，期待着"傥辨美玉，君收白珪"（《万愤词投魏郎中》）。李白超强的心态调整能力或许是与生俱来的，获救后他的乐天与放纵迅速复原，似乎已全然忘却了自己曾因何入狱，仍大大方方上书建言迁都金陵、自荐讨官。"在生命目的的认识上，儒家和道家重精神，《列子》重感官，各强调其所是者，非其所非者，造成了本该统一而和谐共在的生命目的认识的分裂"[2]，而李白的思想恰是这种分裂、多元文化的集成。某时某地情境不同或心境不同，时而重视功名，时而强调快乐，也就不足为奇了。

酒神的名字叫狄奥尼索斯，出自古希腊神话，尼采以其象征情绪的放纵，激动亢奋，是情绪的大爆发和彻底释放。酒神精神是一种大喜与大悲相交织的迷狂状态，会破坏生命的日常界限，将现实或完全或部分地暂时隔离在思维之外。酒神精神与道家尤其是庄子的自由精神有着相当程度的一致性。饮酒的迷醉状态能使人摆脱现实的压抑感，

---

[1]〔古希腊〕第欧根尼·拉尔修：《名哲言行录》，徐开来、溥林译，广西师范大学出版社，2010，第535页。

[2] 詹福瑞：《诗仙·酒神·孤独旅人：李白诗文中的生命意识》，生活书店出版有限公司，2021，第240页。

无所顾忌，大胆狂歌，倾诉胸臆。李白之纵酒，主要由于自视甚高的政治才能不被承认。报国无门、建功无路，只得借杯中物排遣苦闷，也有以酒来浸润化解思考、体验人生中的心结丝网之意。李白斗酒诗百篇，酒在诗中像中药药引一般，起到了催化剂的作用，使创作灵感之门洞开。此时李白化身为庄子的代言人，形象地描绘出精神出离世外的自由与自在，表现出了一种无拘无束、陶然忘机的境界。这与其说是酒催生了创作灵感，不如说是自由精神冲破束缚后喷涌而出。

"三杯通大道，一斗合自然"（《月下独酌》其二），诗的迷醉之后还是要回归自然。李白的自然意识，是要维系个人的自然本真的天性，追求个人身心最大程度的自由。自然和自由或便是盛唐诗歌精神的内核，王孟山水田园诗之清丽、高岑边塞诗之雄浑在兼具两派之优长的李白身上实现了完美叠加与聚合。

李白诗歌中的流畅与浅近，很适合诗词初学者"入坑"。然而其潇洒并非浮薄，深厚并非凝滞，实则李白诗歌要深入鉴赏殊为不易，类似于围棋的易学不易精。詹先生借鉴了王国维"学无中西"的现代视角，将西学纳入中国古典文学研究体系之下为我所用，书中字里行间透出学者的厚重哲思与悠远情怀。生命意识是李白诗文的重要内容，同时也是其神韵风骨的支撑力之根源。若对李白的生命意识有所知有所思，则对品味其诗歌或了解其思想均是大有裨益的，詹福瑞先生这部研究著作正是就此为我们提供了洞幽察微的门径。

知人论世，度情度类

金景芝　河北大学

每逢入夜，欲求得娴静独好，莫过于灯下开卷，品味前贤诗文。从先秦到盛唐，由片石之基而构建起的鳞鳞文学大厦，是何等皇矣伟哉！千载之前的情景固然无由得见，但古今之间判若鸿沟的距离，将借由漫卷的文字，一下子拉近。由彼而至此，发展成为蔚为大观的古典文学；由此而至彼，则是心存目想，瓣香所寄。入乎其内，仿佛古人的歌哭、歌笑近在咫尺，更期望透过或古朴或华丽的表征、重重叠叠的意象，与古贤共鸣。

然而原典作品的阅读，总要面对繁复的书卷，满目隋珠昆玉，颇有应接不暇之感，兼之识鉴浅薄，往往有赖于纲举目张的梳理、高屋建瓴的阐释，以启弊解惑，正所谓"更谁开捷径，速拟上青云"（《商於新开路》）[1]。前辈学者的妙赏洞见，惠泽后学，每有会意，便心旌摇曳，乃至口不择言，手不释卷。当此之时，只怕琐事打断了快慰。读书能让人忘记"小我"的心向，乃超越功利的事业，不需蟹螯、酒杯，便足了一生。

拜读詹老师《诗仙·酒神·孤独旅人：李白诗文中的生命意识》一书，感慨良多。我知道詹老师这一思考由来已久。早在青葱的学生时代，我便聆听过詹老师讲授关于李白"生命意识"的命题，葵藿倾阳，如沐春风。此后又历经将近二十年，詹老师这部著作才终于问世。读而思之，获益匪浅，遂不顾班门弄斧之嫌，摭拾沧海一粟，略陈管见。

---

[1] 刘学锴、余恕诚：《李商隐诗歌集解》，中华书局，2004，第652页。

一　诠释"生命意识"

李白是盛唐文化的图腾。经历过六朝心性的解放和自由,进入开放且兼容的盛唐后,华夏文化也逐渐攀升至繁荣的高峰。文人表现出的自信、自强和创造力,适足匹配大唐帝国的声威。闻一多先生曾称张若虚的《春江花月夜》为"诗中的诗,顶峰上的顶峰",言语之中不吝赞美,实则出于文人的率性。在我看来,李白才是那个站在诗的顶峰上睥睨大笑的人。他的潇洒热切,足以感染、折服每个读者。他所发散的魅力,经久不衰。

"生命意识"是文学表现的重要领域,是贯穿整个文学史脉络的咏叹调。生于世间,长于世间,老于世间,每个社会个体,都有对生命的自觉体认。经历过的那些悲与喜,在不间断的生命历程中,还会循环往复,如此日复一日,沉淀着得意和失意,形诸感慨及沉思,谋求着自足与解脱,直至度过一生。饮食、穷达、出处,是每个人都要面对的,圣贤也不例外。感受力越强,越要承受其重。"生命意识则是人对生命的感性认识,具体说,就是对于生命的感受、体验与感悟。"[1]这种"生命意识"还会借由文化和文学的沉淀,跨越时空,不断传承下去,因而具有延续性和相对的稳定性。古典文学作品中俯拾皆是前人言说,以及就此命题反复的书写,便是明证。比如李白怀才不遇的感伤和旷代无知音的寂寞,实是承前延绵不断的声调。仅就翻览而得,粗略移录如下:

《古诗十九首·西北有高楼》:"不惜歌者苦,但伤知音稀。"
嵇康《四言诗·其三》:"锺期不存,我志谁赏。"
嵇康《赠兄秀才入军十九首·其十四》:"郢人逝矣,谁与尽言。"

---

[1] 詹福瑞:《诗仙·酒神·孤独旅人:李白诗文中的生命意识》,生活书店出版有限公司,2021,第4页。

嵇康《五言诗三首·其一》："郢人审匠石，钟子识伯牙。真人不屡存，高唱谁当和。"

司马彪《赠山涛》："班匠不我顾，牙旷不我录。"

孙绰《答许询诗》："隐机独咏，赏音者谁。"

陶渊明《饮酒诗二十首·其十六》："孟公不在兹，终以翳吾情。"

陶渊明《咏贫士诗七首·其一》："知音苟不存，已矣何所悲。"

陶渊明《拟古诗九首·其八》："不见相知人，惟见古时丘。"

谢灵运《登石门最高顶诗》："惜无同怀客，共登青云梯。"

谢灵运《田南树园激流植楥诗》："赏心不可忘，妙善冀能同。"

谢灵运《游南亭》："我志谁与亮，赏心惟良知。"

谢灵运《相逢行》："赏契少能谐，断金断可宝。"

谢灵运《鞠歌行》："心欢赏兮岁易沦，隐玉藏彩畴识真。"

鲍照《绍古辞七首·其三》："弦绝空咨嗟，形音谁赏录。"

鲍照《园中秋散》："侥结弦上情，岂孤林下弹。"

鲍照《咏史诗》："君平独寂寞，身世两相弃。"

谢惠连《鞠歌行》："年难留，时易陨，厉志莫赏徒劳疲。"

范云《建除诗》："破琴岂重赏，临濠宁再俦。"

温子昇《春日临池》："莫知流水曲，谁辨游鱼心。"

刘孝绰《酬陆长史倕》："萧条聊属和，寂寞少知音。"

江总《南还寻草市宅》："迳毁悲求仲，林残忆巨源。"

杨素《赠薛播州诗》："鸣琴久不闻，属听空流水。"

上述诗例，创作年代自三国至隋，均为同一感情的反复抒发，其中又以嵇康、陶渊明、谢灵运、鲍照四人为大宗，足见其咏叹不绝，一发而不可收。何以至此？不外乎人同此心，心同此理。断章取义地套用一下李白的诗句，"吾亦澹荡人，拂衣可同调"。异代同调，同调则同所归，自然与前人共情。这就决定了李白的"生命意识"必然是承前的。同时，"生命意识"也是绵延不绝的话题，向后亦可作无穷讨论。本书副标题名为"李白诗文中的生命意识"，詹老师指出："怀才不遇、生不逢时，是李白诗歌的常调。"①命运的青睐不易得，更多时候要面对寂寞和无奈，倘若情志郁结，不甘窘步，则形诸长歌悲鸣。

此书花费足足两章的篇幅，对"生命意识"这一命题加以梳理，从"生命意识"的角度解读李白，并上溯到先秦诸子之说和汉魏文人之叹，这是极有必要的。必须承认群体意识向个体意识的发散。因为李白纵然为鲲为鹏，也不是游离于传统文化的个体。当然，另一方面，李白终究是那个唯一的李白。"生命意识"的图景虽然贯穿每个作家的心灵，然而至李白集大成且登峰造极。执其为端，举重若轻，游刃有余，向前，牵连千载，来龙去脉顿时一目了然。如此不仅一改静态研究而为动态研究，化抽象而为具象，而且达到了普遍性和独特性的统一。如此足以发蒙启滞，析疑答惑，好比提供了一把开启新研究路径的钥匙，亦昭示后学，掐头去尾、截断式的个案研究是孤立片面且不可取的。

二 印证生命的需求

美国心理学家马斯洛提出"需求层次"理论，将人类需求像阶梯一样按照从低到高分为五种，分别是：生理需求、安全需求、社交需求、尊重需求和自我实现需求。李白超越了低层次的生理需求、安全需求，体验并书写社交需求、尊重需求，直至最高层次的"自我实现需求"。阅读李白的精彩诗篇，结合詹老师玲珑的观照、透彻的分析，则无论是"逝川与流光"般生命的促迫、"人生得意须尽欢"的及时行乐、"身没期不朽"的执着、"古来圣贤皆寂寞"的孤独意识、"且须酣畅万古情"的解脱、"万物兴歇皆自然"的生活态度，就都有了合理的落脚点。

尊重需求分为两方面，既有着自我的评估，也有来自他人、社会

---

① 詹福瑞：《诗仙·酒神·孤独旅人：李白诗文中的生命意识》，生活书店出版有限公司，2021，第351页。

的认可。无论从哪个方面看，李白的人生都不免要蒙上一层失意的色彩。"如果说政治上的遭弃感和无归依感的孤独心态，是诗人的理想、诗人的性格与环境的冲突所造成的话；那么，李白阳春白雪、和者盖寡、旷代无知音的寂寞和孤独感，则只能说来自诗人主体、诗人的性格本身。前者可称为被放逐者的孤独，后者则是诗人孤高傲世、目中无人、不愿与世同流的孤独，我们姑且称之为自我放逐的孤独。"① 政治上遭弃，又不肯降心从俗，便产生了李白诗中难以消释的孤独意识，恰恰是"这种孤独意识"成就了李白诗歌悲壮孤崛的特点，正如詹老师指出的："这种孤独意识，直接影响到他的诗歌，给他的诗带来崇高感和悲感。"②

他人与我、环境与我的冲突，永远如同设置好的坚固壁垒，难以击破。强如李白，也不得不寻求逃逸和解脱，由此形成了顺其自然的生活态度，在追求身心自由的前提下保持其本性。李白是洒脱的，也是无奈的。乐与执、自好与自适，无不是在调整预期，以求达成精神上的自洽。他消耗自己的热忱，来对抗世俗和不济的时运，最让我肃然起敬的是，他的热忱仿佛消耗不尽。"白也诗无敌"，无敌的又岂止他的诗才？当其一往无前之时，读者心中怎能不起披荆斩棘之意？见贤思齐，其不善者则改之。

毋庸讳言，李白的痛苦，更多来自无法得到满足的尊重需求和自我实现需求。可正是两者的缺失，成就了他的创作。"大道如青天，我独不得出。"常人眼中的康庄大道，在李白眼中却是逼仄的。天才不甘局蹐，决然要成长，要自我实现，面对阻力，故而发出呐喊。"李白诗中所反映出的执着的建功立业的主题，以及理想不得实现的激愤情感；他的诗中所表现出来的昂藏不群的自负与自信、负义横行的侠义风神；还有其诗吞吐洪荒、役使宇宙万物以表达思想情感的超凡手段，都使

---

① 詹福瑞：《诗仙·酒神·孤独旅人：李白诗文中的生命意识》，生活书店出版有限公司，2021，第366页。
② 詹福瑞：《诗仙·酒神·孤独旅人：李白诗文中的生命意识》，生活书店出版有限公司，2021，第381页。

他的诗具有了豪放奇幻的特征，使李白成为伟大的浪漫主义诗人。"[①]失之东隅，收之桑榆。幸乎？不幸乎？传统观念下，士人肩负着责任感、使命感，在追求实现个人价值的路上，各自奔忙，放眼望去，其谁不然？有几人不是憧憬功成名就？又有几人满足于仅仅成为一个文学家呢？

三 解析"光阴意象"

最让我敬佩的是詹老师对李白诗歌中"光阴意象"的解析。在我看来，就内容而言，古典诗歌艺术要素的主要构成，就是典故和意象。舍此两者去探讨文学作品，就是无根之木。詹老师花费整整一章去探讨出现在李白诗歌中的那些转瞬即逝的"光阴意象"。从"逝川、流光与石火"到"春容与飞蓬"、"逆旅与过客"以及"春殿与古丘"，囊括了李白诗歌中最富有表现力的光阴意象。这些光阴意象无不指向"人生短暂"，读来令人愈加感到时光易逝。

"逝川"意象的使用，在李白之前，尚有鲍照《松柏篇》："东海迸逝川，西山导落晖。"谢瞻《王抚军庾西阳集别时为豫章太守庾被征还东诗》："离会虽相杂，逝川岂往复。"萧纲《登琴台》："由来递相叹，逝川终不收。"在谢瞻、萧纲笔下，"逝川"就是滔滔一去而不返的流水，谢瞻借以伤友人离去，而萧纲借以叹世事迁改。只有鲍照以此意象表达出了对人生浮脆的惊惧，显然李白在情感指向上是直承鲍照的。詹老师指出，《惜余春赋》《赠饶阳张司户燧》《秋登巴陵望洞庭》，以及《古风》其十六、其二十二、其五十二都用到了这一意象。像李白如此广泛、密集地使用，且深具时不我待的焦灼之情，的确是前所未有的。

詹老师指出"石火"最早出自《关尹子·五鉴》："来干我者，如

[①] 詹福瑞：《诗仙·酒神·孤独旅人：李白诗文中的生命意识》，生活书店出版有限公司，2021，第337~338页。

石火顷。"《文选》卷二十六潘岳《河阳县作诗二首·其一》:"颎如敲石火,瞥若截道飙。"李善注:"《古乐府诗》曰:'凿石见火能几时。'"陈僧释智恺《临终诗》亦言:"石火无恒焰,电光非久明。"均是取"石火"的短暂迸发之意。光阴由一个个瞬间构成,累加起来便是生命的总和。詹老师将"逝川"与"石火"两相比较,他说:"与孔子逝川之感相比,后者(笔者注:指'石火')所感受的是时光的不断流逝、一去不返;李白的石火之喻,则不仅表现了时光的不返,而且更加强调了时光的稍纵即逝,比逝川之感更加剧烈,更为震撼。"①

个体的生命,是单向性、不可逆的,只能由此及彼。这个残酷的物质世界,不任你我停留太久。百年虽然短暂,但是如何去面对,这是态度问题。李白不屈不挠,他诗意的表达、自我的剖析,穿越时空,精准命中读者的心。今朝何异,亦与斯人同怀。就像詹老师书中所言:"观照李白诗中的时间意象,我们确实感受到了这位伟大诗人的每一点纤微的颤动,从挣扎中,从抗争中,感受到他对生命的热爱。"②读到此处,令人悲从中来,更令人慷慨自奋。

个体的生命,又好比一根线段,无数线段构成了丰富的人类史。文学史亦是人类史之一砖一瓦。文学史是以万千作家为坐标连接而成的轨迹图,灿灿明月,嘒彼小星,无不朗然入目。某些杰出作家所形成的坐标点,具有里程碑式的意义,自然值得大书特书。以上仅是个人一些粗浅的理解,管中窥豹,但取一斑而已。

该书重学理,论及李白行迹,严格依照编年展开,为后学树立了规范。因为此时李白,非彼时李白,三十岁的李白,亦非五十岁的李白。

詹老师身兼学者和作家,故而此书既有学者的严谨,又有作家的温度,还有富有诗意的语言。书中不仅还原了李白天才而又凡俗的形

---

① 詹福瑞:《诗仙·酒神·孤独旅人:李白诗文中的生命意识》,生活书店出版有限公司,2021,第165页。
② 詹福瑞:《诗仙·酒神·孤独旅人:李白诗文中的生命意识》,生活书店出版有限公司,2021,第213页。

象，还流露出对李白的激赏。詹老师从不惑之年即开始研究李白的生命意识，直到如今，"一部书竟然写了半世"！其在治学生涯中不断思考、解读李白的同时，也在审视自身。詹老师所经历的"人与书同此飘零"①，亦同于李白之飘零。他可谓是李白的异代知音。

蒙师恩沾溉，虽登厅堂，然资器愚钝，未能入室，正所谓"抱瓮而出灌，搰搰然用力甚多而见功寡"。然有幸与古典文学结缘，已成为我的人生快慰。之所以孜孜以求，乃欲高尚其事，高亢其志。古典文学大而言之，亦是灿烂璀错的传统文化。置身其中，怎能不慨叹其博大精深。"树庐岳兮高且峻，瞻派水兮去泱泱"（萧纲《应令诗》），传统文化之于人心的感召和凝聚，将是无可替代的。其源也远，其流必长。这是我们取之不尽的精神财富。

---

① 詹福瑞：《诗仙·酒神·孤独旅人：李白诗文中的生命意识》，生活书店出版有限公司，2021，第580页。

"冷笔"与"热笔"

——一部有温度的李白研究力作

胡 政 江苏师范大学

《诗仙·酒神·孤独旅人：李白诗文中的生命意识》一书，是詹福瑞先生继《南朝诗歌思潮》《中古文学理论范畴》《论经典》等专著之后，奉献给学界的又一部力作。该书主要通过文本细读的方式，全面、深入揭示了李白生命意识的具体表现及其内外缘由，还探究了李白生命意识对其诗文的影响。与作者其他专著相比，一方面，该书保持了一贯的撰作特征，视野宏阔又能剖析入微，旁征博引又能深入浅出，洞察敏锐，见解独到，文史融通，情理俱丰，研究内容兼具学术新度、深度和广度；另一方面，该书也有其特别之处，笔者以为，这主要体现在它展现出了更多的学术"温度"。书中不仅凝聚了詹先生多年的学术积累和思考，还极大地倾注了他的情感情怀和生命感悟，作者带领我们走进李白的内心深处，真切还原了诗人的鲜活人生。换句话说，该书向读者呈现了一个有温度的李白，同时也让人真切感受到了来自作者的情怀与温度。

提及李白，人们总是有一些标签式的认知：豪放、飘逸、浪漫、自我等等。然而正如陶渊明不只是浑身"静穆"一样，李白也远不只是"豪放""飘逸"。当我们给一个人贴上标签的时候就难免会遮蔽其多面性、丰富性和复杂性，这也是学术研究的大忌。唯有充分认识到这一点，并且能够给予其足够的"同情之理解"，才能算是真正"认识"了这个人，才能真切感受到来自他的"温度"。詹先生指出，《诗仙·酒神·孤独旅人：李白诗文中的生命意识》一书的主要学术目标即从生命意识角度出发，"还原一个肉体与精神的李白，一个既是天才诗人又是凡夫俗子的活生生的李白"（封面页）。

鉴于此，作者在书中详细梳理了李白对于生命本质、生命态度、生命价值、生命体验等诸多精神深层问题的具体认知，以及基于这些认知在不同时期、不同情境下的人生选择、情感体验、诗文书写等。细读此书，读者能够感受到李白旺盛的生命力和生命热情，把握住其生命意识的主要表现，诸如其人生瞬间存在而终归虚无的生命本质观，追求快乐的生命目的，积极入世立功立名的生命价值观，人生失意后精神孤独的独特生命体验，追求精神自由和诗文不朽的心灵超脱方式，顺遂自然的生活态度，等等；同时也能充分理解李白在出世与入世、精神自由与现实遭际、现世享乐与身后声名等方面的追求和选择的矛盾纠结与对立统一，体味到其思想的多元、性格的多面、情感的丰富，认识到李白出于世俗又超越世俗的两面。可以说，作者在书中深度还原了一个丰富多彩、摇曳多姿、有血有肉的李白形象。

那么，为什么詹先生能够为我们呈现出如此鲜活、真切、有温度的李白形象呢？这当然与他长期关注李白、从事李白研究且取得了丰厚的学术积累有关。就这本书而言，笔者认为个中原因至少还有三个方面。

其一，生命与文学：研究视角的恰当切入。文学与生命关系密切。生命不仅是文学的基本母题，更是"一切人文之始，亦是文学的最终源头"[1]。杨守森《生命意识与文艺创作》中指出："文艺作品境界的高下优劣，亦与创作主体投入的生命意识的程度与性质有关。……生命意识，自然是每个正常人都有的，但在有成就的诗人、作家、艺术家那里，通常要比一般人更为强烈，也更为宏阔。与之相关，他们才创作出了能够超越一般人的生命体验与感悟，能够振奋人的生命活力，打动人的心灵的作品。"[2] 是以文学经典作品之中，往往充盈着普泛又深刻的生命意识与生命情怀。不同于历史学、文化学、社会学等视角，生命视角的研究更注重对文人和文学进行内部观照，以文学文本为基

---

[1] 詹福瑞：《诗仙·酒神·孤独旅人：李白诗文中的生命意识》，生活书店出版有限公司，2021，第1页。
[2] 杨守森：《生命意识与文艺创作》，《文史哲》2014年第6期。

础，从人的深层精神意识出发，走进作家的心灵世界，梳理其人生选择和诸种行为，挖掘文学作品中蕴藏的深层生命意涵和审美价值。显然，这一研究更易于呈现作家和作品的"温度"。詹先生选择从生命视角切入展开李白及其诗文研究，也与李白自身的生命特质有关。魏晋南北朝时期，人们的生命观念中多含有悲凉的底色，文学主题中主要表现为建安时期的"慷慨悲凉"，正始时期的"忧生之嗟"，两晋南北朝时期的"节序如流"、"及时行乐"以及佛教影响下的悲凉感等，整体缺乏的是旺盛的生命力、昂扬的进取心。而时至盛唐，社会上洋溢着"蓬勃的朝气，青春的旋律"，其中就蕴含着充满个体激情与青春气息的生命之美，李白即呈现"盛唐气象"的最突出的代表。詹先生指出："读李白诗文，扑面而来的正是他充盈的生命精神、清醒的生命意识，支撑起其风骨形神的也是他勃郁的生命力。"[1] 可见，选择从生命视角展开李白研究无疑是恰当、精准的。

20世纪后半期，从这一视角展开的古代文学研究成果就已出现，钱志熙先生甚至设想，将来会出现"有一种以生命问题为核心而能覆盖全体的文学史"，认为"也许只有那样的文学史才能真正深入人类精神发展的深层次"。[2] 可惜近年来有分量的相关论著还比较少，在李白研究领域也是如此。詹先生这一著作的问世，进一步将李白研究推向深入。

其二，溯源比对：研究方法的合适选择。从书中可见，为了呈现"活生生的李白"，詹先生用功极深，做了大量的相关文献的梳理工作，更做了大量的生命理论和中国古代生命意识源流的梳理工作，打通文、史、哲等学科知识，在极为宏阔的视野下对李白及其生命意识进行观照探究。在研究方法上，该书广泛运用溯源比对之法，揭示异同，说明李白及其诗文之源流与自我特色。

这本书前二章系统梳理了唐前的生命哲学与诗文中体现的生命意

---

[1] 詹福瑞：《诗仙·酒神·孤独旅人：李白诗文中的生命意识》，生活书店出版有限公司，2021，第13页。

[2] 钱志熙：《唐前生命观和文学生命主题》，东方出版社，1997，第2页。

识，简洁精到，意在启发后文，以李白的生命意识为依归。后八章直接对李白生命意识各层面进行细致探究，也随时与前二章相呼应勾连，在梳理比对中说明了李白生命观念和诗文中的生命意识的思想、文化、文学渊源。在书中，詹先生指出，"李白是中国传统文化塑造成其心理结构的士人"①，在思想、生命观念和文学创作方面均深受传统影响。总的来说，李白思想驳杂，不主一家，"儒墨的轻生观、老庄的重生观和列子的厚生观，此三者都影响了李白的生命意识"，魏晋南北朝士人"谈玄、饮酒、游仙以及徜徉田园山水"的心灵解脱方式也深刻影响了李白及其诗文创作，且李白"把魏晋以来诗文的此一传统发挥到了极致"。② 同时，在对比之下，作者也鲜明揭示了李白以及盛唐士人与传统思想文化观念的不同。比如，作者在指出李白及当时士人继承了前代的生命意识的同时，更指出了他们的不同之处，"其叹老、畏老之中，即涌动着永葆青春的渴望，洋溢着生命的创造力，此正是盛唐诗人与魏晋南北朝诗人的生命意识之重大区别"，"他的诗歌充满生命焦虑，却绝少老态，更无死亡气息；相反，多于时光焦虑中见奋发，在畏惧衰老时见青春，这是李白与前人之别，也是盛唐人与魏晋南北朝人之别"。③ 又如，书中还在对比中指出，李白在吸纳传统儒学观念的同时，对"固穷"思想不以为然，反而追求荣华富贵、不甘于贫贱；李白在深受传统"立功"的人生价值观影响的同时也有其鲜明的独特性，即"李白建立在功业理想上的英雄崇拜，大济天下舍我其谁的自许、自负所形成的超拔、豪迈气调"④；等等。

溯源比对的方式不仅用在探寻李白思想及生命意识方面，在探寻李白人生感受时作者也多用此法。比如第三章中在论述李白的漂泊无

---

① 詹福瑞：《诗仙·酒神·孤独旅人：李白诗文中的生命意识》，生活书店出版有限公司，2021，第351页。
② 詹福瑞：《诗仙·酒神·孤独旅人：李白诗文中的生命意识》，生活书店出版有限公司，2021，第18~19页。
③ 詹福瑞：《诗仙·酒神·孤独旅人：李白诗文中的生命意识》，生活书店出版有限公司，2021，第18、113页。
④ 詹福瑞：《诗仙·酒神·孤独旅人：李白诗文中的生命意识》，生活书店出版有限公司，2021，第19页。

依之感时，通过对比其《春日独酌》（其一）和陶渊明的《读山海经》（其一），指出二人同有顺应自然的观念，甚至可能存在渊源关系，但他们取向不同，"陶潜因因应自然而快乐，李白此时却颇为苦闷"，他的苦闷和漂泊无依之感"夹杂着来自政治抱负的无所施展、功名付与流水的苦闷和人生如过客的孤单"。[①] 一个对比揭示了两个伟大诗人的不同人生选择，给读者留下深刻印象。此外，溯源比对方式还被广泛运用于文学意象、细节描写甚至是某些关键词语的内涵分析方面。比如，文中指出了李白对"逝川"意象内涵的继承与发展，以及"飘风""飞电""石火"等意象的独创性；在论及李白拔掉白发的细节描写时，顺手指出其文学渊源在于鲍照的《拟行路难》；论及"逆旅"一词时，特溯词源，指出"在晋代以前，逆旅罕见用来比喻人生"[②]。这些论述看似随意，信手拈来，实则需要极为丰富深厚的文学积淀。

当然，书中溯源与比对的方法未必同时使用，有时仅是上溯前代、下及后代以明其源流，有时则是为了给自己的论点提供思想理论依据。比如书中令人印象深刻的内容之一，是关于李白快乐主义生命观的论述。作者指出，传统观念中对快乐主义生命观的否定态度是值得商榷的，追求快乐正是人生的主要目的，因而书中大量梳理、列举了西方哲学界和先唐时期的相关论述，以作为思想和理论支撑。至于比对，书中也不是只有进行溯源时才使用，还有同时期人物的比对，比如关于"李杜优劣论"的讨论；也有同主题、同一类型作品的比对；等等。

总的来说，作者具有鲜明的"史"的意识，将李白放在一个极为宏阔的时空语境和互文性系统中，通过溯源、比对，揭示李白的生命意识及其诗文创作等方面的继承与创新之处，让读者既能看到李白与中国传统思想、文化、文学精神一脉相承的深厚关联，也能看到李白在生命意识及诗文创作等方面的独特气质，知其然并知其所以然，从

---

① 詹福瑞：《诗仙·酒神·孤独旅人：李白诗文中的生命意识》，生活书店出版有限公司，2021，第200页。

② 詹福瑞：《诗仙·酒神·孤独旅人：李白诗文中的生命意识》，生活书店出版有限公司，2021，第195页。

而更加"懂得"李白。

其三,"冷笔"与"热笔":情感、感悟的大力倾注。"冷笔"与"热笔",是林文月先生论述杨衒之《洛阳伽蓝记》写法时总结出的两个词语,意指杨衒之撰写该书时或抑制个人情感,用"客观冷静的笔调";或难抑深情,用"主观热烈的笔调"[①]叙写北魏后期的洛阳寺庙及相关人物事迹。阅读《诗仙·酒神·孤独旅人:李白诗文中的生命意识》一书,笔者亦感到其中兼有"冷笔""热笔",冷热交织。书中主体部分论述严谨有法,偏于客观理性,结论公允持正,是为"冷笔";同时书中对李白及其诗文的解读又多为通达人情之论,尤其是对李白作为凡夫俗子的一面(如对感官快乐、富贵荣华的追求)予以充分的人性化的理解,冷静的叙述下掩藏不住作者对李白的共情欣赏与敬仰爱慕,因此书中亦富有温情、热情和人文情怀,是为隐藏于"冷笔"下的"热笔"。尤其是读至"后记"部分,方知该书的字里行间,更蕴积着作者炽热深沉的情感情怀与多年积累的生命感悟。

詹先生在"后记"中写道,这一部书他"写了半世"。这二十年里,他从人生"不惑"之年走到了"耳顺"之年,对生命的参悟和对李白的理解认识都越发深刻,越来越能够与李白在心灵层面产生共情。"伟大诗人带着他强烈而又真实的生命感撞开了我愚钝的心扉",终于自认为"找到了李白关于生命本质和价值的内在逻辑","使李白生命意识的各个方面得到了贯通"[②],因而也就有了该书这一重要学术成果。

"后记"的最后一句:"对生命的感悟与揭示,也是我一生的事业,不以论文形式发布,就是其他形式。"[③]这"其他形式"的一部分是以诗歌、散文的面貌呈现出来的。我们从作者近年来出版诗文集的名字就能看出来:《岁月深处》《俯仰流年》《四季潦草》。其中的诗文字里

---

① 林文月:《洛阳伽蓝记的冷笔与热笔》,见林文月《中古文学论丛》,(台北)大安出版社,1989,第262页。
② 詹福瑞:《诗仙·酒神·孤独旅人:李白诗文中的生命意识》,生活书店出版有限公司,2021,第579、581页。
③ 詹福瑞:《诗仙·酒神·孤独旅人:李白诗文中的生命意识》,生活书店出版有限公司,2021,第583页。

行间充满了作者的真情与对世事的洞察，以及对人生的思考与参悟，《桃花潭吊李白》《谒李白墓》二诗更是对李白敬仰与凭吊之情的直接书写。综上可见，这本书和作者的其他诗文集，都是其多年来对生命认真思索的结果，只是呈现形式不同。共读这些书，当更能体会到作者对于生命的理解与感悟的深度。

文学不是冷冰冰的，学术也不应是冷冰冰的，所以学术著作需要温度，需要"热笔"。依笔者浅陋的理解，这本书的温度主要体现于上文所述之中。此外，还有两种情怀也隐含其中，同样展现着来自作者的热情与温度。一是作者的学术情怀。近年来，针对目前古代文学研究领域存在的一些问题和不足，詹先生和其他一些专家特别强调相关研究要坚持文学本位，注重文本理解和细读，要回归心灵、回归生活。这也是今后古代文学研究的重要方向。该书可以说正是这种研究理念的具体实践，为中国古代文学领域展开立足文学本位的研究和有温度的文学研究提供了一个学术范例，同时该书也是作者作为学术研究者的责任感和使命感的体现。二是作者的淑世情怀。詹先生对当下社会有深刻的洞察和思考。书中对李白勃郁生命力的激赏、对快乐主义生命观的辩证认识、对功业意识的强调等，有一定的现实针对性，引导着人们树立正确的人生观和价值观。

不曾失落的独行灵魂

张志勇　河北大学

日月如梭，流光抛洒，无论身居何处，盛唐诗仙的荣光都如同"峨眉山月"一样，在闲暇时的精神"夜空"里朗照如鉴，温润我心。像"床前明月光""烟花三月下扬州""桃花潭水深千尺""天生我材必有用"等佳句，在儿时就已随着琅琅的读书声深深扎根于我的心田。几十年来，每每品读李白名作，总是感到越读越奇，越品越美，虽令我叹为观止，却终难细说个中究竟。然而，在拿到詹福瑞先生新书《诗仙·酒神·孤独旅人：李白诗文中的生命意识》并迫不及待地通览之后，我认为，詹先生的这本新著带领我们走近了一位既熟悉而又陌生的"诗仙"、"酒神"和"孤独旅人"的李白形象，再一次"全息"地体验、感悟到了诗仙的诗文中蓬勃恣肆的生命意识。而李白诗文卓绝千秋的风骨与神采，正是其生命经验对文学创作"润物无声"地滋育荣养而使作品外射出的灿烂光华。若没有从"生命意识"的角度阅读过李白诗文，则难以感悟李白诗文的精髓与真谛。"生命意识"，正是品读、探究李白作品令人"叹为观止"之美的一把"金钥匙"。

一　独行的灵魂

一位兼具才华与活力的诗人始终不会认为自己已寻得归宿，他一直在尝试，在探索。李白的灵魂所追寻的是理想，是诸如真、善、美、信仰、自由、独立人格等的精神价值。

比如脍炙人口的"世间行乐亦如此，古来万事东流水。别君去兮何时还？且放白鹿青崖间，须行即骑访名山。安能摧眉折腰事权贵，使我不得开心颜""邀我登云台，高揖卫叔卿。恍恍与之去，驾鸿凌紫冥"，从中可以看出李白对理想人格、精神价值的追求取决于其灵魂的高度，而非外在的物质与社会生活。

又如"弃我去者，昨日之日不可留；乱我心者，今日之日多烦忧""蜀道之难难于上青天""君不见黄河之水天上来，奔流到海不复回"等佳句当中，喷薄恣肆的"酒神"精神奔涌在字里行间。面对这种源于生命深处的"酒神"意识，一切墨守成规、琢磨经营的创作观念都不禁黯然失色，悄然遁去。它告诉我们，诗仙的心居住在灵魂的高处。那里是洋溢着至真、至善、至美之精神的"众神殿堂"。而世间维系功名利禄的一切樊篱和条条框框，在诗仙眼中就如"鸱得腐鼠"，阻碍着至真、至善、至美之独立人格的实现，也拉低了灵魂与生命的质量。

然而，作为"众人皆醉我独醒"的生命觉者注定"高处不胜寒"，所以李白只能在他的诗句中发出磅礴恣肆的呐喊，让最本真、最深邃的"自我"直面永恒，追问有限生命的不朽价值。法国思想家帕斯卡尔有一句名言："人只不过是一根苇草，是自然界最脆弱的东西；但他是一根能思想的苇草。"① 他的意思是说，人的生命就像芦苇般脆弱，极易消逝，但其思想的光芒却能掩盖生命的脆弱。从诗仙李白的诗中我们能深刻地感受到这一点。在"酒神"理想的加持下，李白这根"有思想的芦苇"不仅"纫如丝"，而且在世俗利禄与独立人格比权量力之际，站在了灵魂殿堂的高处，苏世独立，遗世高蹈，把盛唐一代生命理想的璀璨光辉展现得淋漓尽致，着实令人赞叹不已。

古往今来，自屈原《离骚》《天问》以来，我国传统诗歌中始终涌动着一种对理想精神人格、崇高生命质量的向往与追寻。这种追求也同样贯穿于李白诗的字里行间，比如"今人不见古时月，今月曾经照古人。古人今人若流水，共看明月皆如此""孔圣犹闻伤凤麟，董龙更是何鸡狗""美人如花隔云端""大雅久不作，吾衰竟谁陈""一往桃花源，千春隔流水"等句，皆是李白这位孤独灵魂旅者的"神来之

---

① 〔法〕帕斯卡尔：《思想录》，何兆武译，商务印书馆，1985，第157~158页。

笔"。因为他的灵魂高居于内心世界那充满至真、至善、至美的"众神殿堂"之中,有"神之思"方可外化为"神之句",故能绝圣弃智,任凭感情自由奔泻,如长江大河浪涛奔涌,一泻千里,快意当世,而绝非雕琢造作者所能望其项背。所以"清水出芙蓉,天然去雕饰"这一评价不仅是对李白诗格的精准描绘,更是对其理想人格的精辟概括。

詹先生在书中说:"李白的宣泄,表现为两种形式。一是直接表达他对人生苦短的切肤之痛:或悲白发相侵,或对秋而叹逝,或怀古而伤陵墟之变。诗中虽变幻古今,笼括宇宙,在阔大的宇宙之思和悠悠的历史之感中流贯着哲人的理思,但是这些无不与李白个人体验生命的悲伤融为一体。……第二种表现形式是把自己宣泄人生苦闷的行为真实地描写出来。李白追求现世享受、饮酒、游侠等行为多直接入诗进行描写,这些行为在作品中往往成为诗人宣泄人生苦闷的极具感染力的形式。"[1]

无论是切肤之痛还是宣泄之烈,都源于李白对理想人格与生命质量的"求而难得"。李白青年时曾周游江汉一带,寻找机会,以求仕进:"丈夫必有四方之志,乃仗剑去国,辞亲远游","奋其智能,愿为辅弼,使寰区大定,海县清一"的理念实则期望通过积极入世,慨然有为,把生命的理想外化为理想的世界,所谓"致君尧舜上,再使风俗淳"是也。但依凭生命内在热情而生活的李白,在世间樊篱面前注定成为一名格格不入的孤独旅者。在世俗功名利禄与理想生命状态的"鱼和熊掌"之间,李白毅然决然地选择了后者,正所谓"此行不为鲈鱼鲙,自爱名山入剡中"。李白的精神财富是以其生命深处的理想人格殿堂为仓廪,他始终在追求某种永恒的价值。这种追求已经演化成为一种持久的精神事业和传承,并超越一切个体的生死而世代延续。所以,李白对生命理想的追求本身就具有永恒的价值,甚至是人世间唯一实在的永恒。

---

[1] 詹福瑞:《诗仙·酒神·孤独旅人:李白诗文中的生命意识》,生活书店出版有限公司,2021,第505页。

李白是一位伟大的精神创造者，其诗歌作品在整体上具有内在的一致性。在某种意义上可以说，他毕生只在思考一个问题，只在创作一部作品；同时他也愿意挑战，不但向外界挑战，而且向自己挑战，不断地突破和超越自己，始终不懈地在"生命永恒"这一终极命题方向上寻找各种解决方案。比如："早服还丹无世情，琴心三叠道初成。"诗人想象自己有一天能早服仙丹，修炼升仙，以摆脱世俗之情，飞升虚幻的神仙世界："遥见仙人彩云里，手把芙蓉朝玉京。"李白以游仙自比，邀卢敖共作神仙之旅，给读者带来仿佛"列子御风而行，泠然善也"（庄子《逍遥游·北冥有鱼》）、"蝉蜕于浊秽，以浮游尘埃之外"（司马迁《史记·屈原列传》）般飘然引去、凌空飞渡的清高脱俗之感。

对于李白这样不懈追求人格理想和生命永恒高度的探索者而言，他的灵魂似乎永远不会满足于现状，而总是在持续追求一种至真、至善、至美的境界。人的高贵灵魂必须拥有与之相适配的精神生活。一个天才或许早慧，抑或晚熟。问题不在年龄，而在于他拥有一些对生命的至深感悟，不吐不快。"归时莫洗耳，为我洗其心。洗心得真情，洗耳徒买名。"（李白《送裴十八图南归嵩山二首》之二）"问余何意栖碧山，笑而不答心自闲。桃花流水窅然去，别有天地非人间。"（李白《山中问答》）前句起得奇崛，后句接得迷离，要说这首诗是抒写李白超脱现实的闲适心境，恐怕未必贴切。可以观察到一种独特的情感交织：既有对现实的批判和不满，也有对生活的乐观和浪漫情怀。两种情感并存，形成了一种复杂而丰富的艺术表达。"仰天大笑出门去，我辈岂是蓬蒿人。""仰天大笑"，多么得意的神态；"岂是蓬蒿人"，何等自负的心理。诗人踌躇满志的形象表现得淋漓尽致。

有人说艺术的生存方式注重生命的体验和灵魂的愉悦，功利的生存方式注重对物质的占有和官能享乐，李白有着自己的桃花源，他秉持着一种高屋建瓴的立场，一种恒久的生活准则，而非随波逐流，得过且过，庸庸碌碌度过自己的一生。

詹先生在此书结论中的最后一句说："李白创造了只有他自己才具

备的风格特征。"① 世上有多少诗人,就有多少种风格。每个人的创作道路都是自己走出来的,不必相同,也不可能相同。我们今天面对唐诗,面对宋诗,甚至面对当代新诗,都会认为风格多样性是一种积极的文学现象,而非缺陷。因为每个人正是靠自己苦心孤诣的孤独追求步入人类精神传统之"殿堂"的,并且只要我们实实在在行进于追求生命高度的创作道路上,就不会孤独。

二 坚守家园

詹先生在书中谈道:"李白的生命意识直接承继了魏晋诗文的生命意识,李白的诗风亦如是。初唐诗亦有生命之歌,但是并未延续魏晋南北朝士人面对生命瞬间存在的本质所发出的生死之悲,而是进入超远的理思,由生命苦短升华为宁静的宇宙之思。李白的诗恰恰打破了这种青春的欢乐和理思的宁静。他的诗并没有沿承初盛唐之交表现生命意识的诗风,把宇宙人生的宁静理思融入精心营造的美丽的诗境,创造纯美的境界,而是与汉末魏晋表现生命意识的诗作相近,呈现出相似的风貌。"② 为什么会呈现"由生命苦短升华为宁静的宇宙之思"?这其实是源自李白对心灵(精神)家园的坚守。

坚守的人,心境总会归于宁静,所谓"先师有遗训,忧道不忧贫"(陶渊明《癸卯岁始春怀古田舍》其二)是也。由于长年受到人格理想、高蹈出尘观念的浸染,李白的精神也变得愈发纯粹。结合上述詹先生的话,李白的诗恰恰打破了初唐诗所塑造的那种宁静的宇宙之思,他的全部生活就是守护内心深处象征生命高度和质量的"圣殿",用自由、飘逸的眼光审视俗世,仰望云天,展望高远。这守望的生涯令他心明眼亮,不染尘嚣。

---

① 詹福瑞:《诗仙·酒神·孤独旅人:李白诗文中的生命意识》,生活书店出版有限公司,2021,第508页。
② 詹福瑞:《诗仙·酒神·孤独旅人:李白诗文中的生命意识》,生活书店出版有限公司,2021,第503页。

对李白来说，关心精神价值胜于关心物质价值。在李白看来，无论是个体还是全人类，不管物质如何繁荣，生活如何舒适，一旦精神流于平庸，灵魂变得空虚甚至堕落，就绝无幸福可言。所以，他虔诚地守护着心灵中那一方承载其基本价值和生命质量的精神家园。即便是写出"羿昔落九乌，天人清且安。阴精此沦惑，去去不足观。忧来其如何？凄怆摧心肝"（李白《古朗月行》）这样的诗句，李白依旧幻想有像"射九日落"的羿这样的英雄来扫除世俗樊篱，重建至真、至善、至美的理想精神殿堂吧！然而，现实终究不是理想，象征旧樊篱的"九日"被清除后，代表人生价值和理想的月亮虽取而代之，但不久也难免于"沦惑"之宿命。尽管李白使用"归去来兮"这样的表述来表达自己的想法，但在这表面说辞背后"潜气转深"的真实情感却是"忧来其如何？凄怆摧心肝"。这忧虑在诗人心中郁结，不吐不快，进而爆发成为"我且为君捶碎黄鹤楼，君亦为吾倒却鹦鹉洲"（李白《江夏赠韦南陵冰》）这样感情激越、传诵千古的名句。

虽然上述诗句取材于神话传说，却寄托了李白的情怀遭际。可见游仙并非志士的理想，只不过是失志的归宿；不遇亦非偶然的现象，却是自古而然的常情。诗人的情绪虽显得有些深沉忧郁，但这恰恰表征了他对于精神家园的坚守，让灵魂远离尘世的浮躁与喧嚣。"沉吟此事泪满衣，黄金买醉未能归。连呼五白行六博，分曹赌酒酬驰晖。"（李白《梁园吟》）在唐王朝盛极将衰的时间节点上，李白怀着难以掩饰的忧虑情绪仰望苍穹，坚持着对精神价值与生命品位的追求。他愈写出狂放，愈显痛苦之深沉；愈表现否定，愈见坚守之诚挚。

信念是内心的光，它照亮了一个人的人生之路。没有信念的人犹如在黑暗中行路，不辨方向，没有目标，随波逐流，终其一生也只是浑浑噩噩、庸庸碌碌。一个人未必要担当某个重要的历史角色才能活得有意义，像李白这样贴近自然和生命本真的生活方式开示给我们的真义则是唤醒信念与灵魂，所以他的诗也奏出了"渊默雷声"般的生命强音。于是我们读到了如"兴酣落笔摇五岳，诗成啸傲凌沧州；功名富贵若常在，汉水亦应西北流"（李白《江上吟》）等兴会飙举、傲岸不羁的"李白式"佳句，还感受到了《翰林读书言怀呈集贤诸学士》中"片言苟会心，掩卷忽而笑。……或时清风来，闲倚栏下啸。……功成谢人间，从此一投钓"洋溢出的名士风度，这实际都是诗人"尸居而龙见，渊默而雷声"（《庄子·外篇·在宥》）的生命形态在诗中的兴发流露而已。

所以综合来看，李白凭借其诗作向我们开示了一个反映生命境界并引发价值思考的内在精神世界。李白的精神境界对其创作动机和作品风格产生了显著影响，从根本上成就了其作品"天然去雕饰"的创作特征；而且还在诗仙"飘然思不群"的写作风格背后，注入了源自生命本真的、渊默雷声般深沉严肃的主题，从而激发了古往今来一代代读者透达灵魂深处的兴发感动。

三　何尝失落

詹先生在书中写道："在李白孤独的意识中，最深刻的感受，是他的生命孤旅之悲，这是李白思考和探索生命之终始所产生的带有哲思的情感感受。……李白对人生极为独特的感悟和极为悲凉的情感。"[1]《李太白全集》开卷第一篇《大鹏赋》："大鹏飞兮振八裔，中天摧兮力不济。"李白在赋中以大鹏自比，抒写他要使"斗转而天动，山摇而海倾"的远大抱负。"登高壮观天地间，大江茫茫去不还。黄云万里动风色，白波九道流雪山。"《庐山谣寄卢侍御虚舟》中这雄奇壮美的景观，在某种程度上也是其内心高远抱负的映现。然而接下来笔锋陡然一转："好为庐山谣，兴因庐山发。闲窥石镜清我心，谢公行处苍苔没。"曾运筹帷幄、建立淝水之战不朽功勋的贤相谢安受司马道子排挤而挂冠去职，其所行之处被苍苔掩没则象征着李白自弱冠起内心所怀现世功业理想抱负的破灭。李白所追求的理想人生本是"严光桐庐溪，

---

[1] 詹福瑞：《诗仙·酒神·孤独旅人：李白诗文中的生命意识》，生活书店出版有限公司，2021，第342页。

谢客临海峤。功成谢人间，从此一投钓"。（李白《翰林读书言怀呈集贤诸学士》）然而，世俗纷扰，功业难成，世事难为，此刻无奈只能"身闲心清"，空临遗迹，追怀先贤功业。因此，"闲窥石镜清我心，谢公行处苍苔没"实际上反映了一位孤独的灵魂在面对与自己理想相悖的世俗世界时所经历的困境与不适。既然俗世之事难以成就，寄情山水也难以获得持久心理安慰，那就只能将理想归于虚无的游仙问道。所以从"谢公行处苍苔没"瞬间滑向"早服还丹无世情，琴心三叠道初成"，其实是诗仙李白作为一位灵魂独行者的必然选择。只有在超脱世俗的"虚无缥缈间"，诗仙才能隐约看到自己灵魂高处那理想的"众神殿堂"。明确了李白在人生孤旅、人生苦旅途中的这份心境，再回头看《庐山谣寄卢侍御虚舟》首句，也就不难理解李白为何要"凤歌笑孔丘"了。因为他在经历了"拔剑四顾心茫然"的理想破灭、心情郁塞阶段后，早已"世路如今已惯，此心到处悠然"（张孝祥《西江月·问讯湖边春色》）了。面对曾经困扰灵魂的世俗世界和积极入世的儒家理念，只能淡然一笑，"飘然引去"。人生孤旅的尽头，似乎也仅剩下了求仙问道一途或可与憧憬的理想境界、神圣的灵魂高度相伴。因此游仙主题屡屡出现在李白诗的字里行间，实可谓"此兴平生难遇"（姜夔的《庆宫春·双桨莼波》）。他虽因此而得名"诗仙"，但通过詹先生的解读也可得见，这顶"诗仙"的桂冠实在是这位固守灵魂高度的人生孤独旅者"蚌病成珠"的结晶！

在最内核的精神生活中，每个人都是孤独的，人际交往并不能消除这种孤独。但正因为由己及人地领悟到了别人的孤独，我们内心才会对他人充满理解乃至关爱。作为有灵魂的存在物，人的伟大和悲壮尽在于此了。在日常生活中，生活的质量从来都是取决于灵魂是否在场。托马斯·摩尔在《心灵书》中写道："当我们灵魂中独特的一面与我们所从事的工作相融合时，我们发现本性与勤奋结出的是甜蜜的果实，它可以医好一切创伤。"[1] 诚然，并非所有人都能从事自己心仪的

---

[1] 〔英〕托马斯·摩尔：《心灵书》，刘德军译，海南出版社，2000，第231页。

职业，但一个人的作品是否值得尊敬，关键在于他完成工作的精神而非行为本身——他的心血所倾注的理想才是值得尊敬的，没有灵魂的参与，即使锦衣玉食也只能是低质量地虚度了宝贵的时光。

从这一层面来讲，李白必定是基于人生孤旅途中自身生命的根本诉求而从事诗文创作的。在精神文化领域内，他不会没有困惑。可以说正因为在人类精神生活和生存意义问题上李白比常人有着更深远的困惑，所以才在这一方面做出了远比常人更为执着的探索。也正因如此，在是否要关注精神价值和从事精神创造这一点上，李白终其一生都从未因外在物事的变迁而发生内在信仰的动摇。

明确志业并持之以恒的人，精神上通常充实自足。信念犹在，志业犹在，安身立命之本犹在，何尝失落？"孤帆远影碧空尽，唯见长江天际流""金陵子弟来相送，欲行不行各尽觞……请君试问东流水，别意与之谁短长""大道如青天，我独不得出""古来圣贤皆寂寞，唯有饮者留其名""与尔同销万古愁""蜀道之难难于上青天""归时莫洗耳，为我洗其心"，这些诗句虽饱含深广的忧愤，但也表达出了对自我理想的坚定持守。故而诗情虽起伏波折，但表面状似汹涌的情绪背后却流露出了源自诗人心底的一份孤芳怡然。诗仙之诗之所以能够做到悲而不伤，悲而能壮，大抵即是根源于此。在艰难中创业，这是一种追求；在淡泊中坚持，在名利场外自甘于寂寞和清贫，这也是一种追求。因此，沐浴在"忧道不忧贫"的精神辉光里，坚守灵魂高度的人生孤旅者李白，并不迷惘，也不失落。他毕其一生所做到的，正是让信念的"大鹏"同风而起，遨游在至真、至善、至美的精神世界中，去叩响那灵魂高处圣殿的门扉，用诗意的语言传播真、善、美的精神价值，使之流扬后世，为庸常的人生启发源自灵魂之巅的那一种不平凡的真意。

逝川流光，李白"归来"

——生命是一切学问之本根

张 佩 北京印刷学院

余光中《寻李白》中写道，"酒入豪肠，七分酿成了月光/余下的三分啸成剑气/绣口一吐，就半个盛唐"，其李白情结展现得淋漓尽致。然而在采访中，他笑言："我如果去旅行，我不要跟李白在一起，他这个人不负责任，没有现实感。"[①] 其实，许多人眼中李白就是这样，他是盛唐最俊逸的剪影，是阔步云端的神仙，既矛盾又纯粹，既亲近又疏离，是如此令人好奇！国家图书馆原馆长詹福瑞先生《诗仙·酒神·孤独旅人：李白诗文中的生命意识》一书，如作者所言："就是要写李白对生命的感悟，要写我对李白生命意识感悟的感悟，要还原一个活生生的、带有生命气息的、带有人类情感的，这样一个天才诗人的一个本来的面貌。"[②] 或可解得观者对诗仙的好奇之心，去真正了解一位与我们同样，于生命苦短这一终极苦闷中经历着快乐、痛苦、孤独的人。

一 结构纵横铺舒与方法高度适配

这部书是以生命观为线索，以探讨生命价值贯穿始终的"李白诗传"，结构设置严谨而特别。八章排布，按照"前世—今生—未来"轨迹，并不似当下时兴的那种将核心概念聚焦首章的写法。以李白所在

---

① 余光中：《愿桥都坚固，隧道都光明》，江苏凤凰文艺出版社，2021，第106页。
② 《詹福瑞讲李白：囊括大块，一人而已》，视频号：生活书店，2021年12月14日。

的盛唐为"今生",前两章依次展开对"唐前生命哲学""魏晋南北朝诗文中的生命意识"的探索;中三章则以李白诗文为基础,集中讨论了他对生命本质的认知与实践;后三章则侧重诗人的生命历程、心灵体验与生活态度,自然延伸至对今人的启示。整体由具体至抽象,由诗文入哲思,从往昔到如今,似画兰草,一笔撇掠过,焦浓重淡清。

在纵线清晰的同时,每章横向拓展讨论问题,表现出相对的独立性与彼此间的呼应关联。这从作为副文本中重要构成的标题便可窥得一斑。正标题皆出自经典诗文,点明主旨深意,导引出副标题中主要对象与问题。如首章名"死生亦大矣",出自《庄子·德充符》,强调死与生都是人生变化中的大事,在人类单向度的时间序列中,死生是沟壑分界,亦是天堑联结。由此自然延伸至副题所论"唐前生命哲学"。次章讨论"魏晋南北朝诗文中的生命意识",题名本自陶渊明《形影神三首·神释》:"纵浪大化中,不喜亦不惧。"此后各章则多取李白名句,"逝川与流光""人生得意须尽欢""身没期不朽""古来圣贤皆寂寞""且须酣畅万古情""万物兴歇皆自然",无不正副匹配,时段相合。这种命题方式极富中国文论"摘句"评点特色,精准又灵动,每题无论出自原诗出句还是对句,都注意彼此间协同表达出的对时间、生命的感悟。

除却纵横排布的细腻构思,作者还特别注意研究方法的高度适配与变化。如第三章谈李白诗文中的光阴意象所表现的生命本质,作者汲取典型,各个提出或两两对举。将逝川、流光、石火、春容、飞蓬、逆旅、过客、春殿、古丘等,以散若星辰之"点",去映衬李白广袤浩渺的精神穹苍。这些意象,或言一去不返,或道消歇迅疾,或叹转瞬即逝、容颜易衰、盛极而败,由点及面逐步展示出诗人的忧生、矛盾与上下求索。第八章讨论李白顺其自然的生活态度,有鲜明的分论题,兼具收束全书的功能。研究中,作者纯熟地运用了中西比较、细读文本等方法,以《老子》《庄子》《王弼集》《先秦汉魏晋南北朝诗》《加缪手记》等为核心文献,在梳理中西方哲人、文士自然观演进中提炼出李白自然观的承接、发展与延伸;同时注重与前几章所探讨的功名观、各类型诗歌进行呼应,得出"存亡任大钧"、顺其自然的人生态度,直是水到渠成。

二 直面终极矛盾与焦点精彩阐发

在李白研究的众多成果中,这本书最大的特点是正面回应了李白身上凝聚的几组矛盾;且通过上文所论结构、研究法展开了扎实的分析论证,得出令人信服的结论。以生死与时间的胶着为不可避免,李白的忧生嗟叹比他人更为沉重,表现得更为复杂:渴慕建功立业,却又徘徊于及时行乐;不辞富贵荣华,却有粪土王侯之气概;诗风浪漫飘逸,却深蕴现实关怀;喜欢冠盖京华,却从来遗世孤独。此中任何一个,都是唐诗研究、李白研究、经典接受中的焦点问题,聚讼纷纭。惜乎历来彼此观照不够,个中结论单看颇有意趣,实则未触及问题本质。除却在四组矛盾中始终贯穿核心的线索"生命意识"之外,作者精准地抓住了"快乐"这个处于矛盾交汇处的点,对其阐发得尤为透彻精彩。

他认为"李白主张的生命快乐,既有精神层面,亦有感官层面",而研究其诗与人,便是要直面此中包蕴的深刻问题。在东西方传统观念中,对"快乐主义"的生命观一直持否定态度,西方惧其干扰宗教信仰,东方则厌其使人心受到遮蔽,而那些表现出强烈快乐的人、耽于享乐的人,总归被视为人欲难驯的浮浅之徒。这就更需要将李白个人从此中别出,展开具体考察与研究。作者指明,李白对感官之乐的追求,源于对流光欺人的恐惧,故而从不掩藏对苍茫时光中片刻欢愉的喜好,表达得强烈绚烂、光彩夺目,所谓"今夕不尽杯,留欢更邀谁""荣盛当作乐,无令后贤吁""千金买一醉,取乐不求余"是也。后世词中有"尽头艳语",李白诗中足可谓"尽头乐语",作者精准地评价其以"矫激行为"对抗生命力遭遇外界磋磨,"颓废得十分深刻",表达得异常顽强,"十分合乎人的生命本质"。观者一旦从中理解了李白的"快乐",他对时光奔涌的敏锐,对建功立业的执着,对世间美物的珍爱,对自我生命与他人生命的关怀,对盛世繁华中报国无门的无奈与孤独……自然迎刃而解。

三 李白、文学与学术的三重回归

通观全书,作者在这部作品中努力实现了三重回归。

首先,李白回归"飘逸"。历史上对李白的接受,自宋人开始产生人品、诗风的争议。元代的注释家萧士赟在争议声中,采取"注李如注杜"的方式,将李诗阐释得更符合儒家的期待。尽管后人不断予以批评,但这种深耕诗意的倾向延续至今,研究者在潜意识中希望呈现一种"仙圣同途"的肃穆感。同样论证"关怀现实",作者精研作品,辅以李杜比较,指出李诗关怀现实的特征是"讽权贵"且"直而显",与杜甫"怀烝民"且"婉而讽"有别。这与李白强烈的生命意识暗合,与他浪漫飘逸的形象亦绝不冲突,并不需要刻意地拔高或回护。

其次,古代文学研究回归对"艺术"本质的重拾。长久以来,以梳理存世文献、描述文学生成与演变的历史事实为主流形态的倾向,使"古代文学研究最终阑入了历史研究范畴"[1],文与史的亲密远超文与艺。作者强调:"意识在文学中的呈现,主要表现为感性的审美的形态,带有极强的主观性和不确定性……本书尝试从文本细读中直接触及并阐释李白生命的内涵。"[2] 这就是拨开了经典接受中历经传播累积的话语浮云,重新与诗人对话,去感受作品中跃动的艺术魂灵。

最后,学者学术回归大众阅读。作者詹福瑞长期从事中国文学批评史、中国古代文学研究,发表学术论文百余篇,近些年著有随笔集《不求甚解》、诗集《岁月深处》、散文集《俯仰流年》。这部被他形容

---

[1] 詹福瑞:《诗仙·酒神·孤独旅人:李白诗文中的生命意识》,生活书店出版有限公司,2021,第582页。
[2] 詹福瑞:《一部写了半世的书》,《读书》2021年第10期,第136页。

为"写了半世"的书，融合了广深的学术积累，却毫不艰涩难读，全出之以俊逸畅快的笔调，与他前期的书写轨迹从容相合。而这半世，从不惑到耳顺，恰是一位学者学术版图稳定，足供思想自由驰骋的阶段，如他接受采访所说："李白对这些快乐是怎么看的，对孤独是怎么感受的，他怎么超越这些达到人生自然的这种境界，这就是我的书的目的，我希望读者能喜欢它。"读者喜欢，大众喜欢，是作者最衷心的希冀。细节窥全貌，为方便阅读，这本书将各章参考文献分章集中于卷末，既便于检索又确保正文文本的一体混融，极大提升了读者的阅读体验。

视野宏阔，追根溯源

杜志勇　商静怡　河北师范大学

作为我国古代文学史上一颗独一无二的璀璨明星，李白的形象及其创作经历了数代人的塑造与研究，成果可谓汗牛充栋。关于李白生命意识的研究虽早已有之，但较为零散。2021年11月，生活书店出版有限公司出版了这一研究领域的集大成之作——詹福瑞先生的《诗仙·酒神·孤独旅人：李白诗文中的生命意识》。此书是詹先生对李白诗文之生命意识进行的一次全面系统梳理，也是对李白一生复杂心理的细致剖析。詹先生在此书中将生命意识的观照视角与文本细读的研究路径相结合，试图还原一个肉体与精神、天才与凡夫和谐交融的、鲜活的李白。

捧书而读，以下几点感受尤为深刻。

第一，格局宏大，视野广阔，专精与博通。

詹福瑞先生在此书中，显示出极为宏大广阔的研究格局。详论之，可分为三点。其一，贯通古今。此书一个极为明显的特点就是每提出一观点，辄详细论述前代相关情况。历史的演进具有连贯性，并无突然的差异。李白的生命意识也绝非凭空而来，欲解此谜题，必得追根溯源。故詹先生特列一、二章，分别从哲学与文学角度出发，详细梳理唐前生命哲学的主要观点及魏晋南北朝诗文所表现出的生命意识。儒道与《列子》，三曹与嵇阮，或言世道背景，或言创作变化，詹先生可谓旁征博引，信手拈来。其二，融会中西。在引言部分，詹先生就西方生命哲学进行了简明扼要的介绍。在后续的论述中，也几乎处处可见叔本华、罗素、威廉·詹姆斯等西方哲人的身影。如叔本华于天才之人生命旅途的描述正与李白相契合，其孤独一方面受外界环境所迫，另一方面则来自自我放逐的个人选择。如此积累，非朝夕所能成，可见其功力至深。此外，詹先生更是打破学科界限，在史学、哲学、心理学等多重视域下进行解读。如从詹姆斯之"社会自我"与"精神自我"出发，解释李白由强烈渴望建功立业转为疏离社会之行为的心理原因：不再把生命目的与价值的实现系于外界，而是回归自我。李白作诗文以求身后名正是寻求此种个人精神之满足。

第二，比较意识，抽丝剥茧，追根溯源。

比较意识使得詹福瑞先生在勾连古今、中西之时，能够一举抓住问题要领所在，叙述起来行云流水，读之亦如拨云见日。此种比较意识不仅反映在研究格局上，更体现在每一具体问题上。

李白诗文中的光阴意象种类繁多，层出不穷，詹先生的比较思路在其关于"逆旅"意象的论述中极为清晰。首先，纵向比较"逆旅"意象之演变过程。"逆旅"即旅店，晋代前极少用来比喻人生；南朝时期受佛教影响，重神弃形，多把人之形体喻为精神之"逆旅"，强调其暂时性；而在诗文中，用"逆旅"形容人生当在东晋时期，典例如陶渊明之"家为逆旅舍，我如当去客"。随后，横向比较"逆旅"内涵的不同。同用"逆旅"，陶、李两人却有不同的侧重。"陶渊明以家为逆旅，即以人生为逆旅，强调的是人生的暂寄性；而李白则以天地为逆旅，以人生为过客，同样突出人生是暂时而短暂的，却以天地之长久而衬托之。"[①] 可见，李白之"逆旅"更强调生命过程之流动不永。又如同为自然思想，陶渊明因自然而快乐肆意，李白却生出苦闷孤单之感。同为生命哲学，中国是"向生而死"的哲学，西方却是"向死而生"的哲学。同为饮酒，青年时期的李白尽显风流，老年之时却见"佯狂"之悲。此类比较几乎随处可见，若非经过反复精读与推敲，层层分析，则很难把握诗人的心理动态，从而更好地理解诗意。

此外，比较意识还可倒逼研究者抽丝剥茧后见其根本因由，詹先

[①] 詹福瑞：《诗仙·酒神·孤独旅人：李白诗文中的生命意识》，生活书店出版有限公司，2021，第197页。

生对于李白快乐主义生命观的解读即是如此。中西对于及时行乐的思想大都持否定态度，认为其追求感官的快乐，应是颓废消极的生命观。然而李白的及时行乐却并不能简单定义为负面行为。追根究底，应是实现生命社会价值的内在追求与社会阻碍和打击的外在原因综合作用的结果。故詹先生总结此为"执着于生命力的矫激行为"。① 可见，比较意识不仅可以丰富研究视野，更可在不同中凸显各自的独特之处。

第三，还原语境，矛盾之处，据理辩驳。

严耕望先生在《治史三书》中提到："历史很难作时间的割断。做平面的划割，更不容易。因为时间前后固有关联，有影响，而同一时间的各项活动更彼此有关联有影响。"② 因此，越想接近史实，越需还原彼时的真实语境，将自己置于历史环境中考察。关于《行路难》三首的系年问题，历来争议不断。詹福瑞先生认为，欲明其意，关键在于对三首诗的用典进行联系解读。如《行路难》其二前六句看似符合李白一入长安的遭遇，然其后却紧接郭隗和贾谊典故，此二则典故叙其进入朝中之事，并非其不遇的遭际。如此看来，前后并不相洽。随后，詹先生将《行路难》其一中的吕尚、伊尹典故与《行路难》其三中的伍子胥、屈原、李斯、陆机四人因被谤而被帝王疏远的典故结合在一起进行整体分析，发现三首诗所宣泄的情感与语言风格皆有共通之处，由此得出三首诗应为"同一时期所作，不宜被拆开"的结论。此外，萧士赟认为《答王十二寒夜独酌有怀》绝非李白之作。然而詹先生将其与《将进酒》联系在一起，却发现其思想情感有诸多相同之处，可见此番推测并不足以服人。

詹先生在分析问题时，往往能够以点带面，从一小点入手，遂牵出与其他知识千丝万缕的联系，在宏阔的视野下进行综合考量。小至上下文之关联，大至整个历史流变，读之令人倍感爽快。

---

① 詹福瑞：《诗仙·酒神·孤独旅人：李白诗文中的生命意识》，生活书店出版有限公司，2021，第233页。
② 严耕望：《治史三书》，上海人民出版社，2011，第15页。

第四，论据结合，循循善诱，深入浅出。

初读本书可发现，前两章内容似与李白无甚直接关系。然若非此番详细梳理，理解李白之诗恐不会如此顺畅。想来詹福瑞先生在撰写之初，就已进行了通盘考虑，为后续讲述这些背景对李白产生的影响做好铺垫。书中亦有许多纯哲理性文字，或有艰深晦涩之嫌。对此，詹先生每引一语，即接以通俗易懂的解释，贴近大众，将学术术语与平易近人的细读分析相结合，使读者能够在轻松的氛围中理解深意。当然，由于詹先生采用的是文本精读的研究方法，因此每提出一观点，便举相关典型作品为例，并将自己的分析过程和盘托出，为读者提供研究思路。

如"古来圣贤皆寂寞"一句的"寂寞"或有两个含义："要么是圣者贤人生前皆寂寞，如果是这个意思，则李白是为圣贤的命运鸣不平；要么是死后寂寞，而此显然不符合历史实际，圣贤的实际情况是生前寂寞而身后有名，身后并不寂寞。如果是后一个意思，则李白是在说愤激语，说反话。即圣贤建立了不朽功业，立言传世，又有何用？反不如饮酒作乐者既享乐于现世，又留下了身后之名，如'斗酒十千恣欢谑'的陈王曹植。这种反语就是玩世不恭了，充满了对现实的不满和批判。"[①] 将两个含义置于历史情境进行辩驳，取其妥帖一方，诗人的真实意图也便得以显现了。此种观点、实例与分析三者结合的言说方式深入浅出，自然流畅。

综之，《诗仙·酒神·孤独旅人：李白诗文中的生命意识》是詹福瑞先生对李白研究的一次推进，更是其自身对生命进行认识与感悟的结晶。詹先生不仅为我们提供了研究的学习范式，更在带领我们走近李白的同时，走进自我，体悟生命的本质。

---

① 詹福瑞：《诗仙·酒神·孤独旅人：李白诗文中的生命意识》，生活书店出版有限公司，2021，第436页。

探寻人生，无问西东

杨冬晓 河北科技大学

这几年从事科研工作，詹先生的书经常要置诸案头。

而学习先生的《诗仙·酒神·孤独旅人：李白诗文中的生命意识》一书，正是我漫长求教过程中的一个环节。

我的大学生活是在河北大学度过的，尽管以古代文学为研究方向，但我的基础知识却相当差劲。河北大学极重学术传承，当年即便是轻狂无知的本科小儿也了解：河大学术传家宝中最有分量的古代文学研究，具体来说是李白研究与《文心雕龙》研究，借由詹锳先生传至詹福瑞先生。而河大的博士点、国家研究基地等一系列"金字招牌"也都由此生发。但是当古代文学的浓郁氛围笼罩身边，我却处于年轻人最愣头青的阶段，偏偏喜欢看外国现代派小说，琢磨西方当代文论。大学毕业后更是跑到北京去读比较文学与世界文学研究生，发誓要证明自己的与众不同。当然几年后我依然听从内心的声音，回归到古代文学的研究领域，但在此期间产生的学科壁垒却以令人尴尬的样子展现出来。进入博士阶段应该能写出学术论文的我，却找不到研究方向，不熟悉基本文献，甚至读竖排繁体没标点的古籍都要比别人多用一倍的时间。入学没半年，我就丢盔弃甲。

而实际上先生也的确对我"另眼相待"。先生安排我做《文心雕龙》范畴研究。他告诉我：当年詹锳先生研究《文心雕龙》，最重要的成果有二：一是作为资料汇编的《文心雕龙义证》；另一部分则是作为理论解析的《〈文心雕龙〉的风格学》，这是以西方文论与作家心理学为工具，深入解读《文心雕龙》范畴的经典之作。可以说作为河北大学传家宝之一的《文心雕龙》研究，本身就是中西结合的产物。你不是另类，而是最适合研究这个方向的人。这些鼓励让原本一脸苦相的我精神大振，摩拳擦掌地准备干那"最适合自己做的事"。当我自己控制这个选题时，不由自主地重蹈研究生时的习惯，变成了中西文论对比研究。结果可想而知，不论是开题还是最终答辩，我都是备受争议的一个。尽管十几年前的学术界还不像今天这般强调中国自有话语体系的建设，可像我这般浅薄之人随意地以西释中，必然会带来主观臆断、论证无力以及文化隔膜的问题。然而不管外界有多大风浪，詹先生始终支持着我。也许只有最乐观、最温厚，并对学生抱有深厚感情的导师，才会在尽力引导的同时，允许一个年轻人走与自己不一样的路，甚至深信有一天他能走得更好。

就这样我磕磕绊绊地结束了三年读博的时光，并成为一名大学教师。而毕业后申请项目发表论文，没一样顺心之事。我不明白为什么总会有人说我的论述缺乏真凭实据，为什么总有人说我的设计复杂难懂，甚至会有人说这种研究不符合古代文学的基本套路。幸亏我离先生不远，一有机会见到他，抽空摸缝说的全是课题研究的事。先生嘱咐：边做边学，看看别人是怎么做的。我不聪敏但还算听话，关于研究方法当真是揣摩过许多名家专著，有时不明所以，有时若有所悟。但没想到竟是先生一部关于李白作品的解读给了我一个生动而值得信服的案例：我们应该如何做一种中西结合的文学研究。

对于《诗仙·酒神·孤独旅人：李白诗歌的生命意识》，我相信不同的读者必会有不同的认知。从我的视角出发，这是以现代思想解读古代文学问题的代表案例。从 20 世纪 90 年代的《李白全集校注汇释集评》开始，若论有关李白的生平考证、作品解读、研究综述甚至是海外传播状况，几乎没有詹门之人不曾涉猎的领域。詹先生将近古稀之年再次以李白为题出书，读者必会希冀其有新的见解。然而当我看到书名时，却狠狠打了个激灵："生命意识"以及"酒神"都是典型的西方现代哲学概念，后面跟着柏拉图、黑格尔、尼采、叔本华、狄尔泰、柏格森等一长串名字。以此为题分析李白，激发了我多年来被称为"不符合古代文学研究套路"的痛苦记忆。我并非不了解"以西释中"

研究模式的缺陷：西方哲学以及一部分由此衍生的文论观点，其思维模式往往不是基于某类现象的概括总结，而是由理论到理论的纯粹逻辑推演。比如"生命哲学"的阐释过程，往往是先提出一个抽象概念，比如"德行""灵魂""时间"，然后驳倒一些有谬误的理解模式，又经历大前提、小前提、结论的推理过程，最后在理论家头脑中形成一个自洽结论和完整闭环。其间肯定不乏对前人理论的引用，但绝少结合实际情况的举例。那么且不说其文化背景与理论渊源是否能与中国古代文化形成沟通，仅就这种纯粹思辨的模式而言，便会与古代文学特有的重抒情、重审美以及与现实人生息息相关的特性大相径庭。做过很多失败尝试的我自然迫不及待地希望看到先生是如何操控这一命题的。

然而通读全书之后，我感到的是一种亲切而又坚定的说服力。并非因为此书论述了一个轻松愉悦的话题，而是易读、易懂，观点新颖，结论可信。相比起西方哲学如同脑力训练一般的推理过程，先生的研究方式是文论与文本交融、感性与理性结合。李白雄奇的作品、飘忽的灵魂以及跌宕起伏的人生遭际是本书讲述的主体，从小耳熟能详"床前明月光"的中国人不可能不对其倍感亲切。而章节题目中不断出现的新异研究视角则使人充满兴趣地想要了解这位诗人的另类面孔。以詹先生之蕴藉，写出一部能获得各类奖项的专著并不为奇，但能做到令人过目不忘并愿意一读再读，则是真正的与众不同之处。

这本书对于李白的解读分成六个章节，令我印象深刻的是"死亡"、"快乐"以及"崇高"等主题。因为比起在古代诗人笔下经常出现的"怀才不遇""建功立业""精神解脱"等字眼，前面所列的几种极不寻常，但又契合了当代人的关注热点。让我们先谈谈"死亡"。中国哲学并不缺乏对"生命"的叩问，但在我们通常的理解里，像先秦的老庄、孔孟、墨子、杨朱以至汉代之后的《论衡》《淮南子》，即使偶尔有涉及"死亡"的言辞，也主要是以此来衬托现实世界中生存方式、道德准则或价值判断的重要意义。而在这部以"生命意识"为题的作品里，头几章却呈现出很长一段对于真正意义上"死亡"的哲思。作者追溯李白之前古代"生命意识"的流变，在先秦哲学尤其是魏晋南北朝文学创作的浩渺文献中,独辟蹊径地牵出一条令人动心惊耳的关于"死亡"的线索。它包括对时间飞逝悚然惊惕的感悟,如《古诗十九首》:"人生非金石,岂能长寿考?奄忽随物化,荣名以为宝。"也包括对肌体衰朽刻骨铭心的知觉,如《百年歌》:"明已损目聪去耳,前言往行不复纪……日告耽瘁月告衰,形体虽是志意非。"还包括亲人逝去、生者独存的无可奈何,如陶潜"亲戚或余悲,他人亦已歌。死去何所道,托体同山阿"。更能上升为对世界与人之关系的终极叩问,如《叹逝赋》:"世阅人而为世,人冉冉而行暮。人何世而弗新,世何人之能故。"正如作者所言,不同于西方哲学对"有限性""存在性"这些形而上问题的思辨,更不同于宗教思想中对神之伟力及"赎罪"的敬畏,中国人对"死亡"的思考"出自内心的激动、情感的不安,如同身体感受疼痛一样直接、感性而又具体"。[①] 这是基于对生命和世界的热爱而生发的对另一种存在方式的直接面对和切身体验。正因如此,作者在论述李白生命意识时,既承认其渴望功名、纵情享受、乐观放达的个性使其对生命无比留恋,又能以"古丘""逝川""过客""石火"等一系列诗歌意象串联起李白对于"死亡"的深刻觉知,开拓了李白诗歌的研究空间。然而观点的创新并非作者引证西哲观念的唯一原因。阅读本书前半部分,尤其是第二章关于魏晋诗歌生命意识的梳理,其沉重感就像浸淫于一片幽深而辽阔的海洋。在作者详尽列举的诗文中,我们看到了太多关于疾病、永诀、悲怆、虚空的表述。但那些已跨入中年并有一定阅历的读者不会轻易回避这些情绪与话题。青春年少时很难理解死亡,可当代人必然面对的生活重压、世事无常、情感空乏以及荒诞之感,不知不觉地与境遇似乎完全不同的古人形成呼应。先生在后记中提到:

> 人之肉身,十八岁长成;大脑的长成,据说在十七岁;而人

[①] 詹福瑞:《诗仙·酒神·孤独旅人:李白诗文中的生命意识》,生活书店出版有限公司,2021,第4页。

之精神的长成，却是一辈子的事。对生命的认识，也需要人的一生。所以对生命的感悟与揭示，也是我一生的事业。①

我以为，先生所言这"一生的事业"，不仅是他比起常人来更加耀眼的经历，以及与之相伴的更加惊心动魄的失去与离别，更是他在漫长的阅读与思考后，既不因好奇而追捧热点，也不因自卑而求新求异，只是以更宽广的眼界和更多元的思路，接纳并学习着古今中外人类文明所有智慧的谦虚心态。而这也让我看到了当代理论与古代文学研究之结合的必然性与深层原因。

如果说中西对比视角下"死亡"主题的引入证明了古代文学研究面对当代关注热点而产生的必然变革，那么这本书关于李白诗歌"快乐主义"的探讨则是另一个选题巧妙、方式规范的比较文学研究样本。这个章节里呈现了全书中最为密集的中西理论互释环节。作者试图寻找李白漂泊一生中为数不多但足以舒缓其灵魂的精神慰藉，发现李白诗歌中对于"快乐"的描述与今人之观念意外地相似，即格外偏重当下性与体感性。李白笔下美酒美人、放歌狂舞、钟鼓馔玉的华丽图景跨越千年，仍能令今天的读者心灵激荡。由此改编出许多极受欢迎的流行歌曲与影视片段，也形成了当今大众对李白的感性认识，这也说明追求生之乐趣是人类最古老也最具共通性的话题。然而在中国古代尤其是宋代之后，儒家、道家及禅宗等哲学派别对肉体欲望的理解或为负面，或避而不谈。那么为了以更真实的方式还原李白的精神世界，也为解释李白在当代文化中的重要意义，作者爬梳古今中外的相关论述，不仅包括中国古代的杨朱、列子、向秀、张湛等人的观点，也以西方哲学里伊壁鸠鲁、罗素、叔本华等人的思想进行佐证。究其目的并非以西释中，而是分析当代人类文化演进与观念互通的客观原因。而在作者确立了自己论点的稳固基础后，其论证过程又体现出古代文

---

① 詹福瑞：《诗仙·酒神·孤独旅人：李白诗文中的生命意识》，生活书店出版有限公司，2021，第583页。

学研究特有的细密扎实,即广泛运用不容置喙的文献考证法。如认为李白对金钱有直白的渴求,作者列举了诗歌《赠从兄襄阳少府皓》中的例证:"归来无产业,生事如转蓬。一朝乌裘敝,百镒黄金空。"而为了更加深刻地展示李白真实而沉重的情感分量,作者进一步考证此诗的写作背景:"此诗作于开元二十七年(739),作者漫游归来,生活窘迫,告贷于从兄李皓,故如实告知自己退耕舂陵生计毫无着落的状况。"[1] 类似的还有《鲁郡尧祠送窦明府薄华还西京》中天宝五年李白贫病经历的事实考证,《玉真公主别馆苦雨赠卫尉张卿二首》中李白在玉真公主别墅少食忍饥的背景梳理。这些古代文学的论证方法看似与前文中西文论阐释研究的策略大不相同,却以实证的方式对全文新锐的论点进行有力支撑,避免了比较文学研究中经常出现的说服力不足的现象。

通观全书,中西互证的例子俯拾即是,而它们的存在也不只是为支持那些新颖的论点。作者的信手拈来之举,使得一些在古代文学研究中极为常见的话题也变得韵味丰厚。比如书中讲到李白的《独坐敬亭山》,一首大众熟知、学前儿童亦能记诵、朗朗上口的名作:

众鸟高飞尽,孤云独去闲。相看两不厌,只有敬亭山。

大多数人都能体会到诗中悠远、宁静、空旷的意境,而作者却别出心裁地对比了一首文艺复兴时代彼特拉克的小诗:

我一直在寻求孤独的生活,
河流、田野和山林它们明白。
我试图逃离那些渺小、浑噩的灵魂,
他们已迷失了通往光明的天堂之路。

---

[1] 詹福瑞:《诗仙·酒神·孤独旅人:李白诗文中的生命意识》,生活书店出版有限公司,2021,第251页。

仿佛奇妙的催化剂，这种比照使我们原本熟悉的古诗忽然展露出鲜为人知的一面：锋利的"孤独"感如同刺破浓雾的号角声，在跨越六百余年、身处欧亚两片大陆的文豪之间回荡。作者进一步引用了鲁迅的"吾行太远，孑然失其侣"。由"孤独"以至"崇高"，再到对生命终极的悲剧性体验，李白深广的心灵世界借由这一首诗的解读徐徐展现在我们面前。不知会不会有人以此为"过度阐释"的体现，但至少是我，在阅读此段时立刻想起先生对于自己的一生是"行脚僧"的概括。这是在遍尝人生百味之后，以自己丰富的心灵与古人交谈，无问西东，但求探寻生命的真谛。因此他得出的结论必会有他人的共鸣，也必会吸引更多有着相同经历的读者去分享这种深刻的智慧。

  这就是我阅读先生这部书时的整个心路历程。首先会特别关注那些明显带有中西比较色彩的新颖论题，随后便在头脑中模拟自己论述此题的角度与过程，当然，也会预判多年来相似经历下可能遇到的批评。但是伴随着丰富的例证以及令人信服的推衍步骤，我会逐渐心悦诚服地认同作者的观点，并最终确立起一种既有鲜明的当代视角，又植根于古代文学与文化深厚土壤的有关李白的全新认识。因此再回忆起当年先生指导我进行古代文学象限下的比较阐释研究，他的鼓励和包容，这似乎已不仅是"因材施教"的缘故，甚至是在邀我一起，进行一场他心目中更富挑战性，更具时代性，也更加有价值的古代文学研究新路线探索。

生命诗学视野下的李白研究[*]

陈玉强　河北大学

詹福瑞先生研究李白，经历了两次顿悟。一次是不惑之年读李白《将进酒》，悲从中来，怆然泣下，从而顿悟李白的生命意识；一次是读叔本华《作为意志与表象的世界》，顿悟生命的本质在于存在的瞬间性与消亡的虚无性，从而理解了展现生命短暂之痛的李白诗。这两次顿悟奠定詹先生《诗仙·酒神·孤独旅人：李白诗文中的生命意识》的基本研究路径，即文本悟入与哲学阐释。

这一路径与"以还原历史为目的"的研究路径不同，是从文本细读中直接触及并阐释李白诗歌的生命内涵，"既要从个人的生命悟入，更要依赖于读书，尤其是西哲的书"[①]。然而，生命悟入岂是易事？"生命，不论古今，无论中外，都是一个微妙的、难以勘透的问题。"[②] 詹先生这部书，从不惑到耳顺，写了半世，用功最著，其中包含持续的学术积累和人生渐悟的过程。

詹先生将中外生命哲学的要义融入对李白的阐释，使此书具有明显的生命诗学视野。按照学界的界定，"生命诗学强调文学与生命的内在关联性，认为文学的本质在于对人的关怀、对生命的关怀，文学形式是主体生命扩张、情感外化的生命形式，也是对生命本体进行审美观照的物化形式"[③]。詹先生探讨李白诗文中的生命意识，就属于典型

---

[*] 本文曾刊于《名作欣赏》2023年第19期，略有调整。
[①] 詹福瑞：《诗仙·酒神·孤独旅人：李白诗文中的生命意识》，生活书店出版有限公司，2021，第582页。
[②] 詹福瑞：《诗仙·酒神·孤独旅人：李白诗文中的生命意识》，生活书店出版有限公司，2021，第580页。
[③] 吴投文：《沈从文的生命诗学》，东方出版社，2007，第8页。

的生命诗学研究。

尽管郭沫若早在 1920 年就已揭开文学抒写生命的本质特征,其《生命底文学》一文呼吁"生命是文学底本质。文学是生命底反映。离了生命,没有文学"[1],然而综观百年来的生命诗学研究,成果远谈不上丰硕。詹先生指出:"很明显,生命意识已经消失于当代熙熙攘攘的众生之中了,忙于世俗生活的人们已经麻木,谁还去关心生命为何、从何处来到何处去的问题?哲学很少研究人的终极之问,文学亦舍弃了这一重要传统,关于生命的研究内容尚未引起学术界足够的重视,只在少数著述中才见涉及。"[2] 少数几部涉及生命诗学的著述,大都局限于中国现当代文学,例如吴投文对沈从文生命诗学的研究、陈超对当代诗歌生命诗学的研究。对中国古代经典作家,尤其对李白的生命诗学阐释,学界是有缺失的。詹先生的这部书弥补了这一缺失,通过研究李白诗文中的生命意识,为学界建构了生命诗学视野下中国古代经典阐释的新路径。

一　生命意识研究何以是可能的

意识带有极强的主观性和不确定性,[3] 较难把握。作为研究方法的生命诗学首先要在逻辑起点上回答:生命意识研究何以是可能的?詹先生指出:"研究文学中的生命表现,应是文学研究的基本之义。"[4]

其一,生命时间具有客观属性。生命在时间里发生、展开、终结,生命意识的本质是时间意识,只有从时间里才能窥得生命的本质。詹先生引用叔本华之语"时间是我们一切直观先天的必然形式,一切的

---

[1] 郭沫若:《生命底文学》,《时事新报》1920 年 2 月 23 日。
[2] 詹福瑞:《诗仙·酒神·孤独旅人:李白诗文中的生命意识》,生活书店出版有限公司,2021,第 580 页。
[3] 詹福瑞:《诗仙·酒神·孤独旅人:李白诗文中的生命意识》,生活书店出版有限公司,2021,第 582 页。
[4] 詹福瑞:《诗仙·酒神·孤独旅人:李白诗文中的生命意识》,生活书店出版有限公司,2021,第 580 页。

物质以及我们本身都非在这里表现不可"①，在哲理上可以佐证"李白对个体生命本质的体认，是通过光阴而获得的"②。生命意识之所以可以被研究，正是因为其底层的时间具有不以人的意志为转移的客观属性。

其二，生命意识具有历史属性。李白是肉体性、精神性与社会性三位一体的历史存在，他的生命意识是从其所处的现实土壤中生长出来的，受唐代社会及传统文化的影响，具有特定的历史属性。

其三，生命意象具有客观属性。詹先生对李白诗歌中的逝川、石火、春荣、飞蓬、逆旅、过客、春殿、古丘等生命意象有精彩的探讨，揭示了其中包蕴的生命意识。而这些生命意象是客观存在的，故而其比附、隐喻的生命情感空间，也是可以被感知的。

其四，文学具有不朽的永在性。詹先生指出生命的本质是"瞬间的存在而终归虚无"③，但李白抒写生命并不是为虚无辩护，恰恰相反，他是以文学反抗虚无。李白创造了承载生命之思的杰出作品，揭示生命的虚无之痛与超越之途，至今影响着中国人的精神世界，因而具有立言不朽的永在性。

詹先生以生命诗学为研究视野，对李白生命意识的研究，首先是以生命意象为核心的内部研究，其次站在中西生命哲学的高度对之加以审视，又具有外部研究的特点，跳出了以往作家思想研究的俗套，开辟了李白思想研究的新格局。

二　揭示李白生命意识的内在构成

李白没有提出任何生命哲学的理论，"但是，他通过个人的感受、

---

① 〔英〕罗伯特·艾伦：《哲学的盛宴》，刘华编译，新世界出版社，2013，第205页。转引自詹福瑞《诗仙·酒神·孤独旅人：李白诗文中的生命意识》，生活书店出版有限公司，2021，第213页。
② 詹福瑞：《诗仙·酒神·孤独旅人：李白诗文中的生命意识》，生活书店出版有限公司，2021，第13页。
③ 詹福瑞：《诗仙·酒神·孤独旅人：李白诗文中的生命意识》，生活书店出版有限公司，2021，第13页。

诗性与文情

体验和艺术表现，不仅触及个体生命本质问题，而且极为深刻"[1]。李白的生命意识集中体现在他对生命瞬间性、虚无性本质的焦虑与反抗上，他的生命之悲与乐、功业渴求与英雄情结、孤独与崇高、逃逸与解脱，均可以从中得到解释。

一方面，生命的瞬间性、虚无性必然引发李白的焦虑，在诗文中体现为生命短暂的悲叹。詹先生精当地指出："惊惧时光的飞逝，嗟叹生命不永，是生命意识在李白作品中至为突出的表现。"[2] 另一方面，由于生命短暂，终归虚无，李白又努力追求生命价值的生成。"李白对个体生命本质的深刻体认，给其心理带来巨大的焦虑，同时也为其人生注入了强大的生命动力"[3]，詹先生研究了焦虑与动力双重驱动下李白的生命意识。

李白的生命意识具有复杂性，他对现世乐与身后名，时褒时贬，有一些矛盾的表述。李白《少年行》"看取富贵眼前者，何用悠悠身后名"，否定身后名，肯定现世乐，对徇节徇书以追求身后名的行为表示不屑；《江上吟》"功名富贵若长在，江水亦应西北流"，认为现世乐不长久，转而赞赏"屈平词赋悬日月"，又有"身没期不朽"（《拟古》其七）的一面。

如何阐释李白的这种矛盾呢？詹先生认为，现世乐与身后名在李白思想中是并列的。其一，李白接受的文化本身存在矛盾。"造成矛盾的原因，不在李白，而在于他所接受的文化。"[4] 在生命目的的认识上，儒、道重精神，《列子》重感官，造成了思想的对峙与分裂，"李白接受的就是这种分裂、多元的思想"[5]。其二，李白在人生的不同时期，

---

[1] 詹福瑞：《诗仙·酒神·孤独旅人：李白诗文中的生命意识》，生活书店出版有限公司，2021，第13页。

[2] 詹福瑞：《诗仙·酒神·孤独旅人：李白诗文中的生命意识》，生活书店出版有限公司，2021，第160页。

[3] 詹福瑞：《诗仙·酒神·孤独旅人：李白诗文中的生命意识》，生活书店出版有限公司，2021，第13页。

[4] 詹福瑞：《诗仙·酒神·孤独旅人：李白诗文中的生命意识》，生活书店出版有限公司，2021，第240页。

[5] 詹福瑞：《诗仙·酒神·孤独旅人：李白诗文中的生命意识》，生活书店出版有限公司，2021，第240页。

有着不同境遇、不同心境,也有不同的生命意识。"李白某一特定时期的具体情境和心境不同,他的诗中故而出现了或高扬功名、或高扬感官快乐的矛盾"①,整体上呈现出早年求富贵、晚年求身后名的特点,当然其中还有更具体、更复杂的原因。

事实上,李白以快乐主义的生命观弥合了现世乐与身后名的矛盾,将"现世乐与身后名和谐地统一为一体"②。詹先生指出,李白"否定功名富贵与肯定身后名的立足点正是在现下的快意之上,而且是无待,即没有任何负担的快乐","携妓纵酒与兴酣草诗,都是逞一时之快。这种诗酒生活,既可以释放受到现实压抑的情感,又可以留下诗文传世"③。

也就是说,李白对身后名的理解,不由徇节徇书而来,而是由其笑傲诗坛的诗才而来。进而言之,他追求的不是道德不朽,而是诗文不朽。在李白看来,现世乐是荣身乐命,身后名是基于快乐主义的诗文不朽,二者本质上并不矛盾。

李白将生命的价值和意义放在当世,因此他的功名心甚强。"崇拜英雄,建功立业,追求声名的不朽,这是李白为个人生命找到的最为重要的价值所在,也是李白诗歌的主调,是李白作品中最能感发人的意志的内容之一。"④ 然而,理想和现实的巨大落差,又催生李白强烈的孤独意识,加重他的焦虑。"李白一生的主要困扰是强烈的功名心与怀才不遇的矛盾,这种矛盾又加深了他生命苦短的焦虑,造成心灵的极大困扰。"⑤ 故而李白诗文常常抒写孤独无依之悲、孤芳自赏之傲,赋予其文学以悲感与崇高感。

---

① 詹福瑞:《诗仙·酒神·孤独旅人:李白诗文中的生命意识》,生活书店出版有限公司,2021,第240页。
② 詹福瑞:《诗仙·酒神·孤独旅人:李白诗文中的生命意识》,生活书店出版有限公司,2021,第235页。
③ 詹福瑞:《诗仙·酒神·孤独旅人:李白诗文中的生命意识》,生活书店出版有限公司,2021,第239页。
④ 詹福瑞:《诗仙·酒神·孤独旅人:李白诗文中的生命意识》,生活书店出版有限公司,2021,第15页。
⑤ 詹福瑞:《诗仙·酒神·孤独旅人:李白诗文中的生命意识》,生活书店出版有限公司,2021,第16页。

李白有两种解决焦虑的途径：一是以诗文不朽作为生命不朽的快乐之源；二是推重精神自由，沉入审美境界，超脱现实不快。詹先生指出："李白习惯于求助庄子，追求精神的自由放旷，以此来达到一种快乐的生命状态。"① 詹先生由李白的游仙诗、饮酒诗探讨李白心灵的逃逸与解脱，由李白的山水诗探讨李白顺其自然的生活态度，揭示了李白复杂的心路历程。

三 李白生命意识研究的多维路径

"就李白说李白，无法说透李白。"② 因此，詹先生跳脱出来，从哲学、历史诸层面，探讨李白的生命意识，建构了生命诗学的四个维度：哲学之维、历史之维、审美之维、现代之维。

其一，在哲学维度上，梳理中西生命哲学理论，揭示李白生命意识的本质、渊源，体现了生命诗学研究的高度。詹先生认为先唐生命哲学是李白生命意识不可分割的部分，"儒墨的轻生观、老庄的重生观和列子的厚生观，此三者都影响了李白的生命意识"③；以西方生命哲学为参考，"找到了李白关于生命本质和价值的内在逻辑，就使李白生命意识的各个方面得到了贯通"④。

其二，在历史维度上，注重探讨李白生命意象的历史渊源，体现了生命诗学研究的厚度。例如，詹先生研究李白"石火无留光"（《拟古》其三）的石火意象，先梳理李白之前《关尹子》、汉乐府、《抱朴子》、曹植对石火的用典，再阐释李白石火意象的独特性，认为喻指生命短暂的石火意象包蕴着生命稍纵即逝的本质，比源出孔子、喻指时

---

① 詹福瑞：《诗仙·酒神·孤独旅人：李白诗文中的生命意识》，生活书店出版有限公司，2021，第16页。
② 詹福瑞：《诗仙·酒神·孤独旅人：李白诗文中的生命意识》，生活书店出版有限公司，2021，第581页。
③ 詹福瑞：《诗仙·酒神·孤独旅人：李白诗文中的生命意识》，生活书店出版有限公司，2021，第18页。
④ 詹福瑞：《诗仙·酒神·孤独旅人：李白诗文中的生命意识》，生活书店出版有限公司，2021，第581页。

间逝去的逝川意象更强烈、更震撼。

其三，在审美维度上，抓住李白诗文中的生命意象进行审美分析，体现了生命诗学研究的深度。詹先生以研究对象映照自身，将自身对生命与诗艺的理解，作为文本悟入的契机，剖析李白的时光流逝之叹，写得极为精彩。

其四，在现代维度上，探究李白生命意识超越个体的普遍意义和人文价值，体现了生命诗学研究的温度。詹先生对李白的研究不仅引领读者回到历史现场，而且站在贯通古今、会通中西的现代立场上，阐释李白对于当下的价值，其功于李白研究甚大，对当代文化建设亦有意义。

四 李白生命意识研究的价值探讨

詹先生此书不同于以往从道德层面塑造李白的成果，他从生命意识这一根本层面阐释李白，探讨李白的生命意识与当下的关联，因此具有重要的学术价值和现实价值。

自古以来，对李白的快乐主义不乏偏见，詹先生为李白辩护，认为李白追求及时行乐，"内在思想基础是其对实现生命社会价值的不懈追求；外在原因是社会对其追求思想的阻碍，使李白追求生命价值的努力遭受打击，其生命力受到挫折，此时的及时行乐就是执着于生命的矫激行为"[1]。李白及时行乐的目的，并非颓废的发泄，而是"以最强调的形式指出生命的顽强性"[2]，是"他挥发生命力的表现"[3]。

詹先生进而指出快乐是生命的目的及人类的权利，"其实快乐是生命的唯一或曰终极目的，它合于生命的本质，无论是追求物质的快乐，

---

[1] 詹福瑞：《诗仙·酒神·孤独旅人：李白诗文中的生命意识》，生活书店出版有限公司，2021，第233页。

[2] 詹福瑞：《诗仙·酒神·孤独旅人：李白诗文中的生命意识》，生活书店出版有限公司，2021，第234页。

[3] 詹福瑞：《诗仙·酒神·孤独旅人：李白诗文中的生命意识》，生活书店出版有限公司，2021，第14页。

抑或精神的快乐"[1]。为了说明这一点，詹先生广引中西快乐主义生命哲学作为佐证。例如，古希腊哲学家伊壁鸠鲁认为身体的痛苦和灵魂的纷扰都是恶，认为快乐是幸福生活的开端和终点，它是首要的和天生的善；中国儒、道重精神快乐，《列子》重感官快乐，也是对身心快乐的肯定。

詹先生认为李白诗文中及时行乐思想也不出快乐主义的范围。追求身后名是延长生命的一种精神上的价值追求，追求现世感官快乐是尽可能占有生命空间的一种物质上的努力，"两者同样都是面对生命苦短的现实而自然生成的提高生命质量、增加生命力度的行为方式。追求快乐行为，合乎人的本性，因此也是合理的"[2]。詹先生举德国思想家霍费尔的观点，认为追求快乐是人与生俱来的权利，夺取人的快乐，是对人的原始权利的侵犯。

詹先生这部功力深厚的李白研究专著，哲思与文采俱佳，学理与情怀兼备。从李白的快乐主义生命意识中发掘与当下的关联，探讨其对于人类的普遍意义，可见詹先生的李白研究寄寓着一种深刻的情怀，即对人的生命权利、快乐权利的肯定。詹先生此书既弥补李白研究的短板，在中国古代文学领域开辟生命诗学研究的新路径，又将研究结论指向当下对生命意识漠不关心的普罗大众，展现了詹先生关注现实的人文情怀。

---

[1] 詹福瑞：《诗仙·酒神·孤独旅人：李白诗文中的生命意识》，生活书店出版有限公司，2021，第14页。

[2] 詹福瑞：《诗仙·酒神·孤独旅人：李白诗文中的生命意识》，生活书店出版有限公司，2021，第232~233页。

兴酣落笔摇五岳

王红霞　四川师范大学

一壶酒，一把剑，酒入豪肠，便留奇诗千篇；一轮月，一诗人，绣口一吐，就是半个盛唐。天才诗人李白"以英玮绝世之姿，凌跨百代"，古往今来，无数文人吟咏赞誉，吟咏他潇洒飘逸、放荡不羁、傲世独立的个性，赞誉他气逸才高、壮浪纵恣、惝恍莫测的诗才。世人眼中的李白，是深藏功名的侠客，是俊逸潇洒的诗人，是阔步云端的谪仙。但这些评价多少有些轻飘，细读李白诗文，会发现他其实是一个充满矛盾的孤独诗人。正如詹先生在《诗仙·酒神·孤独旅人：李白诗文中的生命意识》一书所言，"他一生重交友，呼朋唤侣，上至王侯，下至酿酒的庶民；重场面，浪迹天下，或欢聚，或别离，多有赠别赠答诗，似乎一生都在与世沉浮。但是从生命意识角度考察李白真实的精神世界，他却是极为孤独的"[1]。是的，尼采曾说过，天才都是孤独的。"谪仙人"李白也是一位孤独的旅人，但孤独者的内心一定是饱满而丰盈的，孤独者的内心都有一份孤傲。每个人生命中曾经有过的辉煌和灿烂，终究都是要用孤独寂寞来偿还的。

一　半世之书：通俗不失深邃

从不惑之年到耳顺之年，一部写了半世的书耗费了先生半世的心血，行文之美自不待言，各章标题尤为引人入胜，皆用贴合主旨的古

---

[1]　詹福瑞：《诗仙·酒神·孤独旅人：李白诗文中的生命意识》，生活书店出版有限公司，2021，第15页。

诗文，颇有"兴酣落笔摇五岳"之气势。解读文本时，旁征博引，深入浅出，细腻典雅，古今中外皆有涉猎，颇有"俱怀逸兴壮思飞"之风采。

这气势和风采均得益于作者秉承学术当回归"浅解"的治学理念，先生在《不求甚解——读民国古代文学研究十八篇》一书中写道："研究者对于作品故作高深的过度阐释，不仅会对读者正确理解作品发生阻隔，甚而至于败了读者的阅读胃口。"① 做学问不应故作高深过度阐释，追求恰当理解才是治学之门径。《诗仙·酒神·孤独旅人：李白诗文中的生命意识》便是这样一部书：既学术又通俗。

学术之作——从西方哲学到中古文献，从儒道经典到诗人别集，作者旁求博考，征引翔实，论证严谨。论证观点，秉承"辨章学术，考镜源流"之旨。从横向架构而言，作者并未首章聚焦李白诗文中的生命意识，而是用前两章先梳理唐前儒墨道诸家，《老子》《庄子》《列子》以及魏晋南北朝诗文中所呈现的生命哲学和生命意识，后几章再言及李白，属实为读者勾勒出一部先秦至唐的生命哲学史；从纵向细节来看，如"逝川与流光：李白诗文中光阴意象所表现的生命本质"一章中，探讨"石火""逆旅"等意象，先追溯意象本源，再考究意象演变过程，最后回归李诗所指，脉络清晰。

通俗之作——不作过度阐释：阐释李诗浅显抒情而富有感染力，文字通达流畅，一如"清水出芙蓉"。视野回归大众，所论述的生命话题，亦是我们每一个人都在关注和经历的人生主题，对生命的思考，亦是人类普遍而深邃的终极问题。詹先生说："人之肉身，十八岁长成；大脑的长成，据说在十七岁；而人之精神的长成，却是一辈子的事。对生命的认识，也需要人的一生。"② 正因如此，该书从生命的角度，深入挖掘李白个性、思想、诗风的成因，故能引发读者的广泛共鸣。

---

① 詹福瑞：《不求甚解——读民国古代文学研究十八篇》，中华书局，2008，前言第 8 页。
② 詹福瑞：《诗仙·酒神·孤独旅人：李白诗文中的生命意识》，生活书店出版有限公司，2021，第 583 页。

二 生命诗学：新变寓于传统

由乾嘉学派开创，经陈寅恪等学者丰富发展的文史结合的研究方法一直是古代文学研究既传统又占主导地位的方法。梳理文献，"以诗证史，以史证诗"，还原历史，是一个世纪以来古代文学研究的主流形态，正如詹先生在此书后记中所言："古代文学研究最终阑入了历史研究范畴，研究方法也以历史研究方法为主。"① 而此书研究对象是李白的生命哲学、生命意识，生命哲学是一个哲学范畴，意识是"一种存在于特定历史时期的历史事实"②。此书在沿袭传统文史结合的研究模式上，力求文史哲的结合，并探寻了新的研究路径——从诗文文本与李白人生经历触及其生命主题，最终回归文艺，揭示李白生命意识对诗歌风格的影响，这一模式是对传统文史研究模式的继承和发挥。

该书还在传统中求新变，弥补了近年来李白研究视角较为单一的尴尬现状。"人的生命是一切人文之始，亦是文学的最终源头。"③ 探讨文人生命意识当是读懂诗人重要的一环。对李白生命意识的关注起始于李长之《李白：寂寞的超人》《道教徒的诗人李白及其痛苦》等著作，此后萧望卿《李白的宇宙意识与人生观》、罗宗强《李杜论略》、杨义《李杜诗学》、日本学者松浦友久《李白——诗歌及其内在心象》等皆有涉及，但多零散琐碎。而詹先生此书较之前人，不仅更加具体和系统，而且切入角度也异于前人，在深入阐释诗文文本的基础上较为完整地勾勒了李白一生不同时期的生命意识。此书共八章，前两章可谓"前世"，分别探讨了唐前的生命哲学观和魏晋南北朝诗文中的生命意识；后六章可谓"当世"，从李白生命意识的角度观照李白，通过

---

① 詹福瑞：《诗仙·酒神·孤独旅人：李白诗文中的生命意识》，生活书店出版有限公司，2021，第582页。
② 詹福瑞：《诗仙·酒神·孤独旅人：李白诗文中的生命意识》，生活书店出版有限公司，2021，第582页。
③ 詹福瑞：《诗仙·酒神·孤独旅人：李白诗文中的生命意识》，生活书店出版有限公司，2021，第1页。

细读分析李白诗文文本，梳理李白对生命本质、生命意义的感悟，揭示出李白的时光焦虑、及时行乐、功名渴望、孤独心境和体认自然的人生态度以及其后的深层原因；余论揭示李白生命意识对其诗文的影响。总之，此书为走近李白其人其诗提供了新视角，为读者呈现了一个肉体与精神皆立体的李白。

三 李白归来：天才亦是凡人

李白在《酬王补阙惠翼庄庙宋丞泚赠别》中言，"世迫且离别，心在期隐沦"；在《感兴》其五中言，"十五游神仙，仙游未曾歇"；在《月下独酌》其二中言，"贤圣既已饮，何必求神仙"……总之，李白一生都在出世和入世中徘徊，在隐和仕中挣扎，在游仙和富贵中彷徨，这些矛盾的、反复无常的心态被诗人诉诸笔端，成为李白诗文的常见主题。近世研究者虽注意到了李白在诗中表露出来的矛盾，但大多把李白之矛盾单纯归结于李白驳杂的思想，或将其视为儒道的混合、出世与入世的矛盾、任侠与游仙的矛盾。如：裴斐先生、林庚先生均认为李白诗中充斥着的矛盾是李白所处时代之果，不同的是林庚先生归之于"盛唐气象"的反映，裴斐先生归之于唐帝国极盛而衰这一历史转折期各种极为尖锐的社会矛盾的集中反映。[①]

而此书则全面剖析了李白身上的矛盾：叹时光短暂，伤春悲秋，却又在挣扎中热爱生命；焦虑青春短暂、光阴催迫，又急于求取功名；渴慕建功立业、声名不朽，却又醉心于宴饮美酒、及时行乐；不辞富贵荣华，不甘穷贱，却又有傲视权贵的粪土王侯气概；喜欢冠盖京华，却又有和者盖寡的遗世孤独；热爱自由，却又无往不在枷锁之中……这些矛盾又为何集中体现在李白一身？詹先生说到，生命的本质在于诗人自身是瞬间的、短暂的，终归虚无，故应当珍惜热爱生命，他的任侠，他的携妓，他的纵酒，他的荣华梦，是他追求快乐的方式，是

---

① 裴斐：《李白十论》，四川人民出版社，1981，第23~24页。

他挥发生命力的表现；是现世的渴望、易逝的青春催促着李白追求在生命的瞬间创造个人的生命价值与意义，所以李白一生都有着强烈的入世渴望，追求功名、渴慕功业、崇拜英雄、追逐声名不朽，但诗人漂泊无依，空有济世安民的怀抱志向，所以诗人的内心又是孤独的，是与世沉浮的孤旅无依，是报国无门的孤独无奈，是不愿与世同流的孤高傲世，是自我放逐的终极孤独。这一切的苦难波折、痛苦失意，造就了李白以诗文不朽作为精神寄托，追求超越现实束缚的精神自由，最终接受道家"万物兴歇皆自然"的思想。因此，读懂李白对生命本质、生命价值的体味，便能解构李白身上的各种矛盾。

对李白身上矛盾的解构也为读者勾勒出了一个"重归"的李白。詹先生在《不求甚解——读民国古代文学研究十八篇》一书中，对研究者的自身要求做了探讨，指出中国古代文学研究者要用心灵去触摸文学，做一个充满感情、有平常心、有血有肉的研究者。而此书，正是詹先生对此要求的身体力行。作者用心灵去触摸文学，以半世人生体味去接近李白，未独登高楼，却蓦然发现一个有血有肉的李白：一方面，他是诗仙，是酒神，是飘逸的天才诗人，他以道自任，以天下为己任，有着"海县清一"的理想；另一方面，他也是一个世俗凡人，他焦虑青春易逝，恐惧衰老死亡，充满人生漂泊无依之感，苦闷功名付与流水，沉溺酒色肉体之乐，急欲改变出身，宁要功名富贵，也不愿做节义的奴隶，沉浸在自己的精神世界与幻想世界，充满孤旅之悲，不与世同流。经过詹先生的剖析，重归的李白，既是天才诗人，也是俗世凡人！

诗仙李白是位孤独旅人

贾 飞 范森屿 南通大学

李白是中国唐朝乃至整个古代的伟大诗人,被誉为"诗仙"和"酒神",他的诗歌被后人视为文人雅士追求的典范,以至于我们一谈到浪漫主义,就自然而然地想到李白。不过,李白的内心深处却有着孤独的情绪,他其实是一位孤独旅人。詹福瑞先生在他的著作《诗仙·酒神·孤独旅人:李白诗文中的生命意识》中,从多个角度深度解析了李白的生命意识,从而使李白孤独旅人的形象更加深刻且真实,立体展现了李白是"诗仙"、"酒神"和"孤独旅人"的合一。

首先,李白的孤独意识源自他对自身才华的自许。李白兼具顽童和智者的气质,对自己的才华有着极高的自信,他狂放不羁,认为自己的才华超越常人,善于运用夸张手法来表现自己的才华,具备了非凡的智慧和创作能力。这种对自身才华的自许使得他的作品充满了自命不凡的自我意识,表现出大胆的想象力和挥洒自如的文笔,常以豪情奔放的笔触展现自己的才华,不屑于和普通人相提并论。《为宋中丞自荐表》曰:"怀经济之才,抗巢由之节,文可以变风俗,学可以究天人。"在唐代这个人才辈出的时代,李白以其豪放飘逸的诗风和奇特的想象,将自己独特的艺术个性和才华发挥得淋漓尽致,从而在浩如烟海的文学史中占据了一席之地。其创作风格与众不同,独树一帜,与其他著名诗人相比,有着迥然不同的仙风道骨。李白的诗仙形象,不仅丰富了他自身的文学艺术内涵,同时也为他增添了传奇色彩,更使得他与普通人之间形成了一道不可逾越的鸿沟。詹先生在书中引用叔本华的观点,佐证了李白的孤独感是作为天才诗人特有的心理体验,是一种不与世同流的孤傲,这是天才远离人群的自觉选择与自我放逐,是卓越之人的共同命运。同时代的普通人无法理解天才，因此天才在世界上才会格外孤寂无奈。而天才目空一切的自我意识，又从精神上使自己已经孤立于尘世之外。这种孤独的心理其实是复杂的，一方面是阳春白雪、和者盖寡、知音难觅的寂寞与悲伤，另一方面则是目中无人、与众不同的孤高与矜傲。这两种心理相互抵消，相互慰藉，反而达成了一种巧妙的平衡。从"相看两不厌，只有敬亭山""桃花流水窅然去，别有天地非人间"这样的诗句就可以看出，李白的孤独意识并不是一种凄凉的孤独，而是以孤独为乐，是对自我的肯定，是自我精神强大的体现，是李白独特性格的力量与光辉。正如詹先生所说，李白不属于传统意义上的士人，他所拥有的士人的气节，并非在于他不追求功名利禄，不追逐富贵荣华，坚持贫困守道，而更多的是因为他具有一种傲视权贵的情操，这才是李白真正区别于其他士人的地方。这种"戏万乘若僚友，视俦列如草芥"（苏轼《李太白碑阴记》）的风骨和他自许自负的豪迈个性就是李白孤独感的来源之一。李白用孤独来表达自己的情感，也在孤独中寻找自我、表达自我。他的诗歌中充满了自然、历史、人生等多种意象，表达了他对孤独的独特理解和感悟。李白的孤独，是一种对自己的挑战，也是一种对自己的肯定。他以自己的方式，追求一种超越世俗的境界，追求一种自由自在的人生。这种孤独的精神，成为他诗歌的灵魂，也成为他生命的注脚。李白的诗歌，成为一部孤独者的史诗，成为一部生命的诗篇。他以自己的方式，对生命进行了深刻的探索和反思，表达了自己对世界的看法。

其次，李白的孤独意识还源自他对短暂生命的悲伤。"生者为过客，死者为归人。天地一逆旅，同悲万古尘。"人生苦短，生命与宇宙是不可逆的，人类在天地之间是孤独的，有限和无限的对比十分强烈，李白对生命孤独的深刻体悟在他的诗句中表现得淋漓尽致。詹福瑞先生联系魏晋南北朝诗文中以生命为表现对象的作品，发现其主旨大多是哀叹时光易逝、生命短暂，表现出士人珍惜生命的情感。李白也在作品中运用天地之过客的意象来表现生命的短暂，蕴含了他对人生的独特感悟，凸显了他内心的焦虑与孤独，"惊惧时光的飞逝，嗟叹生命不永"。对于人类来说，在浩瀚的宇宙中，我们的存在或许只是一个偶然的瞬间，如同一颗流星划过天际，然后悄无声息地消失在宇宙的深处。在这个过程中，我们所经历的一切，无论是喜是悲，都如同一场孤独的生命之旅，我们孤身一人，终究会消失在天地之间。李白的一生经历了许多挫折和磨难，他曾多次被贬谪，过着颠沛流离的生活。虽然他表面上看起来洒脱不羁，享受着人世间的欢乐，但他内心的孤独和寂寞却是无法掩饰的。他曾在诗中写道："日月终销毁，天地同枯槁。"正是因为他深知人生无常，没有不朽的事物，人世间的一切都将会消逝，我们只是天地之间的一个过客，无论如何努力，最终都无法使自己的命运长存。这种清醒与彻底的认识也就造成了李白内心的孤独感，使他的内心充满了孤独和无法与时空和解的哀伤。詹先生通过深入探讨庄子和西方哲学家的观点，并将其与李白的诗歌感受相联系，发现其中存在着相通之处，能够使我们更加深刻地理解生命的本质和意义。时间和空间相融合，生命的本质就是虚无。因此，人的生命是孤独的，只有像李白这样深刻思考人类命运的天才才能真正感受到这种孤独与寂寞，并用自己的方式去探索和表达这种情感。李白正是通过诗歌表达了自己对生命、自然与宇宙的深刻感悟，以及对生命短暂和永恒的思考。李白对短暂生命的悲哀，体现了他孤独意识的另一个侧面。用"孤旅之悲"这个词语来描述李白内心的感受，似乎他的一生都是在无边无际的孤寂中度过的。他的诗歌中充满了对天地间生命短暂、时间飞逝、人生无常等的感慨。他在《春夜宴从弟桃花园序》中写道："夫天地者，万物之逆旅也；光阴者，百代之过客也。而浮生若梦，为欢几何？古人秉烛夜游，良有以也。"天地是万物的旅舍，光阴是古往今来的过客。死与生之间的差异，就好像梦与醒的不同，纷纭变幻，不可究诘，得到的欢乐，又能有多少呢？因此，李白的诗歌中所蕴含的"孤旅之悲"的思想，实际上源于他对生命以及所有事物终会寂灭的深刻认识，这是他对宇宙以及生命本质的深入思考和感悟，也是他以诗抒怀的原动力。总体而言，李白的孤旅之悲反映出他对人生、宇宙以及生死的深刻理解和独特感悟，这种感悟是建立在他对自然和人生的敏锐观察和丰富想象之上的。李白运用豪迈奔放的诗词风格表达内心深处的孤独和悲伤，以浪漫主义的诗意探索永恒的问题："人生有何意义？"这不仅展现了他作为一位伟大诗人的人文情怀，更是对人类存在意义的深刻思考。

最后，李白的孤独意识也源于他对建功立业的失望。钱穆在《灵魂与心》中论述道："若人类生命根本只在此七尺肉体短促的百年之内，则人生之意义与价值究竟何在？此实为人生一最基本绝大问题。"李白对生命具有深刻认识，他明白人的生命是短暂的，但只要在生命存在的瞬间创造出永恒的价值，就能实现个体生命的意义。李白的生命观深受儒家思想的熏陶，渴望通过立功、立德、立言来改变自己的命运，使生命不朽，立足于现世来追求生命的意义和最高价值。建功立业的渴望是李白诗歌的主调。詹先生一针见血地指出，李白诗中表现出来的建功立业的主题，从心理基础看，源于他对生命的深刻理解和认识。他深刻地认识到，生命是短暂而宝贵的，因此他渴望通过自己的努力和奋斗，实现自己的理想和抱负，以在最大程度上实现生命的价值和意义。此外，他的政治理想和实现理想的强烈动力，其实是源于他对不朽生命价值的追求。他认为，只有通过实现政治理想，才能实现生命的永恒价值和意义，从而获得不朽的荣誉和地位。正是这种对生命的深刻理解和认识，以及对生命价值的追求，使李白在诗歌中表现出了强烈的建功立业的思想。然而他空有一腔报国济世的热情与抱负却无人赏识，只能孤独地飘零于世。这对李白来说是一个极其痛苦的体验，他有建功立业的雄心壮志和宏大抱负，却没有得到应有的认可。他在诗歌中毫不掩饰地表现自我和抒发感情，反映出他的孤独感，这种孤独感来自他被世俗遗弃的经历和旷世的孤独，因此"怀才不遇、生不逢时，是李白诗歌的常调。与这种常调相伴随的则是政治上的遭弃感和在人世间的无所归依感"[1]。理想无法实现的孤独使得

---

[1] 詹福瑞：《诗仙·酒神·孤独旅人：李白诗文中的生命意识》，生活书店出版有限公司，2021，第351页。

李白在现实中的政治热情逐渐消退，从而在他的诗歌中流露出一种对世俗功利主义的失望和厌倦之情，表达了超越现实的追求和憧憬。他反对朝廷的权力和政治斗争，意识到自己的才华和诗歌，无法在现实生活中得到应有的认可和重视。这种孤独和无助，与他对建功立业的失望是密切相关的。政治生态如此不如意的李白看似洒脱豪迈，实际上"拔剑四顾心茫然"。他的内心是孤独的，时常独酌，和明月做伴，通过寻仙问道的方式寻求精神上的解脱，排遣心中的寂寞。他的孤独意识在他的诗歌中得到了充分的表达，让我们看到了一个真实的李白，一个充满矛盾和痛苦的李白，一个渴望建功立业却又无法实现的李白。他的诗歌充满了孤独和痛苦，也充满了对生命的热爱和对理想的追求。这正是李白诗歌的魅力所在，也是他孤独意识的体现。

李白的自我精神和孤独意识具有强烈的民族性，但同时也具有广泛的世界性，这一点在詹先生的著作中得到了充分的肯定和阐述。詹先生在著作中频繁引用国外文学理论，深入地研究并探讨了李白的生命意识，将李白置于世界文学和哲学的大背景下进行审视，从而揭示出李白的诗歌所蕴含的深层生命哲学思想。他的研究成果为我们提供了一种全新的角度，使我们得以从一个更为广阔的视野对李白及其作品获得更为深刻的认识。此外，詹先生的研究也反映了人类在生命探索方面的共通之处，从而更进一步彰显了李白的伟大之处。

总之，詹先生的《诗仙·酒神·孤独旅人：李白诗文中的生命意识》以李白的诗歌为载体，旁征博引，深度剖析了李白的生命意识，展示了李白独特的生命态度和价值观念，呈现了一个与众不同的孤独旅人形象，为我们提供了一个新的视角，引导我们思考生命存在的意义和价值，对我们理解生命的本质具有重要启示意义。

生命的觉醒在共情

唐 萌 中国社会科学杂志社

在古代文学研究领域，作家作品是传统的研究对象，文学史上的重要作家、代表作品，更是文学研究经久不衰的话题。如何让老话题、旧材料焕发新意，这是研究者普遍面临的困境，要突破这一困境，就需要研究者具备独特的研究视角、全新的研究方法以及宏阔的研究视野。近日，詹福瑞新著《诗仙·酒神·孤独旅人：李白诗文中的生命意识》出版，该书以哲学的视角透视文学，结合诗人的身世经历，抽绎出诗文中的思想观念，从情感体验入手剖析了唐代天才诗人李白的精神世界。是书打破了20世纪七八十年代以来古代文学研究"文献考证"与"艺术分析"并举的既有格局，开创了由心理意识剖析诗人情感世界的研究路径，是为当下古代文学研究领域的创格。

是书共分八章，首章引出"生命哲学"概念，对唐前古代典籍中的生命观念予以阐释，是为全书展开李白诗文生命意识讨论的理论纲领。次章论述了魏晋六朝时期诗文中的生命意识。魏晋六朝既是文学自觉时期，也是文人生命意识自我觉醒的时期。这一时期的文学创作对李白的影响极大，故此章所论既为交代文学自觉与文人生命意识自觉的双向互动关系，为论述李白的生命意识做好铺垫，同时也说清了"生命意识"这一诗歌主题的题材来源。此后六章，分别论述了李白诗中的光阴意象、李白诗中的快乐主义生命观念、李白的生命意识催发的功业渴望、天才诗人的孤独意识、李白游仙诗中的心灵逃逸以及李白顺其自然的生活态度等，对李白诗文的生命意识展开了多维度、多层次、多视角的解析，将李白研究推向了前所未有的理论高度、情感温度与思想深度。

历史与哲学是打开人类精神世界的两扇门,而情与理则是门里的两条交叉路径。李白研究能够推陈出新,得益于作者巧妙处理了"文史""情理""中西"三组关系,真正做到了立足历史文献谈文学,借助理论哲思谈文学,融入生命体验谈文学。因此,以史证文、情理相融、中西贯通是该书的鲜明特征。

首先,以史证文。从文献角度看,古代文学作品的本质是古人留传下来的文字,并非凭空出现,任何古代文学作品都是历史的产物。因此,古代文学研究需要历史材料的事实佐证。该书尤重文献,对李白诗文系年遗留的问题重新进行考证。《行路难》三首是李白的代表作,但其诗系年,有"天宝间放还后作""开元年间初入长安作""三首非一时之作"等不同说法。作者首先指出,旧说立论依据并非文献铁证,而是研究者凭借对诗的理解的猜测。所以,作者重新回到诗歌产生的历史语境中,结合李白在开元、天宝年间的可靠经历,通过考证《行路难》三首诗中"用典"情况,将诗人经历与诗中典故对照参考,最终得出令人信服的结论:三首诗是同一时期的作品,不宜拆开,都是李白去朝前后所作。再如,将作为文学的李白诗文置于盛唐历史之中,用历史的眼光透视李白诗文,合理地解释了李白诗中英雄情结的时代因素——盛唐时代强大的国势鼓舞了士人不甘平凡、渴望建功立业的豪情。

其次,情理相融。这本书谈李白诗文的生命意识,而"生命"本就是一个纠缠着情理矛盾的哲学命题。如何对待生命?如何看待生死?前者考验人的情感态度,后者则反映出人的理性哲思。作者引证了西晋陆机的《百年歌》《大暮赋序》,借此表达了自己对生命的理性认识:人之一生,由青壮到衰老,是一自然过程,不可避免亦不能逆转,应该平心静气地对待时光流逝,理智地面对人生短暂、岁月催逼;陆机《大暮赋序》的目的是告诉人们要达观地看待生与死,要人看开生死。[①]

---

① 詹福瑞:《诗仙·酒神·孤独旅人:李白诗文中的生命意识》,生活书店出版有限公司,2021,第97页。

重生，畏死，皆为人之常情。生是导向终点的开始，死是生命不可逆的终结，所以，生死皆为自然。"死不足畏，亦不要过度思虑，重视生命存在时方为正确的态度。"[1] 作者以常情看待"生"，以常理认识"死"，在思考生死这一人生命题时，融情入理，给世人提供了正确而真诚的价值理念。

最后，中西贯通。对生死问题的认识，西哲比中国古人要坦诚，要细腻，要直观。中哲擅长谈生死之价值，而西哲乐于追问生死之本质。作者提出的李白诗文中的生命意识，是以西方哲学透视中国古代诗文的一种学术论断。在具体的论述中，作者引用伊壁鸠鲁的观点说"烦恼"，借布留尔的说法谈"灵魂"，用卡西尔的观点喻"孤独"，以李斯托威尔的理论言"崇高"，这些带有哲思的美学范畴与李白诗文的化合，激发了李白诗文的文化性。作者引用叔本华的观点解释李白异于常人的"孤独"，原文指出："孤独是伟大卓越之人的共同命运——尽管他们有时也会为此悲叹痛惜，但仍然总是选择孤独，因为这种不幸要远远小于庸俗的不幸。"[2] 所以，作者将李白的孤独阐释为天才远离庸俗与人群的自觉选择，这种解读颇有文化人类学的韵味。这是中国古代文学与近代西方哲学的碰撞所激发的高标独立的学术光芒。

李白是中国文学史中最伟大的诗人之一，对他的研究历来不绝。现代意义上的李白研究起步于20世纪初，从整体看，20世纪的李白研究沿着传统学术向现代学术的转型之路扎实推进。在经历了20世纪初至40年代末的版本考证、选本编选、概述性研究与李白身世研究之后，学术界对李白其人其作已经形成了基本的共识。50年代以后，李白研究既延续着40年代以前的研究路径，又有明显的变化与发展，如李白诗歌系年，李白诗歌的思想性、艺术性等，朝着理论纵深发展。尤其

---

[1] 詹福瑞：《诗仙·酒神·孤独旅人：李白诗文中的生命意识》，生活书店出版有限公司，2021，第107页。
[2] 〔德〕叔本华：《孤独通行证》，张宁译，江苏凤凰文艺出版社，2017，第13页。转引自詹福瑞《诗仙·酒神·孤独旅人：李白诗文中的生命意识》，生活书店出版有限公司，2021，第341页。

是进入 21 世纪以来，李白研究渐热渐熟，很难在已有的研究基础上实现突破。但是，这本书却在几近成熟的李白诗文研究中探寻出以"生命哲学"阐释李白诗文的新路径，探讨李白对时光、对生命、对存在、对孤独、对自然的态度。从一个全新角度引领读者走进集"诗仙、酒神、孤独旅人"于一身的李白的精神世界，去体会凝固的诗文背后那鲜活的生命世界。从诗文出发探寻生命意味，与其说是打破以往李白诗文研究的一种路径创新，不如说是文学对生命的更高级的复归。正如作者在引言部分开宗明义："人的生命是一切人文之始，亦是文学的最终源头。"[①]

20 世纪 50 年代末，钱谷融提出"文学即人学"的观点。从学术研究的立场出发，文学是文学，人学是人学，不应主观消除二者的学术界别。但是，文学研究的内核毫无疑问是人，是研究者穿透纸背、思接千载与创作文学的人进行的灵魂对谈。作者以文本为媒介，以对话者的身份介入了李白的精神世界，而之所以能够进入李白的精神世界，是因为作者用生命去体验过李白式的喜怒哀乐，感知过千百年前李白所经历的浊浪清波。作者研究李白诗文，是研究李白其人，而研究李白其人，就是反身自问，生命的觉醒在于共情。应该说，这部书是作者融入个体生命感悟的苦心之作。综观近代以来的李白研究史，以个体生命体悟共情李白诗文的研究并不多见，学者往往将李白作为对象化的"他者"，学理的探究多于情理的共鸣。在这本书中，我们发现，作者更像是李白的一位"灵魂知音"，在孤独时、在酒醉时、在感叹时光逝去时、在得意时、在失意时、在潇洒释然时，切身地体会李白之喜怒哀乐。书中很多片段，我们读来仿佛是李白的自解自注之语，偶有"不知李白之为作者，作者之为李白"的奇妙感受。从这一点看，这样的李白研究好比与李白对谈，又像是一种贴近于情感体验与生命体验的文学创作。这在李白研究史上乃至唐代诗文研究史上，是一份

[①] 詹福瑞：《诗仙·酒神·孤独旅人：李白诗文中的生命意识》，生活书店出版有限公司，2021，第 1 页。

不可多得的诗意。

任何一次对于他人的生命认识，都源于对自我的生命体悟。很难想象一个缺乏生命意识而没有敏锐情感的人会关注他人的情感与生命。作者对李白的生命的感悟也正是作者个体生命意识的觉解。对一位从事古代文学研究近半个世纪的学者而言，这是用半生的生命体悟在写书，所写的也正是自己半生的体悟。这是一部写了半世的书，也是一部写了半生的书。读这本书也许就是读作者其人：客观、严谨、理性、精审以及超人的理论思辨力，读之令人畅快淋漓。而在这之外，依然不改的是作者开合自如的才与情，情浓时似奔马，辞丽时如花发，词韵俱佳。

李白生命意识鉴赏中二律背反问题的设置与解决

刘振英　邯郸学院

康德在《判断力批判》一书中提出了艺术鉴赏的二律背反问题。二律背反的正题:"鉴赏判断不是建立在概念之上的;因为否则对它就可以进行争辩了。"反题:"鉴赏判断是建立在概念之上的;因为否则尽管这种判断有差异,也就连对此进行争执都不可能了。"[①] 他的正题与反题之间存在着对立和矛盾。

詹先生对李白诗文中生命意识的鉴赏判断有二律背反问题的设置。李白诗文中的生命意识有两个经典的主题。在第三章"逝川与流光——李白诗文中光阴意象所表现的生命本质"中,作者提出了第一个经典主题:在李白的生命意识中,生命本质是虚无的,当然不仅包括生命的全过程,也包括对生命的意义和价值的理解。换句话说,生命不存在价值和意义,这是一个无可争辩的鉴赏判断。在第五章"身没期不朽——存在的价值与生命本质的塑造",詹先生指出了第二个经典主题:"生命的价值恰恰就产生在瞬间存在的这一过程中。"也就是说,李白在诗文中试图表达,生命的本质是有价值的。这一鉴赏判断也是一个无可争辩的事实。作者在有意地突出这两个主题的对立性、矛盾性和不可调和性。我们如何理解虚无的生命中包含着瞬间创造的生命价值?我认为这两个关于李白生命意识的二律背反的经典主题,是詹先生有意设置的,并且他在第八章很好地解决了这个问题。

---

① 〔德〕康德:《判断力批判》,邓晓芒译,杨祖陶校,人民出版社,2017,第142页。

一 二律背反的正题：生命本质的虚无性

在此方面，作者的艺术鉴赏存在着三个层次。第一，对四类经典意象的选择。第二，对四类意象共同主题的揭示。第三，对西方哲学家评述"生命虚无"这一主题的经典语言的引述。

詹先生在第三章中，选用了李白诗文中最常用、最普遍、最突出的光阴意象，他把李白诗中的光阴意象分为四类。

第一类是逝川、流光与石火等意象。李白《古风五十九首》其十、《将进酒》等诗中出现了逝川与流光意象。前者有"逝川与流光，飘忽不相待"之句，后者有"君不见黄河之水天上来，奔流到海不复回。君不见高堂明镜悲白发，朝如青丝暮成雪"之句。对于前者，詹先生评述道："对漫长人生的感受，只是瞬间，犹如一年之中春与秋的转换。"[①] 对于后者，他评论说："石上敲火，稍闪即灭，它不仅表现了时光的迅疾，也反映出时光的无可挽留、必然消逝，而且是不留任何痕迹的消逝。……李白的石火之喻，则不仅表现了时光的不返，而且更加强调了时光的稍纵即逝，比逝川之感更加剧烈，更为震撼。"[②] 飘风与飞电意象出现在《古风五十九首》其二十、二十八和《对酒》等诗中，有"在世复几时，倏如飘风度""容颜若飞电，时景如飘风""浮生速流电，倏忽变光彩"等诗句。詹先生评述说："飞电与流电是同一意象，都是瞬间即逝的闪电。""飘风这一意象，客观上还有形容时光和人生虚幻无形的效果。与流逝的河水相比，风不仅有快速刮过去的迅疾特点，同时亦有无形的性质，用以比喻人生，自然又增加了比浮烟更为无形的虚幻感。"[③]

---

① 詹福瑞：《诗仙·酒神·孤独旅人：李白诗文中的生命意识》，生活书店出版有限公司，2021，第162页。
② 詹福瑞：《诗仙·酒神·孤独旅人：李白诗文中的生命意识》，生活书店出版有限公司，2021，第164~165页。
③ 詹福瑞：《诗仙·酒神·孤独旅人：李白诗文中的生命意识》，生活书店出版有限公司，2021，第167~168页。

第二类是春荣与飞蓬意象。此类意象又分两类。一类是用比兴的方法寄寓盛世难遇、徒然衰萎的情思，凸显求取功名与光阴催迫之间的矛盾。如《古风五十九首》其二十六对荷花的意象的塑造，"碧荷生幽泉，朝日艳且鲜""坐看飞霜满，凋此红芳年"，写出了诗人"对年华易于凋逝的焦虑"，"眼见秋至飞霜，秀色凋零，说的是时间，实则反映的是诗人对时间的心理感受"。①《古风五十九首》其五十二"不忍看秋蓬，飘扬竟何托"的秋蓬，《感遇》其二"当荣君不采，飘落欲何依"的东篱菊，《感兴》其八"农夫既不异，孤穗将安归"的嘉谷，被李白寄寓了生命价值和意义。"在李白看来，人的生命极为有限，青春更是短暂，生命的意义所在、价值所在，即在于功名的实现。有了功名，就是有了所归、所托和所依。没有功名，人徒然度过一生，生命无意义，就是无归、无托和无依，这是李白最为担忧的生命结果。"②另一类直接写春秋季节时令景物。用春荣和秋景直接感叹光阴易逝。如《前有樽酒行二首》其一"青轩桃李能几何？流光欺人忽蹉跎""当年意气不肯倾，白发如丝叹何益"等句可以为证。又如《携妓登梁王栖霞山孟氏桃园中》有"今日非昨日，明日还复来。白发对绿酒，强歌心已摧"之句，詹先生引述叔本华之语："过去的一切已经过去了，它的存在如白驹过隙，仿佛从不曾有过似的。并且，你所说过的任何一种事物的存在，在下一瞬间就将是过去的存在了。"③詹先生还注意到了李白《郢门秋怀》对万物与时迁化的描写："百龄何荡漾，万化相推迁。"詹先生评述此句："写时光变化之无情，冰冷、理性，却又惊心动魄。时光残酷无情，百年何其短暂，万物皆与时俱化，苍梧之野的舜帝何在？冥海之中的仙人何在？沧海桑田之变是实，王母三千年方结一次果的仙境是虚，想一想自己的渺小之躯，真是可怜！在大

---

① 詹福瑞：《诗仙·酒神·孤独旅人：李白诗文中的生命意识》，生活书店出版有限公司，2021，第174页。
② 詹福瑞：《诗仙·酒神·孤独旅人：李白诗文中的生命意识》，生活书店出版有限公司，2021，第177页。
③ 《叔本华论说文集》，范进等译，商务印书馆，1999，第183、210页。

化面前，一切皆虚，功名富贵亦属枉然。"① 李白《古风五十九首》其二十三写到齐景公牛山之泣："景公一何愚，牛山泪相续。物苦不知足，登陇又望蜀。人心若波澜，世路有屈曲。三万六千日，夜夜当秉烛。"李白在此首诗中否定了功名富贵，在《郢门秋怀》中否定了仙人的存在，甚至否定了所有长生不死的事物。在其他作品中否定了及时行乐。对功名富贵、仙人存在、及时行乐三个主题，李白总是在肯定与否定之间摇摆不定。詹先生评述：

> 三者时而肯定，时而否定之，可见李白越是接近生命瞬间存在而又终归虚无的本质，其内心就越发充满矛盾，越发痛苦，越发无奈，越发无措。②

第三类是逆旅与过客意象。李白《春夜宴从弟桃花园序》："夫天地者，万物之逆旅也；光阴者，百代之过客也。而浮生若梦，为欢几何？古人秉烛夜游，良有以也。"李白把天地设喻为逆旅，把光阴设喻为过客。詹先生认为李白之所以把天地设为逆旅，即"日出日落，月圆月缺，冬去春来，光阴流变的处所，动物生老病死、族类增减、人类朝代更迭、文化隆替、植物荣枯、万物兴衰的舞台"，是因为李白"浮生若梦的虚幻、为欢几何的感慨"③。关于及时行乐，詹先生引用叔本华的话说明它是虚幻而无意义的："这样一种举动或许被称为最大的愚行：因为一切都是转瞬即逝的，如同一场无需任何努力的梦幻。"④《拟古》其九有"生者为过客，死者为归人。天地一逆旅，同悲万古尘。月兔空捣药，扶桑已成薪"，詹先生评价此诗："生是暂时的，死

---

① 詹福瑞：《诗仙·酒神·孤独旅人：李白诗文中的生命意识》，生活书店出版有限公司，2021，第186页。
② 詹福瑞：《诗仙·酒神·孤独旅人：李白诗文中的生命意识》，生活书店出版有限公司，2021，第188页。
③ 詹福瑞：《诗仙·酒神·孤独旅人：李白诗文中的生命意识》，生活书店出版有限公司，2021，第193页。
④ 《叔本华论说文集》，范进等译，商务印书馆，1999，第183、210页。

才是永久的,所谓过客,前拨走,后拨来,永远行色匆匆,而且面目模糊,踪迹皆无。"① 他又说:"李白说月中白兔空捣不死之药,神木扶桑亦已枯死为薪柴,否定了不死之事物的传说。"李白过客之喻"极为生动地表现出了人的生命过程流动不永的性质"②。詹先生用卢梭的话证明李白在诗文中表现的生者如寄的思想及人生的漂泊无依感。"这世上的一切不过是前赴后继的潮水。没有任何东西可以永恒的形态停住不动……在我们的身前身后,不是已然不再的过去,就是日后亦会不再的未来,因为事物总是在变啊,在这些东西身上,我们的心根本无可依托。"③ 詹先生认为,李白的人生漂泊无依之感,"夹杂着来自政治抱负的无所施展、功名付与流水的苦闷和人生如客的孤单"④。

第四类是春殿与古丘意象。李白诗文中的春殿与古丘意象乃谓文物遗迹与文献一样,都是"颤抖的人类心灵的表现"。詹先生认为过客的思想一旦与历史记忆相撞,就生成了李白诗文中深邃的历史沧桑感。李白在《越中览古》和《苏台览古》两诗中塑造了春殿意象:"宫女如花满春殿,只今惟有鹧鸪飞";"旧苑荒台杨柳新,菱歌清唱不胜春"。詹先生评春殿意象:"在时光面前,盛衰不足据,人事皆虚幻的思想颖然而出。春殿,这里是昔日繁华的象征。""百年之后,今日的菱歌清唱岂不也与旧苑荒台殁灭?……西江月,是永恒的时间;旧苑荒台则是时间尚未抹去的历史痕迹。"⑤ 关于金陵古丘,詹先生这样评述:"与其说是历史的遗迹,不如说是时间销落历史虚幻的假象留下的人生实相。'空生''空余''人事灭'者,都寓有终将逝去之意,所

---

① 詹福瑞:《诗仙·酒神·孤独旅人:李白诗文中的生命意识》,生活书店出版有限公司,2021,第195页。
② 詹福瑞:《诗仙·酒神·孤独旅人:李白诗文中的生命意识》,生活书店出版有限公司,2021,第198页。
③ 〔法〕卢梭:《一个孤独漫步者的遐想》,袁筱一译,上海人民出版社,2007,第80页。转引自詹福瑞《诗仙·酒神·孤独旅人:李白诗文中的生命意识》,生活书店出版有限公司,2021,第198页。
④ 詹福瑞:《诗仙·酒神·孤独旅人:李白诗文中的生命意识》,生活书店出版有限公司,2021,第200页。
⑤ 詹福瑞:《诗仙·酒神·孤独旅人:李白诗文中的生命意识》,生活书店出版有限公司,2021,第205页。

以'六帝'、'吴时人'、'百万户'豪门,都要被时间携走,'离宫''朱楼''芳园'都要颓为古丘,时间的长河冲刷尽一切!"① 李白《金陵歌送别范宣》有"四十余帝三百秋,功名事迹随东流""冠盖散为烟雾尽,金舆玉座成寒灰""扣剑悲吟空咄嗟,梁陈白骨乱如麻"之句,《登金陵凤凰台》有"吴宫花草埋幽径,晋代衣冠成古丘"之句。詹先生评述道:"在历史的遗迹面前,诗人想象着历代王朝的陵夷盛衰,文化名人在时间长河的浮起与沉灭,更加深切地体验到生的虚幻和死的永恒,诗中表现出了苍凉而巨大的历史感。"② 詹先生用叔本华关于时间形式的论述来证明李白生命意识关于生命虚无的本质属性:"由于时间的形式,呈现出事物的变异无常,而显出它们的空虚。换句话说,就是由于'时间的形式',把一切享乐或欢喜在我们的手中归于空无后,使我们惊讶地寻找它到底遁归何处。所以说,空虚,实是时间之流中唯一的客观存在。它在事物的本质中与时间相配合,而表现于其中,唯其如此,所以时间是我们一切直观先天的必然形式,一切物质以及我们本身都非在这里表现不可。"③

在对李白生命意识的鉴赏过程中,作者引导读者进行了两次转向。第一,从对四类光阴意象的兴发感动到对生命本质的虚无这一主题的顿悟。这一转向主要建立在对视觉直觉的分析上。第二,从对生命虚无的感性顿悟,转向对这一主题的理性辨析。这一转向主要建立在对主题的哲学分析上。

二 二律背反的反题:生命瞬间的价值

在第五章"身没期不朽——存在的价值与生命本质的塑造"中,

---

① 詹福瑞:《诗仙·酒神·孤独旅人:李白诗文中的生命意识》,生活书店出版有限公司,2021,第208页。
② 詹福瑞:《诗仙·酒神·孤独旅人:李白诗文中的生命意识》,生活书店出版有限公司,2021,第210页。
③ 〔英〕罗伯特·艾伦:《哲学的盛宴》,刘华编译,新世界出版社,2013,第205页。转引自詹福瑞《诗仙·酒神·孤独旅人:李白诗文中的生命意识》,生活书店出版有限公司,2021,第213页。

詹先生指出："生命价值恰恰就产生在瞬间存在的这一过程中。个体生命的意义，就在于瞬间的存在、并于瞬间创造价值以体现生命的存在或证明曾经存在。因此可以说生命的根本意义体现于生命价值的创造，人是通过生命价值的追求与实现而改变生命的悲剧命运的。"①

围绕李白生命意识中的生命价值论，该章主要阐述了李白生命意识中的英雄情结、英雄责任和英雄人格。第一，与第三章重在分析自然意象不同，第五章重在对李白诗文中杰出政治人物及重大事件进行分析。第二，作者注重诗中人物与李白自身遭遇的对比与核验。第三，根据诗中人物对李白的心理世界所呈现的英雄情结、英雄责任和英雄人格进行揣摩和评判。

詹先生认为李白以生命意识为基础的功业理想突出表现在他的英雄情结、英雄责任和英雄人格等方面。李白用诗塑造了历史英雄群像，以张良、鲁仲连、谢安三人尤为突出，形成了李白功成身退的人生观。关于英雄情结，其论述有三。第一是对英雄功业的钦敬。此处主要以《登金陵冶城西北谢安墩》《书情赠蔡舍人雄》《赠常侍御》《永王东巡歌》《与南陵常赞府游五松山》等诗中的谢安事为据："谈笑遏横流，苍生望斯存"；"暂因苍生起，谈笑安黎元"；"一起振横流，功成复潇洒"；"但用东山谢安石，为君谈笑静胡沙"；"安石泛溟渤，独啸长风还"。第二是对英雄才具和人格的崇仰。此处以《经下邳圯桥怀张子房》《送张秀才谒高中丞》《赠韦秘书子春》三诗中的张良事与《送张秀才入军》中的鲁仲连事为据："报韩虽不成，天地皆振动"；"智勇冠终古，萧陈难与群"；"终与安社稷，功成去五湖"；"壮士怀远略，志存解世纷。周粟犹不顾，齐珪安肯分"。张良的大智表现在安社稷与去五湖，李白同样倾倒于鲁仲连非凡的济世之才和独立不倚的人格。第三是对英雄机运的羡慕。此处以李白《梁甫吟》诗中的吕尚、郦食其事和《读诸葛武侯传书怀赠长安崔少府叔封昆季》诗中的诸葛亮事为

---

① 詹福瑞：《诗仙·酒神·孤独旅人：李白诗文中的生命意识》，生活书店出版有限公司，2021，第 257 页。

据："广张三千六百钓，风期暗与文王亲"；"君不见高阳酒徒起草中，长揖山东隆准公"；"赤伏起颓运，卧龙得孔明"；"鱼水三顾合，风云四海生"。

在该章中，詹先生重点解析了李白《行路难》三首的用典。《行路难》其一"闲来垂钓坐溪上，忽复乘舟梦日边"两句涉及吕尚和伊尹事。詹师遵从刘学锴的解释："闲来垂钓碧溪，隐居待时，忽然又梦见自己乘舟经过日边。看来自己又将受到君主的征聘任用了。"[①] 因此推论出李白此诗的生命意识：诗人最后要决然归隐了，他要似姜尚那样垂钓碧溪，等待机会，哪怕到老。因为他相信或有一天再一次梦到乘船而过日旁，如出身微贱的伊尹一样得到君主的任用。《行路难》其二重在"淮阴市井笑韩信，汉朝公卿忌贾生。君不见昔时燕家重郭隗，拥彗折节无嫌猜"几句，涉及贾谊与郭隗事。詹先生得出这样的结论："用郭隗和贾谊典，讲的并非他们不遇的遭际，而是进入朝中的故事，这与李白在朝中的遭遇颇相似"[②]，"以燕昭王筑台而聘郭隗故事比喻自己供奉翰林所受的礼遇"[③]。《行路难》其三用典较多，主要集中在"子胥既弃吴江上，屈原终投湘水滨。陆机雄才岂自保？李斯税驾苦不早"四句上，语涉伍子胥、屈原、陆机、李斯四典。詹师得出如下结论：四人"均以个人才干而得到君主重用，又都因此遭人谗毁，受到君主疏远、流放甚至杀害。……用这四个人物的故事表现自己相似的遭遇，并用他早已形成的功成身退的人生观表达其离开朝廷、远离政治漩涡的决心"[④]。詹先生认为，李白诗文中表现出来的建功立业主题，从心理基础看，即出于他的生命意识。李白在追求生命意义的过程中，追求生命的不朽远远超过追求肉体的快乐，李白的功业理想和渴望，

[①] 刘学锴：《唐诗选注评鉴》第3册，中州古籍出版社，2019，第900页。
[②] 詹福瑞：《诗仙·酒神·孤独旅人：李白诗文中的生命意识》，生活书店出版有限公司，2021，第283页。
[③] 詹福瑞：《诗仙·酒神·孤独旅人：李白诗文中的生命意识》，生活书店出版有限公司，2021，第285页。
[④] 詹福瑞：《诗仙·酒神·孤独旅人：李白诗文中的生命意识》，生活书店出版有限公司，2021，第289页。

最根本的是来自追求不朽生命价值的内在动力。詹先生引述了卡西尔的一段话来证明这个问题:"一切从外部发生到人身上的东西都是空幻虚无的。人的本质并不取决于外部环境,而取决于人赋予给自身的价值。财富、地位、社会差异,甚至健康和聪明才智——所有这些都无关紧要。惟一重要的是灵魂的倾向和内在的态度;而这种内在的信念是不会被扰乱的。"① 詹先生认为:生命的价值和意义却不受时间的限制,也不受自然规律的制约。人寿有时而尽,生命的价值和意义却可以通过主观努力而达于不朽。李白力图把握个人命运,打破生命的有限性,通过追寻生命价值而获得精神意义的无限,这里表现出了诗人抗拒命运以获取生命价值而悲壮的努力。②

李白的英雄责任和使命集中体现在对现实和天下苍生的关注上。其论述有二。第一是李白的诗对玄宗穷兵黩武给人民带来的沉重灾难,给予了强烈关注和谴责。此处以李白《古风五十九首》其十三哥舒翰石堡之役、《古风五十九首》其三十四玄宗与南诏泸南之战、《古风五十九首》其十七、《经乱后将避地剡中留赠崔宣城》、《扶风豪士歌》安史之乱为据。"白骨横千霜,嵯峨蔽榛莽。借问谁凌虐?天骄毒威武","三十六万人,哀哀泪如雨。且悲就行役,安得营农圃";"渡泸及五月,将赴云南行","困兽当猛虎,穷鱼饵奔鲸。千去不一回,投躯岂全生";"俯视洛阳川,茫茫走胡兵。流血涂野草,豺狼尽冠缨";"中原走豺虎,烈火焚宗庙。……苍生疑落叶,白骨空相吊";"洛阳三月飞胡沙,洛阳城中人怨嗟。天津流水波赤血,白骨相撑乱如麻"。詹先生认为李白的这些诗"表现出了强烈的忧国忧民情感","其关注点仍在战争涂炭生灵之上"。第二是李白的诗对唐代社会的许多腐败现象给予了尖锐揭露与批判。此处主要以《古风五十九首》其五十一所涉李林甫杀害李邕、裴敦复、韦坚、李适之事,《答王十二寒夜独酌有怀》所涉李邕、裴敦复被杖杀事,《古风五十九首》其十六所涉王公贵

---

① 〔德〕卡西尔:《人论》,唐译编译,吉林出版集团有限责任公司,2014,第11页。
② 詹福瑞:《诗仙·酒神·孤独旅人:李白诗文中的生命意识》,生活书店出版有限公司,2021,第301页。

族奢华并横行社会事,《古风五十九首》其二十四所涉玄宗及中贵斗鸡事为据。"比干谏而死,屈平窜湘源。虎口何婉娈,女嬃空婵媛";"韩信羞将绛灌比,祢衡耻逐屠沽儿。君不见李北海,英风豪气今何在?君不见裴尚书,土坟三尺蒿棘居";"鞍马如飞龙,黄金络马头。行人皆辟易,志气横嵩丘。入门上高堂,列鼎错珍羞。香风引赵舞,清管随齐讴";"路逢斗鸡者,冠盖何辉赫!鼻息干虹霓,行人皆怵惕"。詹先生认为李白对社会的极大关注,出于他的"社会责任感和历史使命感"。它是批判现实与改造现实的统一,是揭露社会与实现"海县清一"理想的统一,是舍我其谁的政治心理与追求进取的英雄精神的统一。

关于李白的英雄人格,詹先生主要从李白诗作与他人对李白的评价两方面展开。对于前者,詹先生的评述集中在李白身为布衣的傲岸人格和不甘凡庸的英雄心态上。詹先生引述李白诗句:"黄金白璧买歌笑,一醉累月轻王侯。""揄扬九重万乘主,谑浪赤墀青琐贤。""出山揖牧伯,长啸轻衣簪。""安能摧眉折腰事权贵,使我不得开心颜!"詹先生称李白的傲岸个性是后世"布衣的骄傲",李白不以布衣身份为微贱,而以生命平等为气概,充满人格魅力。詹先生引述李白诗句:"三杯吐然诺,五岳倒为轻。""感君恩重许君命,太山一掷轻鸿毛。""横行负勇气,一战静妖氛。""出门不顾后,报国死何难。""不然拂剑起,沙漠收奇勋。"詹先生称李白不甘平庸的事功精神是一种英雄心态。李白的英雄人格包含三种要义:第一是经天纬地、挽狂澜于既倒的才具,第二是排除万难、无畏一切的勇气,第三是杀身成仁、舍生取义的牺牲精神。

对于后者,詹先生的评述集中在李白兀傲的个性和任侠的精神上。詹先生引述杜甫《醉中八仙歌》:"李白一斗诗百篇,长安市上酒家眠。天子呼来不上船,自称臣是酒中仙。"引述刘全白《唐故翰林学士李君碣记》:"少任侠,不事产业,名闻京师。"引述《新唐书·文艺传》:"喜纵横术,击剑任侠,轻财好施。"引述魏颢《李翰林集序》:"少任侠,手刃数人。与友自荆徂扬,路亡权窆,回棹方暑,亡友糜溃,白收其骨，江路而舟。"李白以布衣身份平视王侯，实乃天下第一人，旷古未有。李白的任侠是一种重任在肩的责任担当和仗剑行义的正义感。他人诗文中的评价与李白诗文中的生命意识、任侠精神相统一。

詹先生认为李白的英雄意识成就了他的诗歌，造就了一个伟大的浪漫主义诗人，这正是他的生命价值所在。李白诗歌中经典的主题，李白诗中难以遏制的愤激情感，李白诗中随处可见的侠义风神，李白诗中不可比肩的超凡艺术，这正是他不朽的生命意义。

三 二律背反问题的解决：用诗作涤除生命的虚无而达于灵魂的自由

康德说："被提出并得到调解的二律背反，是以鉴赏的正确概念、也就是以一个单纯反思的审美判断力的概念为基础的；而在这里，这两个表面上相冲突的原理，由于两者都可以是真的而相互一致起来，这也就够了。"①詹先生此书第三章探讨李白诗文中的生命意识，重在虚无。生命肇自漫长的虚无，归入漫长的虚无。其过程犹如石火一瞬，而又苦闷重重。第五章探讨李白生命意识，重在价值。追求价值、创造生命，建功立业，经历道道阻隔，千难万险。詹先生在第八章重点讨论的是生命中虚无与价值二者之间的关系问题。对这一问题的探讨就解决了李白生命意识的二律背反问题。

詹先生引入了灵魂的概念。泰戈尔说："那剧烈地压抑着我的东西，到底是我的灵魂挣扎着要离去，还是那世界之灵魂要闯进来，而敲击我的心？"卢梭说："人生而自由，却又无往不在枷锁之中。"詹先生说："关心内在的灵魂，解除内心的苦闷，使灵魂获得解脱，是李白追求生命自由的本质表现，也是考察李白生命意识的一个重要视角。"②正是这一视角的讨论把关于李白生命意识的两个审美判断统一起来，

---

① 〔德〕康德：《判断力批判》，邓晓芒译，杨祖陶校，人民出版社，2017，第144页。
② 詹福瑞：《诗仙·酒神·孤独旅人：李白诗文中的生命意识》，生活书店出版有限公司，2021，第383页。

李白用作诗之狂、饮酒之欢、山水之游达于生命本性的自由。

詹先生讨论了李白生命意识中安顿灵魂、寻求解脱的途径，以及实现超越、达于生命自由境界的方式，从而解决了生命意识审美判断中虚无与价值的矛盾。

其一，玄宗朝后期对李白建功立业的制约与李白个人的超越。李白追求建功立业，享受荣华富贵，努力实现生命价值，这些必须通过一定的政治、一定的人与人的关系而实现。这一时期施于李白的社会制约具体呈现为李林甫、杨国忠当权的日趋腐败的朝廷政治。李白无法见容于虚伪与黑暗的政治社会，因而从儒家治国平天下以实现生命价值的人生观解放出来而投入庄子的怀抱。如李白《日出入行》："谁挥鞭策驱四运，万物兴歇皆自然。""吾将囊括大块，浩然与溟涬同科。"詹先生给出李白这一时期生命意识的结论："由实现生命目的和价值的社会性行为转向个人性行为，追求精神的自由放旷，以此来达到一种快乐的生命状态。"詹先生指出人有其社会性和自我性，这就出现了社会自我和精神自我。前者生活在与其他对象共存的关系中，而后者则生活在个人的内心和主观的存在中。施之于生命目的与价值的行为也分社会行为与个人行为。李白赐金放还后追求生命价值与目的的行为属于个人行为，他"不再把生命目的和价值的实现系之于社会、系之于朝廷、系之于政治，而是回到自我，把心灵的自得、精神的放旷、灵魂的解脱，作为生命的目的和生命的意义"[①]。所谓李白个人的超越就是这种转向，就是把灵魂托付于诗歌创作，通过诗歌创作获得身后之名，声名能够代替肉体之身，传至百年，获得精神的满足，以此直接消除烦恼，摆脱束缚，实现灵魂的解脱，从而获得身心的自由。

其二，用游仙诗去掉生命的枷锁和灵魂的不安，进入一种快乐自由的精神境界。詹先生以游仙诗为据，阐述了李白如何从名山之游的仙境进入快乐自由的心境。因此侧重分析了李白游仙诗中的名山之境、

[①] 詹福瑞：《诗仙·酒神·孤独旅人：李白诗文中的生命意识》，生活书店出版有限公司，2021，第390页。

仙人之遇、神仙之信仰等三个方面的内容。

名山大川的鬼斧神工，奇绝之色，把李白的心境带入无欲无求、宁静淡然之中。《游泰山六首》有"洞门闭石扇，地底兴云雷。登高望蓬瀛，想象金银台""海色动远山，天鸡已先鸣。银台出倒景，白浪翻长鲸"之句，可见名山给李白的心灵带来的震撼。

仙人之遇为李白描述的名山奇景增添了曼妙的风神："遥见仙人彩云里，手把芙蓉朝玉京。先期汗漫九垓上，愿接卢敖游太清。""仙人绿云上，自道安期名。两两白玉童，双吹紫鸾笙。""萧飒古仙人，了知是赤松。借予一白鹿，自挟两青龙。""呼我游太素，玉杯赐琼浆。一餐历万岁，何用还故乡？永随长风去，天外恣飘扬。"《庐山谣寄卢侍御虚舟》和《古风五十九首》其七、其十八、其四十一等诗对仙境中仙人之遇的描绘是李白生命意识中思想解放而驰骋、精神自由而快乐的明证。

游仙诗的创作成为一种信仰和生命价值的归宿。李白确信其有，而又惧其无。《赠嵩山焦炼师》："二室凌青天，三花含紫烟。中有蓬海客，宛疑麻姑仙。道在喧莫染，迹高想已绵。时餐金鹅蕊，屡读青苔篇。八极恣游憩，九垓长周旋。"没有神仙存在，游仙诗所有的寄寓都会落空，何以寄托李白生命意识中孤独的灵魂？其实，神仙不在远离尘世的名山大川中，而在李白对生命价值和意义的渴望和迷恋的心灵之中。

游仙诗是李白实现生命遁逃和解脱的一种艺术形式。《梦游天姥吟留别》："忽魂悸以魄动，恍惊起而长嗟。惟觉时之枕席，失向来之烟霞。世间行乐亦如此，古来万事东流水。别君去兮何时还？且放白鹿青崖间，须行即骑访名山。安能摧眉折腰事权贵，使我不得开心颜！"

红尘世界为李白通过建功立业达于实现其生命价值和意义之境设置了障碍和制约，打破这一制约，实现心灵的解困而达于生命自由之境，必须借助诗歌创作这一艺术途径，而李白恰恰又是诗歌创作的天才，因此游仙诗是李白实现生命价值与意义而遁逃红尘、解脱心灵枷锁的必然性道路。

其三，用饮酒诗实现从现实的苦闷之境向生命审美之境的转向，从而达于自由快乐的精神之境。詹先生将唐代饮酒诗归纳为宴乐酒、饯别酒、排忧酒、闲适酒四类,而对李白的饮酒诗青眼有加。李白的饮酒诗是直接描写饮酒而进入陶然忘机的境界,把其遗情舍物的情怀与晋宋之陶渊明相接。詹先生分析了李白纵酒挥斥忧愤的四个目的。首先,美好的生命与生命苦短、人生易老之间的矛盾要用酒来缓解。其次,自视为天纵奇才与玄宗以倡优畜之的愤懑,要用酒来消解。再次,"钟鼓馔玉"生活的虚幻给诗人带来的幻灭感,要用酒来充填。最后,圣贤的寂寞与纵乐者留名的矛盾,要用酒来开释。①

这里詹先生重点讨论了李白《将进酒》《把酒问月·故人贾淳令予问之》《答王十二寒夜独酌有怀》三首诗的内容。"君不见黄河之水天上来,奔流到海不复回。君不见高堂明镜悲白发,朝如青丝暮成雪。……钟鼓馔玉不足贵,但愿长醉不复醒。古来圣贤皆寂寞,唯有饮者留其名。……五花马,千金裘,呼儿将出换美酒,与尔同销万古愁。""今人不见古时月,今月曾经照古人。古人今人若流水,共看明月皆如此。""万里浮云卷碧山,青天中道流孤月。孤月沧浪河汉清,北斗错落长庚明。怀余对酒夜霜白,玉床金井冰峥嵘。人生飘忽百年内,且须酣畅万古情。……巴人谁肯和阳春?楚地由来贱奇璞。黄金散尽交不成,白首为儒身被轻。"李白的饮酒诗不是肠断的牢骚,而是生命的自由书写,不是身处歧路的痛苦,而是跳出红尘的勇敢转向,不是纵酒度日的消沉,而是寄寓生命价值的心灵解困。

詹先生认为李白纵酒以排遣政治苦闷,是李白重要的生活方式。其饮酒诗呈现出"诗人通过饮酒达到精神自在、心灵自由的积极意义"②。"这些作品所体现的精神状态恰与庄子的坐忘之境相契合,超越了感官享受,创造出了审美的境界。"③詹先生以《独酌》《月下独酌》

---

① 詹福瑞:《诗仙·酒神·孤独旅人:李白诗文中的生命意识》,生活书店出版有限公司,2021,第431~440页。
② 詹福瑞:《诗仙·酒神·孤独旅人:李白诗文中的生命意识》,生活书店出版有限公司,2021,第441页。
③ 詹福瑞:《诗仙·酒神·孤独旅人:李白诗文中的生命意识》,生活书店出版有限公司,2021,第441页。

《春日醉起言志》等诗探讨李白生命意识中陶然忘机的审美境界。这些诗有两个共同的特征。第一，都是写在春天的诗。"春草如有意，罗生玉堂阴。""三月咸阳时，千花昼如锦。""觉来盼庭前，一鸟花间鸣。借问此何时？春风语流莺。"李白为什么在春天这个敏感的季节独醉？人生能醉几回？人生能醒几回？光阴秒逝，如何消受这无边的春色？如何受用这如春天般的生命过程？

第二，都是写醉酒之诗。关于李白的醉酒，詹先生用这几个关键词剖析得非常清楚：自然，忘身，纯情，唯一，崇高。"手舞石上月，膝横花间琴。过此一壶外，悠悠非我心。"饮酒是李白达于心灵自由的重要途径。"三杯通大道，一斗合自然。但得醉中趣，勿为醒者传。"李白以饮酒达于自然之境，"此之自然，就是心灵摆脱了一切束缚，获得了释放，获得了解放，获得了自由"①。"醉后失天地，兀然就孤枕。不知有吾身，此乐最为甚。"不能忘身，就不能实现天性自由，唯有饮酒，才能进入"无情无欲、无我无物"的空灵天地，得到逍遥的自由。"处世若大梦，胡为劳其生？所以终日醉，颓然卧前楹。……感之欲叹息，对酒还自倾。浩歌待明月，曲尽已忘情。"李白诗中之志，浑融并自由出入于春天之梦与现实之梦中，醉酒是一种神秘的媒介，融入了李白的灵魂，并使其达于精神的自由。

关于崇高，詹先生的论述更为精审。他引入了乔治·桑塔耶纳关于崇高美感的论述："崇高感本质上是神秘的，它超越一切清晰的知觉并催生出统一感和包容感。道德领域内同样如此，我们胸中的各种感情互相抵消，最后这些感情在包容中平静下来。这是享乐主义者达到超脱和完美境界的方法，它刻意吸取一切本能欲望所达到禁欲主义者和遁世苦修者故意舍弃一切本能欲望所达到的同样目的。因此，即使对象没有对不幸的表现，也有可能被感动而取得构成崇高感的自我解放。"②

---

① 詹福瑞：《诗仙·酒神·孤独旅人：李白诗文中的生命意识》，生活书店出版有限公司，2021，第444页。
② 〔美〕乔治·桑塔耶纳：《美感》，杨向荣译，人民出版社，2013，第182页。转引自詹福瑞《诗仙·酒神·孤独旅人：李白诗文中的生命意识》，生活书店出版有限公司，2021，第447页。

其四，用山水诗实现从山水自然之美到生命自然之美的转向，从而达于生命的真正解困，进入灵魂的自由快乐之境。詹先生客观梳理了古今中外关于"自然"的哲学命题，最后把它集中在先秦老庄和魏晋学者对自然的界定上。庄子所指自然是指物的自然之性、人的自然之性以及人顺应自然的态度。魏晋学者在万物以自然为体的基础上，"建立了自然（道）与山水景物的联系"，魏晋士人也"把纵情山水作为体道适性的最佳形式之一"。① 詹先生认为李白诗文中的"自然"仍然是唐前"自然"的内涵。

詹先生概括了李白热爱山水的五种原因：诗人天性，挥斥忧愤，神仙信仰，灵魂解困，自然意识。李白山水诗中的自然意识在三个方面完成了李白生命意识中虚无与价值和谐一致的使命。

第一，李白尚自然的性情在山水中找到契合，实现了山水之自然美与李白热爱自由的性情的同构融合，达到了山水天性与天才诗性的同一。非李白天才诗性，不能表现山水的灵性自然。这在李白诗歌中表现为豪放不羁与自在天然两个方面。豪放不羁以《西岳云台歌送丹丘子》《庐山谣寄卢侍御虚舟》两诗为据，自在天然以《清溪行》《望终南山寄紫阁隐者》《秋登宣城谢朓北楼》《过崔八丈水亭》等诗为据。

前者写华山："巨灵咆哮擘两山，洪波喷流射东海。三峰却立如欲摧，翠崖丹谷高掌开。白帝金精运元气，石作莲花云作台。"写庐山："庐山秀出南斗傍，屏风九叠云锦张。影落明湖青黛光，金阙前开二峰长，银河倒挂三石梁。香炉瀑布遥相望，回崖沓嶂凌苍苍。翠影红霞映朝日，鸟飞不到吴天长。"两诗中华山三峰与庐山香炉峰皆着诗人自由之神韵和豪放之天性，直觉图画，具有张力和动感，李白诗笔空前绝后。后者写清溪："清溪清我心，水色异诸水。借问新安江，见底何如此？"写终南山："有时白云起，天际自舒卷。心中与之然，托兴每

---

① 詹福瑞：《诗仙·酒神·孤独旅人：李白诗文中的生命意识》，生活书店出版有限公司，2021，第470页。

不浅。"写谢朓楼："人烟寒橘柚，秋色老梧桐。谁念北楼上，临风怀谢公。"写水亭："猿啸风中断，渔歌月里闻。闲随白鸥去，沙上自为群。"唯李白之天才诗性，才能写出水心与我心、云性与我性、谢朓情与我情、白鸥闲与我闲之妙合无垠来。詹先生把李白诗中的豪纵狂放之性和自在无拘之性都归结为"任自然"。

第二，李白在有意地回归山水，用山水的灵性自然来"澡雪心灵，涤除心机，追求并保持素心"①。詹先生以《与周刚清溪玉镜潭宴别》《古风五十九首·其四十二》《送裴十八图南归嵩山》《望黄鹤山》等18首诗为例阐述李白崇尚自然的自觉意识。

詹先生把这些诗分"洗心"诗、"素心"诗、"化心"诗三个系列，此处评述，最为精彩。②詹先生关于李白洗心诗的集句有："回作玉镜潭，澄明洗心魂。此中得佳境，可以绝嚣喧。""吾亦洗心者，忘机从尔游。""归时莫洗耳，为我洗其心。洗心得真情，洗耳徒买名。"詹先生认为洗心就是涤除世俗之心、尘累之心。时时洗心，时时涤除尘累，与自然合一，方能不失本性，不丧失自我，找回真我，找到自由。

詹先生关于李白素心诗的集句有："目送去海云，心闲游川鱼。""花将色不染，水与心俱闲。""而我游名山，对之心益闲。""灵神闭气昔登攀，恬然但觉心绪闲。""素心自此得，真趣非外借。"詹先生认为：心灵回归自然，目送川鱼，心与水一，自在自存，就是心闲。它不假外物，不恃外来，天然天性，自性自然，就是婴儿赤子状态，是谓素心。詹先生关于化心诗的集句有："时时或乘兴，往往云无心。""化心养精魄，隐几宵天真。""得心自虚妙，外物空颓靡。""杳与真心冥，遂谐静者玩。"詹先生认为李白诗中的化心，是道心与我心的浑一，人为天地之心，无分彼此，心与物冥，身世两忘，进入"不知自然之为我，我之为自然"的境界。

---

① 詹福瑞：《诗仙·酒神·孤独旅人：李白诗文中的生命意识》，生活书店出版有限公司，2021，第492页。
② 詹福瑞：《诗仙·酒神·孤独旅人：李白诗文中的生命意识》，生活书店出版有限公司，2021，第495~496页。

第三，李白用山水诗体验山水的生命与人的生命的同一——"存亡任大钧"。研究李白诗文中的自然意识就是探求李白对生存、死亡的态度以及二者关系的处理问题。生存和死亡是生命的两种自然形态，同一于人的生命过程中。人的生命不掌控在自己手中。李白《门有车马客行》体现了这种自然意识。"门有车马宾，金鞍曜朱轮。谓从丹霄落，乃是故乡亲。呼儿扫中堂，坐客论悲辛。对酒两不饮，停觞泪盈巾。叹我万里游，飘飘三十春。空谈帝王略，紫绶不挂身。雄剑藏玉匣，阴符生素尘。廓落无所合，流离湘水滨。借问宗党间，多为泉下人。生苦百战役，死托万鬼邻。北风扬胡沙，埋翳周与秦。大运且如此，苍穹宁匪仁？恻怆竟何道？存亡任大钧。"李白用诗家语道出了一个人的生命周期，有兴衰，有悲辛，有生死。那么，生命的长短谁来决定？

李白以此诗传达出一种"生命系乎大运，存亡凭任大均"的感慨，这是此诗的诗眼。詹先生认为李白诗中的"大运""大均"既指天命，也指天地自然，即"不可抗拒的自然规律和社会运行规律"。它来源于庄子"死生，命也"的观念。詹先生认为李白诗文中的自然意识，其实质是追求个人身心的最大自由，不受任何约束，自由适意，保持人的自然本性。

詹先生用李白的游仙诗、饮酒诗、山水诗再现了李白生命意识中的自由本性。李白的生命解困，不假外物，皆出于其豪情天纵的诗才，与天地合一的自然本性，所有关于生命意识的虚无和价值都以此为结穴。

结　语

康德在阐述鉴赏的二律背反规律时说："美必须不是按照概念来评判，而必须按照想象力对于与一般概念能力的协和一致所作的合目的性搭配来评判。"[1] 李白诗文中表现的生命的虚无、生命的价值、生命的自然等意识都合乎李白诗歌创作的目的，并且成为李白诗文艺术表

---

[1] 〔德〕康德：《判断力批判》，邓晓芒译，杨祖陶校，人民出版社，2017，第146页。

现的经典主题。同时"李白诗文中的生命意识"作为一种鉴赏活动，探寻到了李白诗文的创作目的和经典主题。古今中外的哲学家关于生命本质的概括与李白诗文的创作目的、詹先生的鉴赏意图存在着高度一致。作者对灵魂概念的引入是一个关键，帮助读者实现了李白生命意识中两个经典主题虚无和价值的统一。统一在李白诗歌的艺术创造上，统一在李白的灵魂达于自由、自主和快乐之境的实现上，并解决了两个经典主题二律背反的问题。

生命是一切学问的本根

南江涛　首都师范大学

君不见黄河之水天上来，奔流到海不复回。
君不见高堂明镜悲白发，朝如青丝暮成雪。

李白的《将进酒》，几乎人人可诵，但大多数读者感受到的是它强烈的气势，很少能走进诗的内核。长期以来，无论在文学史还是民间，一般认为李白是"浪漫主义"的代表。先入为主的思维定式，为我们深入理解其人其诗筑起了高高的屏障。2021年，詹福瑞先生《诗仙·酒神·孤独旅人：李白诗文中的生命意识》（以下简称《生命意识》）一书出版，从生命角度平等地观察李白，为我们还原了一个有血有肉的天才诗人。正如书名提炼的关键词一样，李白是一个诗仙，是一个酒神，更是一个活生生而又孤独的凡夫俗子。

在中国古代文学中，生命主题是悠久而又重要的传统。从生命意识层面观照李白，或者说从生命角度研究文学史，并非学界的首次尝试。但从先秦到魏晋南北朝追溯李白诗文中生命意识的源流，又通过凝练特有意象，系统全面地对更接近李白真实的一面进行论述，则是这部著作的意义所在。在书中，詹先生不但带领我们领略李白对个体生命本质的深刻认识，更为我们提供了从生命角度观照中国古代文学研究的良好范式。

"通"是体悟生命意识的基本路径。《诗纬》云："诗者，天地之心也。"《文心雕龙·原道》云："言之文也，天地之心哉！"能够体察"诗心"，进而切身体会古代文人的生命意识，并非一件易事。普通人读诗，或沉浸在优美的韵律中，或泛览于华丽的辞藻，往往浅尝辄止而以为有所得。学者论诗，讲求"知人论世"。这四个字看似平平无奇，却往往需要数十年的积淀。詹先生在后记中讲："到了不惑之年……却蓦然发现了'生命'。不，不，不是发现！是伟大诗人带着他强烈而又真实的生命感撞开了我愚钝的心扉。"他自谦地向李白表白，但却在"半世"的创作实践中，无私地告诉我们体悟生命意识的基本路径——"通"。

首先是对诗人作品的触类旁通。校勘、注释等古籍整理方法，是解读作家作品的不二法门。詹先生曾与其师詹锳先生合著《李白全集校注汇释集评》（以下简称《集评》）、《李白诗全译》等书，为信手拈来李白诗文奠定了坚实基础。《集评》以静嘉堂文库藏宋本《李太白文集》为底本，参校本超过三十部，能超越清代王琦注本；加之以系年、解惑、辨伪和辨析诗歌本事，成为李白诗文整理的巅峰之作。《生命意识》一书的注释中，《集评》的内容随处可见，可谓源头活水，根底自现。在此基础上，重视研读古注并参用今人最新成果，对李诗的解读自然更上层楼。普通考证无法解决处，通过"玩味诗意"判定作品时间，则是常人不能企及。如引《古风五十九首》其二十七，透过写"佳人"，表现出李白认为人的青春短暂，生命意义和价值即在于功名的实现。但这首诗不知何时所作，詹先生先概述"定为李白入长安之前所作"，但并未到此结束，而是通过詹锳、安旗二位先生系《古风五十九首》其二十六于开元二十三年（735），又由萧士赟注其二十七云"此诗比兴，与二十六首同意，谓怀才抱艺之士，惟恐未见用之时而老之将至"判断，"当是同一时期之作无疑"。又如《宴郑参卿山池》作年不详，安旗系于开元二十四年（736），詹先生玩味"尔恐碧草晚，我畏朱颜移"诗句，认为似当写于李白年轻之时。考古学中有个基本方法——"类型学"，古籍版本学中则有"观风望气"，对使用者都有极高的要求。在古代文学作品中，玩味诗意文义判定时代、是非，同样是非触类旁通、炉火纯青的学者不能为也。这些看似细碎的考订，恰恰是走入文人内心难以绕过的前提。

其次是对文学史的融会贯通。当代学界，以一位作家为一生研究对象的专家，不乏其人。与之相对，由于时代原因，能够兼治文史、将文学史打通的学者却凤毛麟角。《生命意识》向我们展示的正是后者的榜样。论述李白的生命意识，如果只是就李论李，容易以偏概全，更难描摹其生命底色。李白的生命观源自何处？他与前人和同时代诗人又有怎样的差别？这是詹先生在书内专门设置前两章要解决的问题。第一章"死生亦大矣——唐前生命哲学"从儒家、墨家、道家的生命观着手，从生死与时间的关系切入，为我们梳理出先秦汉魏时期对李白生命意识产生重要影响的哲学生命观。第二章"纵浪大化中——魏晋南北朝诗文中的生命意识"，则从"感时悼逝的忧生之嗟""建功立业与及时行乐的生命取向""求仙与自然适性的主题"三个角度考察，揭示与李白诗歌对应的汉魏以降诗歌中流露出来的生命意识对李诗的直接影响。"先民谁不死，知命复何忧"，"生命无期度，朝夕有不虞"。生命无常的人生命运折磨着魏晋南北朝的文人，促成他们诗中的迁逝之悲和对超越现实的努力。詹先生带领我们一首首品读魏晋南北朝的"生命之歌"，时而与李白作出对比，最后认为："李白的诗直接承继了魏晋南北朝传统，再融入了初唐乐府的优雅歌唱，所以他的诗既见悲慨与激越，又有超迈与清远。"[①]

以此，我们知道，此类著作非贯通之人不能为也。治学需积数十年功力，将研究对象与文学史乃至史学、哲学打通，才会真正结出累累硕果。关于这一点，詹先生早在20世纪90年代就已提出，而他自己也正是这样做的。

"博"是体悟生命意识的重要方法。如果说"通"主要是针对纵向的、历时的，那么，"博"则是横向的、共时的。文史哲打通固然已经堪称博学，而内外兼通、融会中西之后，"博"便具备了更大张力。在生命意识的形成和研究方面，中国古代是何种情况，可以靠贯通古今得到阐释。对生死的态度，西哲又是怎么看的？跟我国古人异同何在？

[①] 詹福瑞：《诗仙·酒神·孤独旅人：李白诗文中的生命意识》，生活书店出版有限公司，2021，第158页。

这些无疑需要借鉴西方经典著作的智慧。翻开《生命意识》的参考文献，罗列197种中西著作，如果加上书末漏收的一些，则达到212种。对于研究一个作家的专著，征引不包括单篇论文在内的文献超过200种，在当代是不多见的。更可称道的是，其中包含西方文学、哲学著作46种：亚里士多德、卢梭、费希特、黑格尔、尼采、叔本华、弗洛伊德、罗素、勃兰兑斯……西方从古至今的重要学者对"生命"的认识，詹先生都能如数家珍。这不是依靠数据库检索的拿来就用，而是积累数十年阅读之功而成，故而更能看出其恰到好处，丝毫没有违和感。例如谈到李白的孤独意识，即联系起"崇高感"。詹先生认为，崇高感的产生，既可以源于物质世界对审美主体的作用，亦可以来自人的精神力量对审美主体的作用。他引述英国美学家李斯托威尔言："没有灵魂的高尚伟大，最高贵的艺术作品和自然都必定会永远黯淡无光。"[①]并进一步引叔本华论述天才之语："那些历史上的天才都曾展示过他们的这种力量，他们中的每个人都各自具有鲜明的品格特征和心灵特征。"[②]用以阐发佐证李白同样是以其灵魂和人格的高尚力量，赋予作品崇高感的。这种"孤独"不是常人的"寂寞"，而是自内而外的一种桀骜不驯的性格，带给他诗歌以卓然独立、矫然不群的力量。不难看出，詹先生绝不是为了炫博而择取西哲的只言片语用来生搬硬套，而是以他自己的阅读实践和生命体验为基础，悟透了李白，更读通了西哲。因此，李白也好，叔本华也罢，他们对生命的意识在作者笔下水乳交融，得以清晰揭示。

"比较"是参悟生命意识的智慧升华。以通为路径，以博为方法，那么比较的研究思路，就成为作者切身参悟生命意识的一种智慧升华了。比自然是为了照出异同，借以凸显李白的特点与价值。岁月如梭，

[①] 〔英〕李斯托威尔：《近代美学史评述》，蒋孔阳译，安徽教育出版社，2007，第226页。转引自詹福瑞《诗仙·酒神·孤独旅人：李白诗文中的生命意识》，生活书店出版有限公司，2021，第375页。

[②] 《叔本华论说文集》，范进、柯锦华等译，商务印书馆，2017，第407页。转引自詹福瑞《诗仙·酒神·孤独旅人：李白诗文中的生命意识》，生活书店出版有限公司，2021，第376页。

生命短暂，从春秋到建安，意识到时间即是生命，逐渐演变为一种突出的抒情范式，而在李白身上得到最集中的表现，这是继承的同。儒家的崇高理想，道家的淳如自由，《列子》的"享乐主义"，无不对李白生命观的形成产生深刻的影响。汉代的叹惋，建安的悲情，都是李白生命意识中流动的基因；然而，在汉魏传统之外，他更见出了激越和超迈，比出了李白的特异之处。对"自然"的哲学命题，西方一种解释为自然界，一种指自然物。在中国古代，"自然"则是指自然而然的存在状态和无为、无施的态度。在山水诗中，不受约束的豪纵狂放，投身山林的无拘无束，构成李白自然意识的本质。同样面对生命哲学，西方追求的是"向死而生"，而中国向往的是"向生而死"，追求的是虽死犹生。那么，李白自然是在追求功名不朽和纵情自由的互动之间寻找到生命的快乐，形成了只有他自己才具备的风格特征。

其实，生命意识是亘古未变的命题。詹先生的诗作《晒一晒影子》云："现在，我就站在元旦的门前/看黑夜把我的影子收起/像岁暮的风拾着落叶/一片也不少，一片也不留/等待2017年的第一缕阳光。"[①]如果我们稍加品读，便可感受到这里面所蕴含的生命意识何等强烈！而他所著《岁月深处》《俯仰流年》《四季潦草》，这一串书名，也无不渗透出生命的感悟。总之，《生命意识》在教会我们如何进行学术研究的同时，向我们提醒着更为重要的东西——生命是一切学问的本根！

---

① 詹福瑞：《四季潦草》，河北教育出版社，2021，第29~30页。

谪仙人李白的世俗面

赵乾坤　石家庄学院

《诗仙·酒神·孤独旅人：李白诗文中的生命意识》由生活书店出版有限公司出版，书中所说的生命意识是人对生命的感性认识，具体说，就是对于生命的感受、体验与感悟。这本书从生命角度观照李白，重在分析其诗文文本，呈现出一个肉体与精神的李白。

谈及李白，我们就想见一个飘然不群的诗仙形象，而从"生命意识"角度解读李白，注意到他飘逸背后的孤独，对这种定型化了的历史人物，会有不一样的认识。作者在陈述李白的孤独时，注意到李白的孤独是多方面的，最深刻的感受是他生命的孤旅之悲，他在诗中常塑造人类在天地间独行客的形象，与其他人塑造的离群隐居的隐士行迹不同。《拟古》其九说每个人都是过客，会转瞬即逝，这种感受与西哲叔本华论述现实存在的方式是转瞬即逝异曲同工。论证时，借鉴东西方哲学思想视野，深入剖析。李白还有政治上绝世的孤独，他怀有济世安民之志和王霸之略，却不被重视，徒增报国无门的漂泊感；无知音的寂寞与孤独又为其中的一个方面，自视甚高，不屑与常人为伍，目空一切的自我意识，使其从精神上处于孤立于社会之外的境地，从心理上产生"一生傲岸苦不谐，恩疏媒劳志多乖"的孤独。作者多层面、多角度地解读了李白内心的感受，还指出李白强烈的孤旅之悲，是他对生命以及万事万物终归寂灭的认识，这种孤旅之悲从根本上说是一种来自觉醒的个体生命意识与宇宙意识的深刻孤独感，将李白置于天地、宇宙广阔空间之中，对其孤独意识进行升华，上升为哲学的高度。

李白不仅孤独，还有对时光的焦虑。他惊惧时光飞逝，嗟叹生命不永，对时间感受的深刻与强烈，超过了以往任何人关于时光的认识，在诗歌中创造的时间意象和表达，在唐代诗歌中都很突出与独特。作者在说李白珍惜光阴时，除他诗中常提及的逝川、流水、石火、飞蓬等意象，伤春悲秋的感情，还注意到两个细节。一个是照镜子的细节，李白揽镜自照，感慨自己白发丛生，黑发不再，由此推出李白关心时间的流逝，焦虑个人的衰老。另一个是李白"不知""何处"的疑问。李白问何时、为何生的白发，诗人不自觉地揽镜自照，表明自己对容颜的关注，从这个疑问反映出李白对壮年功业无就、青春不再的不甘。作者在论证时，既注意到常人难以捕捉的细节，又从中见出李白世俗的一面。

李白即使为天才诗人，也有俗人的、对荣华富贵的自然欲求，所以在其生命目的中，肉体的快乐，亦是其追求之一。与常人不同的是，他还追求生命的不朽，追求精神上的快乐。他的这种心理，明显具有恐惧衰老与死亡、渴望及早建立金石之功、通过不朽声名超越有限人生，使生命价值和意义达到无限的心理。而当他的政治诉求得不到满足的时候，他又选择归隐、学仙，过精神自足、自在的生活，追求内心的惬意。

作者注意到李白的外在行为表现，也关注他内心的思想，认识到从思想之源解决生命困扰的是哲学，通过哲学将李白的一生贯穿起来：李白为满足诗人实现生命价值的本然需求，求取功名；为满足生命的本然需要栖隐山林；任自然的思想，解决了李白自由适意的人生问题。具体内容设置为，结合逝川与流水意象探究生命本质，分析他追求物质与精神的快乐生命观、渴望建功立业的人生价值、洒脱背后的孤独等，通过解读他的心理，还原一个真实多面的李白形象，为读者走近李白其人其诗提供了新视角。

作者以生命意识来整体观照，梳理唐前生命认识的阶段，把李白置于人类文明的历史长河中审视，指出他直接承继了魏晋诗文中的生命意识，没有延承初盛唐之交表现生命意识的诗风，把宇宙人生的宁静理思融入营造的美丽的诗境，创作纯美的境界。作者对生命意识的传统做了细致的梳理,深入地分析李白诗歌中的内容,他的风骨形神,他谪仙人的世俗层面,指出了李白传承中的新变。

这本书从生命意识的角度剖析李白,对一些关键性的问题重新认识,改变固有认知。在论证李白对现实的关注时,对宋人论盛唐诗多扬杜抑李,认为其诗不关心苍生社稷提出了批判,结合李白诗谴责玄宗穷兵黩武给社会和人民带来的沉重灾难,以及其对唐代社会的腐败现象给予尖锐揭露与批判,论证李白关心苍生的一面。由此可见李白既自信、自负,又关心现实,有强烈的忧患意识和批判现实的精神,这种质疑、批判,是李白及其作品的核心属性,也让我们认识到盛唐气象不仅有自许与积极向上的事功精神以及作品中的浪漫气质,还具有其他的层面。如:为解释《行路难三首》其一,疏通诗用典的深层意蕴,弄清李白究竟为第几次入长安,作者深入剖析"闲来垂钓坐溪上,忽复乘舟梦日边"这两个典故,得出李白是借此表达自己的君臣遇合之愿,由此认为归纳为第一次入长安比较合理。

这本书从不惑之年写到耳顺之年,是詹先生对自己半世李白研究成果的结集,在此之前,詹先生还发表了《李白诗歌的生命意识》《试论李白的孤独意识》《李白的英雄意识》《李白诗中的"自然"意识》等系列文章,对李白生命意识进行过集中探索。该书选取"生命意识"角度切入对李白进行研究,体察李白背后鲜为人知的一面,对于一些传统的观点进行剖析,提出自己独特的见解,进而考察生命意识对李白诗歌风格的影响。在论证过程中,结合李白诗文进行分析,既有宏观的阐述,也有文本细读式解析,是一部难得的佳作。

从生命意识视角研究文学创作者及其作品的探索

李英英　河北大学

2023年暑期档热映的《长安三万里》，让"李白"成为一个异常火热的文化话题，通过影视化手段，使余光中对李白"酒入豪肠，七分酿成了月光/余下的三分啸成剑气/绣口一吐，就半个盛唐"的细腻勾勒更加具象，也让李白在诗歌之外追求功名、处处失意的人生得到更多关注。虽然从生命意识角度解剖李白身世、人生经历、诗歌创作复杂性的研究不乏先例，但都比较零散。詹福瑞教授在《诗仙·酒神·孤独旅人：李白诗文中的生命意识》一书中，坚持从诗歌创作出发，从诗人生命体验切入，梳理自魏晋而下文人尤其是李白对生命本质、生命意义的感悟和表现，让我们对这位天才诗人旺盛的生命力、创作力有了更深的体悟，也走近了一个恃才自傲又积极入世的生命个体，共同体验了他充满时光焦虑、功名理想、孤独心境以及追求快乐和体认自然态度的人生。

一　一切学问的根本
——文学创作中生命意识的探索

人是文化的，人的生命意识由世界观、人生观、价值观所组成，也是人对自然规律、社会文化和命运无常的"一种体验和感悟"。由于儒家思想的干预和影响，从先秦开始文学（尤其是"诗"）就特别注重承载伦理观念的作用，文人创作受制于道德批判和抒情批判。虽然文学作品中呈现出的生命观念有时是隐晦的、含蓄的，但很多作品蕴含的对生与死的追问又是朴素的、深刻的。詹福瑞教授从探究中西方生命哲学、生死哲学的同与不同切入，由中国生命哲学、生死哲学"生而上学""向生而死"引出生命意识的概念，并认为中国古代诗文生命主题的探讨多属于生命意识。在此基础上，詹福瑞教授通过"死生亦大矣——唐前生命哲学""纵浪大化中——魏晋南北朝诗文中的生命意识"两个章节，探讨了生命哲学、生命意识对于文学创作尤其是李白生命观和诗文创作的重要意义。一方面，探索生命意识是文学创作的原动力。有研究认为，生命意识是艺术的起源，从本能的"生命的冲动"，到人对自然规律和"生命的崇拜"，再到艺术创作中展现出来的对"生"的渴望和对"死"的抗拒，总的来说艺术创作张扬了人的生命力量。詹教授也认为李白诗中大量关于时间流逝、及时行乐的描写，比如"白日何短短，百年苦易满""不知忽已老，喜见春风还""人生得意须尽欢，莫使金樽空对月"等，在很大程度上受儒、墨、老、庄生命观以及生死与时间观念的影响。尤其是"秦汉以后，对生命有了更清醒的认识，把生死视为必然"[1]，"在死亡之痛外，对生和死采取一种更为客观的理性态度"[2]。也就是说李白作为生命个体在认识到生命过程的有限、死亡的恒定后，在诗文创作中更多展现的是对人生短暂的感慨和在短暂人生中实现人生价值的渴望，从而发出"人生飘忽百年内，且须酣畅万古情"的感慨。从这个层面讲，生命意识中对生与死的认识正是文学创作的动力。另一方面，文学本质上是个体生命意识的体现。卡西尔认为人类从一开始就"并不是根据他的直接需要和意愿而生活，而是生活在想象的激情中，生活在希望与恐惧、幻觉与醒悟、空想与梦境之中"[3]。因此，人即便面对生死产生了无力感，但仍试图通过幻想抵消这种无法摆脱的痛苦和恐惧，并创造了物

---

[1] 詹福瑞：《诗仙·酒神·孤独旅人：李白诗文中的生命意识》，生活书店出版有限公司，2021，第22页。
[2] 詹福瑞：《诗仙·酒神·孤独旅人：李白诗文中的生命意识》，生活书店出版有限公司，2021，第27页。
[3] 〔德〕恩斯特·卡西尔：《人论》，甘阳译，上海译文出版社，1985，第33~34页。

质有限性与精神超越性矛盾统一的艺术世界,文学就是其中之一。自先秦以降,感怀时间流逝、伤春悲秋的主题就已经出现,到汉末魏晋"人的觉醒"后,生命意识在诗文中表现得更加强烈,从作品情感基调、作品风貌等层面看,这个时期及之后的文学作品本质上都是作家生活遭际、生命感受的具体表现。詹教授认为,魏晋南北朝直至李白,文学作品(主要是诗)表现出的思想、意境、情调,都有一个变迁的过程。通过联系魏晋到初唐朝代更替以及士人命运无常的背景,在文学作品中表现出的从建安时期倾向于"超越的社会性行为"和激昂、悲慨的风格,到南北朝倾向于"个人性行为"和虚静、清远的风格,再到初唐主要表现为"超越自我的哲人式的感悟",最后李白诗表现出的悲慨和激越、超迈和清远,都说明了文学作品本质上就是作家个人人生体验和态度的集中展示。

二 人生价值的追寻
——生命诗学视角的"李太白传"

按照詹福瑞教授所述,自魏晋以来文学和生命意识之间都存在着深刻联系,因此文学不仅是生命的反映,更是对生命本质的关怀和审美观照,这就给我们了解、解剖文学创作者生命历程提供了新的视角。相较于传统的人物传记,从这个切入点考察李白创作与人生历程,更能真切感受到李白在身世、自然规律、人生抉择和命运前的感伤无奈和壮怀激烈。詹教授以研究李白诗作文本为基础,在第三章至第八章从时间观、生命观、价值观、自然观、心理体验等角度系统阐述了李白60年的人生感受体悟,堪称一部个人纪传体史书。一是满怀壮志追求建功立业。詹教授认为,李白青少年时期生活在"崇拜英雄和呼唤英雄的特殊年代",盛唐时代精神和商人家庭教育刺激了李白英雄意识的形成。从其诗文看,42岁以前的很多作品体现出李白满怀抱负、渴望一鸣惊人的强烈愿望。比如,"月"是中国古典文学中最常出现又最具神秘色彩的意象,既有单纯描摹月影的作品,也有借以抒发离别相思、感怀身世、寄托志向和思考人生的佳句名篇，而李白是使用"月"意象最多的诗人之一。《初月》被认为是李白存世诗歌中写得最早的一首，首句"玉蟾离海上"，既是对月相的实写，也是少年李白（作诗时仅14岁）追求功业"英雄梦"的一种表现。在詹教授看来，这种英雄意识、功业理想并不是普通少年不切实际的幻想，而是有深刻的"知识积累与心理期盼"，并且"李白诗歌的突出特点，是他的功业理想往往与生命意识如影相随，经常处于互相激发之中"①，可以说天下之志是李白一生的追求。站在历史的角度看，正是这种对英雄式建功立业的崇拜，导致"这种英雄意识就超出了现实，带有诗人不切实际的幻想"②。二是郁郁不得志度过漫长岁月。在成就英雄事业的追求过于强烈，尤其是这种英雄意识"缺少现实性"时，怀才不遇、生不逢时，就成为人生遭遇上的常态，更"是李白诗歌的常调"。从现实的角度看，李白是不幸的，他无论如何渴望"身没期不朽，荣名在麟阁"，却始终未能实现建功立业的远大理想。理想与现实的巨大鸿沟横亘在他的面前，激起了他内心深处的孤独感，加深了他对生命苦短的焦虑。詹福瑞教授提取逝川、流光、石火、春容、飞蓬、逆旅、过客、春殿、古丘等意象，展示诗人的矛盾与上下求索。从后世视角看，李白又是幸运的，在面对生死、功业带来的焦虑时，他选择寄情诗文，追求精神自由，沉浸在文学审美境界之中，"且乐生前一杯酒，何须身后千载名"。值得庆幸的是，这种人生态度"虽未促成李白实现其建功立业的理想，却成就了他的诗歌"③，在另一个维度上实现了儒家式的功名追求。三是在不甘和痛苦中走向落幕。从5岁随父迁居绵州彰明县（今四川省江油市青莲乡），到25岁出蜀游历，42岁应诏进京后建功立业理想破灭，再到45岁加入永王幕府兵败后流放夜郎，李白的一生是流浪的一生，更是矛盾的

---

① 詹福瑞：《诗仙·酒神·孤独旅人：李白诗文中的生命意识》，生活书店出版有限公司，2021，第294页。
② 詹福瑞：《诗仙·酒神·孤独旅人：李白诗文中的生命意识》，生活书店出版有限公司，2021，第337页。
③ 詹福瑞：《诗仙·酒神·孤独旅人：李白诗文中的生命意识》，生活书店出版有限公司，2021，第337页。

一生。他渴望建立伟业，又不屑也无法（很大原因是家世）像高适、岑参那样通过军功入仕；他享受富贵荣华，又不屑于现实的媚俗；他追逐世俗的繁华，却始终保持遗世独立的状态。詹教授也认为，李白一生的主要困扰是强烈的功名心与怀才不遇的矛盾，这种矛盾又加深了他生命苦短的焦虑，造成心灵的极大困扰。但这些矛盾也使得他的诗歌充满了生命的张力和深度，更是他诗歌生命意识丰富多彩的源头。

三 理想现实的思考

——生活的妥协和命运的抗争

面对命运，李白是不屈的；面对现实，李白又不得不妥协。这种不同的人生感悟体现在不同的人生阶段，表现为时而有"俱怀逸兴壮思飞，欲上青天览明月"般的高志，时而又追求"人生得意须尽欢，莫使金樽空对月"的欢愉，结合李白的人生际遇，这种不同的人生态度实际上是李白面对理想和现实时的无奈。一方面，作为普通人的李白需要消解人生的不得意。詹福瑞教授认为，李白对生命被束缚、心灵遭困扰的现实生活，采取了两种解决方式：首先是以诗文不朽作为精神寄托，想象生命不朽的快乐；其次是追求超越现实束缚的精神自由，以取得精神上的快适。从古至今，学者对李白诗歌中透露出的"人生得意须尽欢"般享乐主义褒贬不一，对其作品中流露出的价值观不乏贬低和批评，比如王安石就认为"太白词语迅快，无疏脱处；然其识污下，诗词十句九句言妇人酒耳"[1]。但考察魏晋以来文学作品中的生命意识可以发现，这种享乐主义实际上是受传统道家思想影响后产生的"任自然"的思想，是李白在仕途、婚姻不得志的情况下，寻求个人身心的最大自由和精神解脱的一种方式。另一方面，作为"谪仙人"的李白不断与命运抗争。虽然李白诗歌没有明确的关于生死哲学的讨论，但他继承了先秦以来的生死观念，认为生与死是不可避免

---

[1] 惠洪：《冷斋夜话》卷五《舒王编四家诗》，中华书局，1988，第43页。

的，灵魂最终会随着肉体的消逝而消逝，他在诗中更强调现世生活的价值和意义。詹福瑞教授也认为，李白追求及时行乐的思想，实际上是对实现生命价值的渴望，他不像道家弟子那般脱离社会，也不像儒家弟子那样为了名声而苦行，他更像是一个现世的快乐主义者，专注于当下的生活。他通过个人的感受和艺术表现，将孤独和悲凉隐藏在诗作之中，"夫天地者，万物之逆旅也；光阴者，百代之过客也"表达了对人生无常的无奈感慨。通过詹教授在书中关于《行路难三首》近1万字篇幅的解读，更能看出李白在仕途受挫后仍能保持进取心态，豪情万丈地认为"长风破浪会有时，直挂云帆济沧海"。

总的来说，詹福瑞教授研究李白没有过分地陷入历史研究范畴，而是更多回归到对文学艺术本质的深入探索当中。詹福瑞教授认为，文学作品的作者通常以感性、审美的形态来表现自我意识，这种表现形式充满了强烈的主观性和不确定性，因作者的个体差异而不尽相同。因此，这本书通过深入细致的文本解读，试图直接与诗人进行对话，阐释李白诗歌中蕴含的生命意识。特别是花费大量篇幅对李白诗文中的生命意象进行审美分析，既揭示了李白诗歌的艺术魅力，又探索了李白对生命的深刻感悟和审美追求。这种研究方法不仅调整并丰富了古代文学的研究格局，也为当代文学创作提供了有益的启示。詹福瑞教授在这本书的后记中也写道："从不惑到耳顺之年，一部书竟然写了半世。"正是以研究对象映照自身，将自身对生命与诗的理解渗透到文字之中，才能将李白的生命之叹写得如此精彩。

学者之思 诗人之情

李晓宇　河北大学

"人的生命是一切人文之始,亦是文学的最终源头。"① 这一句充满哲理兼具诗意的话语开启了探讨"李白诗文中生命意识"的旅程。詹福瑞先生从哲学(探知生命)和文学(表达生命)两个方面重新审视和感悟李白的诗文,在这一审视和感悟作用下,便有了2021年的《诗仙·酒神·孤独旅人:李白诗文中的生命意识》,便有了对中国古代文学,尤其是对李白的生命诗学的阐释。

一　生命意识与生命价值

我们研究文学,如果没有研究文学中的生命表现的话,那么对文学的研究是不够的,不完美的。就像詹先生指出的那样:"生命是一切学问的本根……生命亦是文学的母题,研究文学中的生命表现,应是文学研究的基本之义。"② 研究文学中的"生命",就需要探讨哲学中的"生命"。中国哲人对生命的探知不像西方哲学那样体系化,但是散见于经学、文学中的深刻智慧在五千年历史长河中熠熠生辉,灿烂夺目。中国的生命哲学亦不像西方那样"重死、重灵魂",而是"重生、重现世"。正如詹先生说的那样:"如果说西方生命哲学是'死而上学',中国生命哲学则是'生而上学'。"③ "重生、重现世"的背后,便是即便

---

① 詹福瑞:《诗仙·酒神·孤独旅人:李白诗文中的生命意识》,生活书店出版有限公司,2021,第1页。
② 詹福瑞:《诗仙·酒神·孤独旅人:李白诗文中的生命意识》,生活书店出版有限公司,2021,第580页。
③ 詹福瑞:《诗仙·酒神·孤独旅人:李白诗文中的生命意识》,生活书店出版有限公司,2021,第3页。

有一日生命走到了终点，也因生前所立之"德""功""言"而不朽。即便死去，虽死犹生；肉身消亡，精神永存。这便是中国人最看重的"生命价值"。

在历史的长河中，个体生命是瞬间存在而终归虚无的，那么人的生命价值何在？人生意义何在？中国人把生命的价值与意义寄托于"现世"，即"人可以在瞬间创造文化以体现生命的存在或证明曾经的存在"①。这就是变瞬间为永恒的"法宝"，这就是追求生命最高价值的"坦途"。只有在现世建功立业、著书立言，才能实现生命之不朽，所谓"吾与尔达则兼济天下""功成献凯见明主""屈平辞赋悬日月"。

对哲学中"生命意识"的研究有助于我们更深刻、更全面地分析生命意识、探讨生命价值，但是，中国人对生命的理解更多地表现在诗文之中，对诗文中生命意识的发现就像陈玉强教授说的那样，既有"哲学阐释"，又有"文本悟入"。②如詹先生所言："生命意识承认生命不仅可以从理论上认识，亦可以感受和体验到。"③李白是伟大的浪漫主义诗人，而非哲学家或理论家，所以李白是通过"个人的感受、体验和艺术表现"去触及"个体生命本质问题"的。这个"触及"中虽然包含了理性的思考，但主要是感性的体验，并且是"通过光阴"而获得的体验，继而化为文字，通过诗进行文学化的表达。

二 李白生命意识的源泉

李白被后人誉为"诗仙"，但他的生命意识并非无源之水、无本之木。詹先生著作的前两章"死生亦大矣——唐前生命哲学"和"纵浪大化中——魏晋南北朝诗文中的生命意识"论述了儒家墨家的轻生观、

---

① 詹福瑞：《诗仙·酒神·孤独旅人：李白诗文中的生命意识》，生活书店出版有限公司，2021，第14页。
② 陈玉强：《生命诗学视野下的李白研究——读詹福瑞〈诗仙·酒神·孤独旅人：李白诗文中的生命意识〉》，《名作欣赏》2023年第19期。
③ 詹福瑞：《诗仙·酒神·孤独旅人：李白诗文中的生命意识》，生活书店出版有限公司，2021，第3页。

老子庄子的重生观、《列子》的厚生观以及魏晋南北朝士人的主要人生取向和诗文等,这些都是李白生命意识的源泉。"人类一旦认识到个体生命的存在和消失,生命意识也就产生了。"①

唐前生命哲学是李白生命意识得以形成的哲学基础。儒家重视生死,重视的是生命的价值(社会价值)和意义。既重视人生前的价值,又强调人死后的意义。在儒家眼里,道、仁、礼、忠、信等都比生命更重要,"朝闻道,夕死可矣","远礼不如死"。在关键时刻,生命都可以舍弃(舍生取义)。儒家的生命观强调人是"社会人",强调生命价值在于"立德、立功、立言"。儒家理想主义的人生观,对古代文人产生了很大的影响。相反,道家重视生死,重视的是自然的生命,是生命本身的自由,"道家呵护自然的人,反对社会对人的自然本性的侵蚀和异化"②。庄子提出了重要的"守性保真"的生命观,并认为"除社会因素外,对于人的生命的伤害主要来自个人的欲求"③,这里的欲求既包含物质的,也包括精神的。所以庄子提倡虚静无为、无知心忘,来对抗"外物"对人造成的伤害。《列子》则认为生死命定,人力不可抗拒,重视"人当世的生存状态"。唐前哲人的生死观、生命思想是李白生命意识形成的哲学思想基础。

魏晋南北朝时期诗文中的生命意识,是李白生命意识的文学源泉。汉末的《古诗十九首》,建安时期曹操的《短歌行》、曹丕的《典论·自叙》、孔融的《杂诗二首》等对时光飘忽易逝的慨叹,正始时期对世事变化无常、生命不可把握的恐惧所形成的嵇康、阮籍等人的诗篇,都包含着强烈的生命意识。光阴如此易逝,人生如此短暂,在这仅有一次的"瞬间性"生命里,是建功立业,还是及时行乐?建功立业是古代士人普遍追求的人生理想,李白也不例外,但是李白对功业的追

---

① 詹福瑞:《诗仙·酒神·孤独旅人:李白诗文中的生命意识》,生活书店出版有限公司,2021,第21页。
② 詹福瑞:《诗仙·酒神·孤独旅人:李白诗文中的生命意识》,生活书店出版有限公司,2021,第40页。
③ 詹福瑞:《诗仙·酒神·孤独旅人:李白诗文中的生命意识》,生活书店出版有限公司,2021,第43页。

求不是为了荣华富贵，而是源于对生命意义的理解，是恐惧光阴飞逝、人生短暂而功业未成，是恐惧"生前不能立功，身后不得扬名"。李白的理想是"功成，名遂，身退"。然而，"功成"谈何容易？如果不能"立功"，便"立言"吧。"年寿有时而尽，荣乐止乎其身。二者必至之常期，未若文章之无穷。"求取功名无路或者受到挫折时，出现了及时行乐思想。建功立业和及时行乐两种生命取向在魏晋士人的诗文中交替出现。无论是建安士人想要在有限的生命中创造无限的生命价值的思想，还是求取功名不得时的及时行乐思想，都对李白有着深远的影响。

三 李白生命意识的表现

哲学家叔本华说："时间是我们一切直观先天的必然形式，一切的物质以及我们本身都非在这里表现不可。"[①] 詹福瑞先生说："李白对个体生命本质的体认，是通过光阴而获得的。"[②] 同样是对"时间"的认识，却使用了不同的表达方式，这两句话集中代表了哲学家与诗人型学者的不同特点。笔者认为，詹先生"哲思与文采俱佳，学理与情怀兼备"[③] 的表述风格最适合阐释生命主题。从"逝川与流光——李白诗文中光阴意象所表现的生命本质"到"万物兴歇皆自然——李白顺其自然的生活态度"的六章是对李白生命意识讨论的主体部分。这六章从光阴意象、快乐主义生命观、存在的价值、孤独意识、心灵的解脱和顺其自然的生活态度出发，以哲学阐释为先导，以文本悟入为主线，全面而系统地分析并展示了李白诗文中的生命意识。

---

① 〔英〕罗伯特·艾伦：《哲学的盛宴》，刘华编译，新世界出版社，2013，第 205 页。转引自詹福瑞《诗仙·酒神·孤独旅人：李白诗文中的生命意识》，生活书店出版有限公司，2021，第 213 页。
② 詹福瑞：《诗仙·酒神·孤独旅人：李白诗文中的生命意识》，生活书店出版有限公司，2021，第 13 页。
③ 陈玉强：《生命诗学视野下的李白研究——读詹福瑞〈诗仙·酒神·孤独旅人：李白诗文中的生命意识〉》，《名作欣赏》2023 年第 19 期。

（一）时光易逝、生者为寄，功业何时立

"常人对时光的流逝并不敏感，只有诗人或哲学家，才会对光阴有敏锐的感受。"[1] 所以，在李白的笔下，逝川、流光、石火、飘风、飞电、春容、飞蓬、逆旅、古丘等意象中均蕴含着浓浓的生命意识。比如："黄河走东溟，白日落西海。逝川与流光，飘忽不相待。""石火无留光，还如世中人。"（凿石见火，更可见人生转瞬即逝的特征）"在世复几时，倏如飘风度。""容颜若飞电，时景如飘风。""叹长河之流春，送驰波于东海。""生者为过客，死者为归人，天地一逆旅，同悲万古尘。""六帝余古丘，樵苏泣遗老。"

就像卢梭说的那样："没有任何东西可以永恒的形态停住不动……"[2] 光阴如此易逝，建功立业的渴求便更加强烈、更加急迫。"春风余几日？两鬓各成丝。……如逢渭水猎，犹可帝王师。""作帝王之师"的崇高志向曾经是先秦士人主体精神的重要标志之一，但是随着天下一统，中央集权的加强，"君道刚强，臣道柔弱"，士人再也不敢明目张胆地自居为"帝王之师"了。"对于绝大多数唐代士人来说，如何能够跻身于君权系统并作为其中之一员从而得以建功立业乃是最大理想。"[3] 李白言"如逢渭水猎，犹可帝王师"，一方面表现出了由强烈的生命意识而引发的急切的建功立业的渴望，另一方面表现出了李白桀骜不驯的性格和不羁与狂放。

詹先生以学者的博识和诗人的敏锐，洞悉李白诗文中的生命意识。笔者以为，哲学家似是站在"生命意识"之外，有高度、有距离地审视"生命意识"，故能对其"下定义"，作理性研判。诗人似是游于"生命意识"之内，或许未能从外观上审视"生命意识"的全貌，但却从人生经历中不断体验，并以"意象"为舟，将"生命意识"表现于

---

[1] 詹福瑞：《诗仙·酒神·孤独旅人：李白诗文中的生命意识》，生活书店出版有限公司，2021，第161页。

[2] 〔法〕卢梭：《一个孤独漫步者的遐想》，袁筱一译，上海人民出版社，2007，第80页。转引自詹福瑞《诗仙·酒神·孤独旅人：李白诗文中的生命意识》，生活书店出版有限公司，2021，第198页。

[3] 李春青：《宋学与宋代文学观念》，北京师范大学出版社，2001，第7页。

诗文的字里行间。

（二）快乐有理、自由可贵，千金买一醉

由于传统价值观对快乐主义生命观的否定态度，因此学界也缺乏对李白快乐主义生命观的研究。詹福瑞先生的《诗仙·酒神·孤独旅人：李白诗文中的生命意识》一书便弥补了这一缺失。通过考察中外生命哲学，詹先生认为"快乐主义"是无法回避的重要生命观，因为"若能发现一条快乐之路，很少有人会故意选择不快乐"[①]。当然，这里的快乐主要指的是"理智的快乐、感情和想象的快乐、道德情感的快乐"，也就是高级的精神境界之乐。通过对中西快乐哲学的分析，詹先生带领我们在李白诗文中体会其快乐主义生命观。

李白除了追求现世建功立业、身后声名不朽之外，也追求现世的感官快乐，这一点虽然经常被质疑、被否定，但是不应该被忽视、被冷落。像《宴郑参卿山池》、《前有樽酒行》（其一、其二）、《邯郸南亭观妓》、《拟古》（其五）等表现及时行乐之辞，均有其内在思想基础和外在原因。内在思想基础就是李白对生命价值的追求和强烈的生命意识，外在的原因就是建功立业的理想在遭受打击之后转为及时行乐，"且乐生前一杯酒，何须身后千载名"，这在魏晋南北朝时期就是文人生命意识的一部分。

（三）英雄情结、现实关怀，君看我才能

历代士人对政治才能的自信可以追溯至孔子和孟子，但是流传最广、影响最深的恐怕还是李白的那句"天生我材必有用，千金散尽还复来"。如此自信的李白必然崇拜英雄（如谢安、吕尚、张良、管仲、乐毅等）。大治之世的士人易向往功名、追求理想，大乱之世的士人易关心民生、为民请命，李白从舞夕之年到不惑之年的 30 年间生活于开元盛世，于知天命到耳顺之年的 8 年间经历了安史之乱，可谓大治和大乱都经历了，所以李白具有强烈的英雄意识和对现实的关怀。在某种程度上，李白创造了盛唐诗歌的历史，唐代的大治和大乱也成就了一

[①] 〔英〕罗素：《罗素说：幸福人生》，吴朗默译，现代出版社，2010，第 12 页。

代诗仙。

"五岁诵六甲,十岁观百家","十五观奇书",如此雄才,怎能甘于平庸?再加之生命意识的催发,李白对功业的渴望贯穿其一生。"欲献济时策,此心谁见明?""待诏奉明主,抽毫颂清风。""但用东山谢安石,为君谈笑静胡沙。"功业理想与生命意识是如影随形的,"李白诗中表现出来的建功立业的主题,从心理基础看,即出于他的生命意识"[1]。

(四) 孤独难逃、心灵解脱,但得醉中趣

叔本华认为孤独是"伟大灵魂的显著特征","伟大卓越之人的共同命运"。孤独,是李白这个天才诗人的独特心理体验。无根之过客的孤独,再加之怀才不遇、报国无门的漂泊感,使得李白从年轻时候的"大鹏一日同风起,扶摇直上九万里",到临终前的"大鹏飞兮振八裔,中天摧兮力不济……后人得之传此,仲尼亡兮谁为出涕"。入世无门,孤独难逃,如此境遇下,也只能求得心灵的逃逸和解脱吧。在社会的制约下,功业不可求,只能以个人的超越消解现世的苦闷和孤独,只能以游仙诗之飘逸获得心灵的自由,只能以饮酒诗之放纵使精神获得自足自在。

求取功名,是"为实现个人的生命价值而生成的自然要求"[2]。既然自然要求之功名不能实现,那便"三杯通大道,一斗合自然。但得醉中趣,勿为醒者传"。李白对生命的体验,来源于诗人敏锐的直觉和对人生真实且痛切的感受,是"经验的、具体的","但诗中体现出的对时间与生命的清醒认识,又的确使诗人的直觉体验闪射出理性的光辉"[3]。

最后,因读詹福瑞先生《诗仙・酒神・孤独旅人:李白诗文中的生命意识》一书,在跟随詹先生探究李白诗文的生命意识的同时,也感慨于李白一生的经历。得诗一首《吟李白》,作为结语。

---

[1] 詹福瑞:《诗仙・酒神・孤独旅人:李白诗文中的生命意识》,生活书店出版有限公司,2021,第293页。

[2] 詹福瑞:《诗仙・酒神・孤独旅人:李白诗文中的生命意识》,生活书店出版有限公司,2021,第476页。

[3] 詹福瑞:《诗仙・酒神・孤独旅人:李白诗文中的生命意识》,生活书店出版有限公司,2021,第499页。

吟李白

他是咿呀稚童最早认识的诗人，
你听："小时不识月，呼作白玉盘。"
他是国内顶尖学者为之挥洒二十载光阴打造倾心力作的诗人，
你看——诗仙 酒神 孤独旅人。

他曾梦想：
功成 名遂 身退。
他曾鄙夷，
"卑辞厚礼"于权贵。

他仗剑去国、辞亲远游，
他志安社稷、遍干诸侯，
他名满天下、壮志难酬，
他攀龙堕天、借酒浇愁，

他入世无路，甘求道箓，
他身入仙门，心念帝州，
他流放夜郎，余路难求，
他"一生无成"，留诗千首……

他强烈的自我意识如发光的火球，
他不羁的绝世才华如夜空的星斗，
他对人生的体悟和感慨——
蕴藏于诗歌一首首。

他说生如飞蓬，营营何求？
他说人生逆旅，青松古丘。

他飘零一世，作诗饮酒，
他萍踪浪迹，散发扁舟……

他的浪漫豪情留在了大唐酒楼，
他的坎坷足迹踏遍了东南诸州，
他的传奇人生游走在街头巷口，
他的旷古诗文流传到了千年以后……

"小言"中的深沉情怀

张 蕾 河北师范大学

詹福瑞先生新书之一题名为"小言詹詹"（以下简称《小言》），取自《庄子·齐物论》："大言炎炎，小言詹詹。"詹师解释书名意为"边边角角，零言散语"[1]，自是包含谦虚之意。捧读下来，一个强烈的感受就是，"小言"之中，意蕴丰厚。

我 2001 年入学，算起来跟随老师学习已经 20 多年。非常幸运的是，这种"跟随"没有因为毕业而中断。大约是毕业不久，詹老师即被我所在的河北师范大学文学院特聘为博士生导师。正是这样的机缘，使我在学位论文的选题、开题、撰写、修改、答辩等环节，得以近距离地观摩、体察老师的学术思路、育人理念，这恰好可以跟《小言》的部分内容构成"互文"关系。所以从对学位论文的指导这一角度，感受詹师的思想、智慧，也是件有意义的事。

说到詹老师的治学理念，我想到的第一个关键词是"情怀"。老师多次强调古代文学研究要有"人文情怀""家国情怀"，这也是他指导毕业论文选题的原则。詹师在河北师大指导的博士学位论文，记得有三篇命题作文，一是《王琦注〈李太白全集〉研究》，二是《秦汉魏晋南北朝奏议文研究》，三是《唐代谏议文研究》。第一篇属经典作家的经典注本研究，正是老师所言研究经典作家才能解决文学史重大问题、关键问题的思路。当然，李白研究是詹门的传统，研究者的"情怀"所系，詹老师在总结詹锳先生学术成就时已有准确概括，毋庸赘

---

[1] 詹福瑞：《小言詹詹》，商务印书馆，2022，第 1 页。

述。后面两篇,命题相隔十年①,体现着詹师对文体研究的持续关注和长期思考。早在我入学前后,文体研究方兴未艾之时,同门中即不乏诔碑文、赞体、骚体、序体以及汉代文体功能研究等选题。詹老师讲解《文心雕龙》《昭明文选》都着意于其中的体统;主编的"中国诗体丛书"序言中又强调,丛书"虽然侧重于诗歌风格,但是讲风格不能不先讲一讲文体","因为古代的体类与体派有至为密切的关系"。②可见文体学是詹师多年来长线关注的领域。然而按照我的理解,詹老师指导的对奏议谏文的断代研究,又都不是单纯的文体研究,尽管是从文体的辨析入手,但更为关注的是文人士大夫参政议政的制度保障,在君臣博弈中凸显的精神气格,要寻找他们敢逆龙鳞的精神密码。这几个命题立意高远,要完成好不仅需要专业基础,还要具备人生阅历,更应提升思想境界,而后两者需要长期的修炼。提交了学位论文,只是阶段性工作的完成,思想境界的提升当是终生的追求。这是古代文学研究拥有"情怀"的基础。

詹老师治学理念中的另一个关键词是"传统"。在近年来的博士、硕士论文答辩环节中,老师都非常重视引文的断句、解读的准确性等基本问题,这是最为传统的基本训练,却也往往是硬伤累累的地方。这个问题也是《小言》中一再提及的。如《古代文学研究的现状与前瞻》一文指出文献整理中"传统的必要",因为目前"版本的辨别,文字的识读""文集的校勘、注释"水平堪忧。③ 所以即便使用业界认可的出版社出品的整理本,仍需小心谨慎。在《古代文学研究的困惑》一文中,詹老师发出了诘问:"我们传统的训练在现在的技术下还需不需要?"④ 这一问可以说振聋发聩,今天读来仍然深受触动。正是出于

---

① 这两个题目分别给了 2007 年入学的仇海平、2017 年入学的赵乾坤,后者又经调整,定名为"唐代重大历史事件与谏文研究"。此后詹师又命就读于南开大学的于帅帅(2018 年入学)做宋代谏文研究。
② 詹福瑞:《〈中国诗体丛书〉序》,载詹福瑞《文质彬彬——序跋与短论集》,紫禁城出版社,2009,第 31 页。
③ 詹福瑞:《小言詹詹》,商务印书馆,2022,第 40~41 页。
④ 詹福瑞:《小言詹詹》,商务印书馆,2022,第 38 页。

对传统的敬畏之心，我在老师的不断鼓励下，尝试作古籍整理，想补上基本训练这一课。在实践过程中，我对老师所忧虑的现状有了更深切的体会。我交上"作业"《〈玉台新咏校正〉整理与研究》，老师作序说："学术研究永无止境，文献整理亦然，即使经过前人反复耕耘，也绝非意味着相关选题再无继续推进的空间。"[①] 所以补课也是任重道远、永无止境的修行。

以上所谈的两点，套用时下流行的话语，就是仰望星空，脚踏实地。虽不能至，心向往之。

---

① 詹福瑞：《小言詹詹》，商务印书馆，2022，第283页。

从《不求甚解》到《小言詹詹》*

任 慧 中国艺术研究院

2008年10月，恩师詹福瑞先生的《不求甚解——读民国古代文学研究十八篇》由中华书局出版，其时我进入中国艺术研究院工作刚满一年。在北京师范大学读博期间，导师张海明先生建议我做中国传统的文学史学研究，而民国时期正是中国文学史受西方学术影响，成为一门学科且教材蒙兴的阶段，所以我对詹先生这本书很感兴趣。特别是前言第一句话就是"民国时期是中国古代文学学科的发轫期，研究的日臻成熟期"[1]，所以我在啃书之余，还给这本书写了书评。詹先生不嫌我浅见，认真给我做了修改，还推荐到《中国文化报》读书版刊发，时间正值岁末——2008年12月30日，是一个传统认为的双数好日子。

在詹先生的鼓励下，我以博士论文《先唐时期文学史书写研究——兼论中国文学史书写范式的确立》为基础，申报国家社科基金青年项目，于2010年获准立项。在课题研究期间，我选取了包括曾毅的《订正中国文学史》、张长弓的《中国文学史新编》、刘毓盘的《中国文学史》等在内的27种创作于民国时期的早期中国文学史著作，既有中国文学史的通论之作，亦有分体文学史之作，均为当时国内未见出版的较为稀见的文学史文献资料，以《民国时期中国文学史著作廿七种（全十三册）》为名，收录于"民国文献资料丛编"，由春媚师妹担任责编，国家图书馆出版社出版。2019年，课题结项成果由社会科学文

---

* 笔者《回归文本——读詹福瑞新作〈不求甚解〉》曾发表于《中国文化报》2008年12月30日。
[1] 詹福瑞：《不求甚解——读民国古代文学研究十八篇》，中华书局，2008，前言第1页。

献出版社出版，又有劳文婕师妹担任责编。三校之后，我把样书送过去，请詹先生给我这本书作序，他在序言中写道：

> 当代的古代文学研究形成了铁打的三大范式：文献整理，专题研究和文学史。而三者之中，文学史因是教材，影响至大；经典的确立，一种文学史观的传播，非文学史莫属，所以又为学界所重视。自有文学史以来，或统编，或重编，或反思，以至于今。1949年后，统编中最流行的就有科学院编、北京大学编、袁行霈主编、袁世硕主编等。关于文学史的争论，时至今日，尚有文学史观、文学史分期、文学史撰写模式等。……我也在不同的会议上凑热闹，讲古代文学研究、文学史要回到原点，重新思考中国古代文学的性质和内涵，重新思考以作家作品为主要描述形式的文学史撰写模式，重新思考以朝代为阶段的文学史分期，重新思考入选文学史作家作品的标准。[1]

詹先生不仅点评了我的研究成果，也把他一直在思考的问题集中提了出来，而这些问题他时有新见。我深知自己学养浅薄，也就一直关注着先生的研究。在《小言詹詹》中，又能集中看到大概是从2009年开始的十余年间，先生关于中国文学史、古代文学学科的多篇短论。

首先，詹先生认为"中国文学史，是我们研究中国古代文学、教授中国古代文学的一个很重要的载体"[2]，所以他谈到了中国文学史兴起的原因：

> 中国文学史自19世纪末20世纪初出现，至今长盛不衰，其原因何在？盖因为它是教材，是现代文学教育的产物，有学

---

[1] 任慧：《先唐时期文学史书写研究——兼论中国传统文学史书写范式的确立》，社会科学文献出版社，2019，序言第1~2页。
[2] 詹福瑞：《中国文学史的兴起》，载詹福瑞《小言詹詹》，商务印书馆，2022，第53页。

校，就有教材；有文学教育，就不能没有文学史。(《中国文学史的兴起》)①

詹先生细致梳理了在现代大学教育理念下，中国文学史作为中文系开始的一门课程的演进轨迹，特别提到林传甲《中国文学史》（1904）、黄人《中国文学史》（1904—1909）、胡适《白话文学史》（1921）、张之纯《中国文学史》（1915）以及王梦曾《中国文学史》（1914）都是以讲义为目标撰写的，由此可见是"学校教学促生了文学史"（《中国文学史的兴起》）②。新中国成立之后，继20世纪20至30年代上百部文学史问世的盛况之后，中国文学史成为中文学科的基础和必修课程，于是集体编写文学史成为教育界和文学界的独特现象。詹先生充分肯定这些文学史编撰者的付出和功德，但他进一步探讨说：

> 从最初的一人编写文学史教材，到20世纪50年代以后的集体编写，再到现在的统编教材，是为中国文学史编写总的趋势。……隐形的也是最为深刻的影响是限制了学术个性的发挥……作为大学的教材，还应有其另外的作用，即对学生学术个性的培养，因为它关系到对学生创造力的培育。而此一功能显然被我们忽略了。（《中国文学史的兴起》）③

从现代大学教育出发，从学科设置出发，从编写讲义、教材的老师们出发，但最终的落点归到了学生，考虑学生"学术个性的培养"和"创造力的培育"。詹先生作为老师，不仅传道授业解惑，还充满了对学生的关爱，充分体现了"师者，仁心"。

关于中国文学史的版本，中国科学院主编和游国恩先生领衔主编的《中国文学史》是两部"权威"，袁行霈先生主编的高等教育出版社

---

① 詹福瑞：《小言詹詹》，商务印书馆，2022，第48页。
② 詹福瑞：《小言詹詹》，商务印书馆，2022，第50页。
③ 詹福瑞：《小言詹詹》，商务印书馆，2022，第52页。

版本和袁世硕先生主编的都是改革开放以后高校通行的教材，还有主要影响在学术界的复旦大学章培恒、骆玉明版本。詹先生指出，这些文学史"都没有翻译到国外去"，所以"两部海外中国文学史"——《剑桥中国文学史》和《哥伦比亚中国文学史》的出版，直接影响到"外国人如何看待中国古代文学"[1]，"它们的文学史观、框架结构、对作家作品的评价"必将会对"我们今后如何撰写文学史、如何评价中国古代文学"[2]（《两部海外中国文学史》）带来很大的影响。

> 我们从这两部文学史中受到的最主要的启发，首先是这两部书叙述所采取的立场，对现在传统的中国文学史，还是有很大突破的。它们将作家、文本放在一个整体的传播过程中来展现，而不是简单地给读者一个定论性的东西……这就是两部文学史给我们提供的一个文学史观。……我认为在文学发展的过程中，所有的作家作品都有一个经典化的过程。文学史不但要告诉读者这就是经典，还要告诉读者它们是怎样成为经典的。我们关注经典，不是说只关注它成为经典以后如何，而是在整个经典化过程中，经历了哪些，有哪些变化。这一点其实在我们的文学史中是被忽略了的。应该说，这两部文学史确实为我们提供了一种新的叙述策略，或者一种立场，它是以一种后代建构的形式来叙述文学发展的。[3]

詹先生认为应该用动态的而非一成不变的统一的观点来撰写中国文学史，也就是"去经典化"的立场，同时还应该注重看起来是技术性实则带有结构性意义的"叙述性"，比如应"选择哪个时间为节点"，代表了书写者对文学史架构的认知。他充分肯定了两部海外中国文学史撰写中值得我们参考学习的优点，那么是不是中国传统文学史的撰

---

[1] 詹福瑞：《小言詹詹》，商务印书馆，2022，第54页。
[2] 詹福瑞：《小言詹詹》，商务印书馆，2022，第55页。
[3] 詹福瑞：《小言詹詹》，商务印书馆，2022，第55~56页。

写应该模仿西方呢?

> 文学史虽是舶来品,但中国文学史却非完全的洋东西。中国古代文学研究实则是建立在两个传统、一个背景之上的。两个传统,即中国古代社会数千年来形成的义理、考据、辞章的老传统,五四形成的现代学术传统;一个背景,即1949年以后形成的新的学术理念与方法。而文学史的撰写亦应如此,除了欧洲、苏联的文学史传统,还应该有中国的史学和文章学传统。如任慧所言:"中国自古就有书写历史的传统,历代均设有史官,由此形成了记录、保存、积累、编集史料以及为前代书写历史的习惯,其范围囊括社会方方面面,文学亦包括其中。"然而令人遗憾的是,这样的传统,没有得到文学史界的重视与吸收。文学史的"书写者们忽视了古人对于文学的见解,忽视了古代文学史家的书写实践和思考",即使是古代文学研究,多有某个个例的研究,如刘勰的文学史观,也缺少对先唐这样一个悠久历史时期文学史观及书写实践的研究,尤其是站在中国文学史当代立场的研究,任慧此书的学术价值与现实意义由此而凸显出来。[①]

詹先生在给拙作的序言中明确了他的观点,中国文学史的写作应该有"中国的史学和文章学传统",所以主张要回到原点:

> 古代文学学科有了百年的历史,表面看来许多问题都已经得到解决,有了定论,其实并非完全如此。比如中国古代文学的定义、属性、范畴、研究方法等,仍需要继续讨论,有的还要回到原点。现在的文学观念来自欧洲,来自亚里士多德,对其概念与内涵,中国古代文学史、古代文学研究并未完全遵守,现在又提

[①] 任慧:《先唐时期文学史书写研究——兼论中国传统文学史书写范式的确立》,社会科学文献出版社,2019,序第2页。

出全面质疑。但现在对中国古代文学的概念与内涵很少有人做理论上的研究。所以有学者主张回到原点，重新探讨。(《中国古代文学研究的现状与前瞻》)①

那么文学史研究的目的归根结底是什么呢？

文学史研究的目的，一般认为是还原历史，揭示其本来面目。不过似乎文学研究不应停留在此处，因为仅仅停留在历史本原，还是历史研究的任务，即历史研究，而文学研究还应进一步追问：还原历史的目的是什么？答案是文学，包括文学的审美性，文学发展的轨迹等。我以为此方为文学研究，而且文学性的研究，永远是古代文学的研究核心，是其持续的创新之处。鉴于以上问题，我们应该建立中国的文学学。(《中国古代文学研究的现状与前瞻》)②

在回答这一问题时，詹先生首先提出文学研究和历史研究的实质差别，这就涉及对何为文学史的基本认知。我在拙著中也对这一问题有所探求，借用刘师培、陈介白等先生的观点，"考历代文学之变迁"是为文学史，这也正是詹先生上述所言，"还原历史，揭示其本来面目"，但止于此显然不够，虽然中国传统文学史的书写之初，确实参考借鉴史书的基本原则，也大多由史家撰写，并且"传统的以作家、作品为主体的文学史，比照我国的史学传统，可称之为正史"(《中国古代文学研究的现状与前瞻》)③，但文学史和一般历史的撰写还是有区别的：

史的研究强于文学研究，也是个问题。中国古代文学研究由历史与文学两个部分组成，从实际成果看，历史的梳理与还原是

---

① 詹福瑞：《小言詹詹》，商务印书馆，2022，第42页。
② 詹福瑞：《小言詹詹》，商务印书馆，2022，第42页。
③ 詹福瑞：《小言詹詹》，商务印书馆，2022，第39页

研究的主体,作为语言艺术的文学研究事实上业已边缘化。(《中国古代文学研究的现状与前瞻》)[1]

中国传统文学史的书写,离不开中国的史学传统,早期的文学史书写者,很多也有史书的书写经验,所以我在拙著中分析了文学史和历史的关系,并且按照历史演进脉络,考察了不同时期文学史的书写情况,试图从分期等方面进行分析,但依然没能将发现整理传统文学史书写中的文学部分作为重点,也就正如詹先生所言,缺乏"文学性的研究"。这个问题也是我继续开展研究的一个方向。

这几年,我在中国艺术研究院给硕士研究生开设两门课程,其一是中国文学史学研究,其二就是《文心雕龙》研究。龙学研究已有数百年历史,但成为显学,是在20世纪80年代以后,詹师在为张立斋先生《文心雕龙考异》和《文心雕龙注订》两本书所作的序言中,介绍了詹锳先生在北京和美国两次借阅这两本书的经历,认为张立斋先生的研究成果同范文澜、王利器、杨明照等先生一道,共同代表了20世纪六七十年代中国《文心雕龙》研究的重要成果。此外,《小言詹詹》一书中,《怎样读〈文心雕龙〉》《文章学的"神思论"》《"风骨"的理论内涵》《文变则通,通则久》《文采自然说》《文章之"势"》等读书笔记,正如詹师所言,都是有感而发的研究短文,但足可见先生长期以来的研究观念和治学方法。我给学生上课,也是按照先生在《怎样读〈文心雕龙〉》中所言,"首先从文本入手",提供给学生范文澜《文心雕龙注》的电子资源;然后"遵循古人知人论世的方法",通过《梁书·刘勰传》了解刘勰的生平经历,进而去理解他的思想,因为刘勰传中基本保留了《文心雕龙·序志》,而这篇又是"了解《文心雕龙》写作动机和全书理论结构的关键文章"(《怎样读〈文心雕龙〉》)[2],所以要结合起来作为授课内容。说到底,我现在给学生上

---

[1] 詹福瑞:《小言詹詹》,商务印书馆,2022,第41页。
[2] 詹福瑞:《小言詹詹》,商务印书馆,2022,第146~167页。

课，仰仗的还是从先生那里学来的本领。

其实，从 2009 年詹先生出版《文质彬彬》一书时，从看到他给赵树功、姜剑云、查洪德、任文京、张震英、林大志、张蕾、杨金花等同门师兄师姐著作所写的那些情意深沉的序言起，我就一直盼望着我也有成果出版，盼望着詹先生也能给我写一篇序言。终于我的《先唐时期文学史书写研究——兼论中国传统文学史书写范式的确立》出版，荣幸得到詹师亲笔写的序言，收录到《小言詹詹》中。恩师对于弟子的不吝提携，再次体现了"师者，仁心"。从 1997 年我考入河北大学算起，到今年已经第 28 个年头了。对于未来的教学科研工作，希望自己"求甚解"，有"小言"，继续拓展中国传统文学史的研究维度，按照詹先生所要求的，增加文学性研究，因为这才是古代文学研究的核心，也是吾辈应努力之方向。

思想、学识、情怀

孙 光 河北大学文学院

詹福瑞先生两年之中有三部著作出版，分别是学术专著《诗仙·酒神·孤独旅人：李白诗文中的生命意识》、诗集《四季潦草》和随笔《小言詹詹》。作为学生的我，再一次得先生签名赠书，也自然认真拜读。相比于学术专著中认真严谨的学者风范、诗集中真诚热烈的诗人情怀，《小言詹詹》作为随笔，更具日常性，更能体现詹师的丰富特质。我从中体会到的，是思想、学识和情怀。

全书由三类内容组成。第一类是关于文化、文学的短论，多是参加会议的发言。由十四篇文章组成，探讨的内容大概指向两个方向。《面对传统文化热》《关键在于发现价值关联》《清理与创新》《国学即经典之学》，是关于传统文化与经典的问题。为什么在新时期会兴起传统文化的热潮，传统文化有什么特性，如何实现文化遗产的当代价值，看起来都是常规的问题，是关于传统文化的所谓"题中应有之义"，但詹师却不是泛泛而谈，短篇的文章中仍能看出深刻的思考。"文化本来就如一条源远流长的河流，其滔滔河水中，既有来自源头的水，也有流经各阶段的水，文化不是断裂的，而是有其连续性的。一个民族文化发展的过程，就是在继承其民族传统文化的基础之上再发展新的文化。但是，这里边就有一个如何继承和发展的老话题。""文化既有其连续性，亦有阶段性。""如果做认真而细致的分析，我们今天一些人所提倡的'四书五经'，实则是充分代表了封建专制思想的权力话语。""传统文化一般都是精华和糟粕杂糅的，这就要求研究和整理者做好剥离和阐释工作。""这份遗产，既有可能成为我们的瑰宝，也有可能成为我们的包袱，关键在于我们如何对待和处理它。""对研究对象不做任何价值评判，看似公允，实则丢掉了人文社会科学工作者的社会责任。"（《面对传统文化热》）关于传统文化的当代阐释，相比于对传统文化本身的把握能力，"研究者对当代社会的认识，尤其是对当代社会关注问题的具体了解和深入研究，对当代人生存困境和精神困境的同情之关怀，也很重要，甚至在某种意义上决定了研究者能否发现问题，能否既准确而又深刻地发掘、阐释传统文化"（《关键在于发现价值关联》）。"对待传统文化，我们可以借鉴古人的经验，做好清理、阐释等工作，激浊扬清，使其成为当代文化的组成部分。"（《清理与创新》）"提倡国学，并非要继承或恢复传统文化的全部，……对待传统文化的态度就要有所取舍。……我们所提倡的国学，不应是中华固有的全部文化，而是传统文化的精华，即经典。""国学经典价值体系的研究，直接关系到中华民族基本价值观的梳理与建构。""要通过国学教育，使受教育者了解和掌握国学的基本典籍、基本知识，尤其是要把握经典解决人与社会、人与自然、人与自我的关系中有价值的思想和方法，传承中华优秀的传统文化，成为一个有中国气质的人。"（《国学即经典之学》）很明显，这些观点都是围绕如何复兴传统文化这一个论题展开的，其中的一些观点和说法或是人所未见，或是人所慎言的，却具有一以贯之的连续性和系统性。作为身兼众多学术职务的专家，詹师经年参加的会议不可计数，发言亦不知凡几，却在不同的会议上一再论及同一论题，又将之精心择入书中以展示和传播，昭示着发言者反复思考而熟虑于心的拳拳之意。

另外就是关于古代文学研究的思考。如《中华文学的开放性》《回归文学研究》《古代文学研究的困惑》《中国古代文学研究的现状与前瞻》《古代文学研究的学术个性》，从题目就可以看出讨论的内容仍然是具有前沿性和现实针对性的。"作为古代文学研究者，虽然我们研究的是前人的文化，可是我们站的立场应该是现代的立场，我们研究的价值观也应当是当代的价值观，而不是古代的价值观。正是因为这样，我们所有的研究还是要关注民生，关注社会现实，而不是做一种完全独立自足的东西。……所谓的独立，所谓的自由，就是作为一个学者，作为知识分子本身的立场,这一点是我们自己可以选择的。我们虽然离不开时代,离不开这个潮流,可是自己选择一种什么样的立场,什么样的价值观,这是学者个人的自由,也是我们作为学者的一个底线。"(《古代文学研究的困惑》)古代文学是传统文化的重要组成部分,这一部分是关于传统文化思考的具体延伸,体现的是一位知识分子、一位人文社会学者深刻的思想。不做空头学问,时刻关注民生、关注社会现实,坚守学者底线,我们从中又看到了勇于担当的责任心。

第二类是关于文学史的短文,多是读书笔记,共计三十篇,按照时代顺序排列。每篇一个主题,多是文学史教学和研究中的重要问题,有些还曾是学界讨论的热点。因是短文,没有展开详细论述,观点都是点到即止式的呈现,却凝练精辟,读来有眼前一亮之感,备受启发。评价先秦文学的地位,以"发凡起例、树立典范"称之;将魏晋风度展开为士人"生命意识、个体意识和适性意识"三个层面的"觉醒";以"向死而生"冠名陆机的挽歌辞……皆概括精准,言简意赅。更值得注意的是这一类文章中对文学史现象的深度思考。既有对某一具体问题的探讨:为何中国文学甫一发生,就登上高峰?是因为"漫长的口头文学创作时期,人们的思维能力和表现能力都达到了相当成熟的程度"(《先秦文学的历史高度》)。胡适关于屈原是伦理"箭垛"之说的价值在于"揭示了经典建构和著名历史人物评价的一大特征,即任何文化都无法逃脱主流文化的影响,甚至有时是主流文化的强制影响"(《屈原虚实之争》)。"对魏晋风度不能孤立地去看,应该放到整个思想史和文学史上进行观照……魏晋风度的思想史意义在于它疏通了产生于先秦的道家思想流传的河道,并使其与汹涌浩荡的儒家思想潮流汇合,改变了士人的人生价值观和生活态度,确立了适合士人生存的生活方式。其文学史的意义在于,正式确立了士人文学的创作范式。"(《魏晋风度说》)这些结论基于此前分析得出,有理有据,切实可信。亦有对文学史现象蕴含的特殊性的揭示:"后必胜前的文学观,其根源是进化论。然而进化论对于文学甚至所有的精神产品,未必完全适用。"(《先秦文学的历史高度》)"作家个人的出身所形成的负载文化，的确影响到作家书写的态度，但也不能一概而论。考察经典作家，其伟大之处，恰恰在于他对于出身的突破。"(《出身与书写的立场》)这一类论题较大，限于篇幅未能展开，则或言简意赅，以密集例证高度概括，如以"轴心时代的思想家"（如苏格拉底、柏拉图、犹太教先知、释迦牟尼和孔子）为例；或以一当十，以典型例证精准证明，如以曹雪芹《红楼梦》为例，皆收放自如，极具说服力。还有关于《文心雕龙》和李白的皆有数篇，现都已成为其专著的组成部分，纵横议论，煌煌万言，而最初的灵犀一现和思想闪光皆由此短篇而来。

综观詹师探讨文学史问题的短文，他对一个论题的分析从不就事论事，必清源溯流，分析现象，探寻本质，以其丰富的学识为武库，以少总多，以点带面，能够引人入深思之境，文虽短而余韵深长，读来倍受吸引和启迪，甚至多有意犹未尽之感。

第三类是介绍前辈师尊的人格学问、同辈师友的治学成果，以及为学生新书作的序言，亦三十篇。这一部分不是独立的学术文章，思想与识见是在对他人成果的评价中体现出来的，往往虽只言片语而尽显慧眼如炬。如称《衢州文献集成》的出版"是衢州文化复兴之象"，《续修金华丛书》是"为文献之邦正名"，均指出地方文化典籍整理对弘扬民族传统文化的重要意义。除此之外，集于此类的更是与詹师有着相当情谊的师友弟子，字里行间都传递出真挚的感情和真切的情绪，可以看到对前辈师长的尊敬和爱戴：回忆与任继愈先生的日常相处，列举任先生的学术成果，回顾任先生的生平际遇，平实的笔墨之下先生的画像栩栩如生，先生的精神如高山仰止。关于师尊詹锳先生的两篇——《著者不朽》《一代学人的良知》，前者是关于詹先生全集整理出版的说明，后者是在纪念詹锳先生百年诞辰学术研讨会上的发言，都是介绍詹先生的学术成果和贡献，以"惟精惟一"精神概括先生的学人良知亦是精准有力。同时，字里行间充溢着的虽已隐忍却依旧浓郁的情感之流，读来更令人动容。可以看到对同辈师友的真挚友情：对杨义先生的文学地理学成果高度评价，对"默默耕耘的学者"王志彬先生的著作隆重推介，对赵敏俐先生的论文"回到诗歌发展的原生态"的研究方法充分肯定……特别是对刘崇德先生，不仅以"真得温柔敦厚之道"评价刘先生诗作，得其神韵真谛，文末一段更是写刘先生其人："生来长者之容，一头华发，满脸沧桑，看似温良恭俭让，谦谦君子；然柔弱其外，刚毅其中，愤世嫉俗，侠胆义肠。"（《真得温柔敦厚之道》）熟悉刘先生的人读之只觉生动恰切，仿若真人，非"交游三十余载"之挚友不能有此绘像功力。可以看到对学生弟子的殷切期望：张蕾、赵树功、任慧、王新芳、仇海平，以及笔者都是老师的博士，崔瑞萍是博士后，皆是直系弟子了，学生有了成果，请他作序，他总是欣然提笔。比起读书时的严格要求，老师作序的时候宽容了许多，客观评价之中有师者之喜，合理范围内的鼓励褒扬之中隐含骄傲，这是老师对学生有了成绩的欣慰，也是对学生继续坚持努力的殷殷期盼。

相对于学者的理性，这部分中浸染了真性情的感性色彩，呈现出来的是满腔赤诚，温暖和煦，真挚动人。

或者囿于会议时长，或者限于笔记和序跋篇幅，这本书收录的均为短文。詹师自己说"小言詹詹者，边边角角、零言碎语也"，分别名之为"一曲之见""得一察焉""启予者文"，可见先生之谦虚。但在我们眼中，此"小言"却非"零言碎语"，而是如零珠碎玉，小而耀目，折射出先生深邃的思想、渊博的学识和真挚的情怀。

特别想提及的是，在这里重读詹师为拙作写的序文，不禁心潮起伏，想起了在老师门下读博的时光和毕业时老师对我的殷切期望，既为老师"有好学者的素质"的评价惭愧，又为至今未能完成老师进一步加强经典化研究的期待惶恐……博士毕业后困于琐事，几年未有文章，每次见到老师都是既惭愧忐忑又能暗暗鼓起勇气，可以说，正是靠着"见老师"的"充电"方式，我才终于完成了书稿。想来，以后拿起《小言詹詹》，读此序言，应该也会起到"充电"的作用了。

小文章见大视野

于景祥　宋艳欣　辽宁大学

近读詹福瑞先生的《小言詹詹》一书，颇感惊奇。此书最突出的特点，用一个"小"字便可以概括。全书收录了三种文章，一是关于文化、文学的短论，二是关于文学史的短文，三是介绍前辈师尊的人格学问、同辈师友的治学成果、为学生新书作序的小文。从篇幅上看虽然都是短小之文，但是读后感受颇深。

小文章见大视野，是《小言詹詹》一书最突出的特征。具体表现在以下方面。其一，在时间维度上沟通古今，视角宏大广阔。如《中国文学自觉诸说》一文曰："从孔子对于言文与不文的言说，到汉代以辞赋为条件的侍从文人队伍的出现以及对辞赋特性的揭示，再到魏晋时期曹丕、陆机对'文'的专门论述或描述，众多的总集别集的编写，齐梁时期的文笔之辨，尤其是钟嵘《诗品》、刘勰《文心雕龙》和萧统《文选》的出现……罗根泽在《中国文学批评史》中认为曹丕时代'甫乃以情纬文，以文披质，才造成文学的自觉时代'……游国恩等主编的《中国文学史》说魏晋时期文学自觉是因为文学已经到了一种抒情化、个性化的时期，用个性化来解释文学的自觉。这些都是考察中国文学自觉的重要切入点。"作者打破时间界限，古今对比，异同辨析，揭示出文学自觉的历史流变，上下几千年，尽收眼底。再如《关键在于发现价值关联》一文曰："在中国历代影响甚大的汉大赋，以描写帝王的宫苑、游猎生活为主，是属于歌功颂德的文学。20 世纪 30 年代的文学史就对其价值提出疑问，1949 年后，有相当长的一个时期，它已经成为标本文化。但是近些年，汉大赋地位又有回升，赋体又复活为一种今体……"由汉代到现当代，足见作者思接千载，目光深远。

其二，一些小文章在空间维度上中西贯通，视角广阔。如《苍凉的孤旅之悲》一文曰："无论中国还是西方，都有人死灵魂不死的认识，宗教自不必言，哲学亦不乏此论，柏拉图即认为：'灵魂必定是在生前就已经存在的'，而人死后，'死者的灵魂是在某个地方存在着的，并且会按适当的顺序再回到地上来'……但在李白看来，'旷野多白骨，幽魂共销铄'，人的躯体同灵魂都会湮灭于漫漫的时间之中，这比灵魂不死说对生命的认识更为彻底，他把人的生命断然置于此生、当世，不给人留下任何妄念。"通过中西对比的方式，既突出李白对灵魂存灭的独特认识，也揭示出东西方在这一问题上认知的差异，比此前在这一问题上单一的本土视角要宏阔得多。再如《诗人与镜子》一文曰："古罗马皇帝马可·奥勒留曾说：'你微粒般的生命在宇宙中只是一瞬，如果不趁此短暂时光将灵魂点燃，它和你就会永远消失在茫茫宇宙，永远不会重返再生。'威尔·杜兰特也说：'即使是在生命丢弃我们的时候，我们也能赞美生命，那就是因为我们希望可以重新找回生命，找回一个更为公平的生命，那时的我们与肉体脱离，拥有不死的灵魂。'李白的生命意识则不然，与其说是恐惧死亡，不如说是恐惧衰老更为确切。他的哲学虽非向死而生，由死亡而反思如何生活得更好、更有价值；却是向老而生，由人将老去，而反逼少壮之时，如何生活得更有价值、更有意义。"将李白的生命意识与西方人的生命意识进行比较，进而突出了李白生命意识的独特性。视通万里，眼界宏阔，颇具启发意义。

以少总多，是《小言詹詹》一书的另一个突出特征。具体表现为小文章中具有特别丰富的内涵，容量极大。

一是善抓典型，以点带面，以一驭多。如《中华文学的开放性》一文以外来佛教与中华文化相互融合对中国文学的影响为例，阐明多民族文化融合的必要性，特别具有典型意义，收到了以少总多的效果。再如《清理与创新》一文在介绍整理古代典籍中"借旧籍而生新义"的方法时，以郭象的《庄子注》为典型案例进行剖析，以一驭多，使读者由此而对魏晋时期王弼的《老子注》《周易注》《老子指略》《周易略例》，宋代朱熹的《楚辞集注》《四书集注》等众多整理古籍著作的理解豁然开朗，把握了要领，确实达到了以少总多的境界。

二是言简意赅，以一当十。如书中论述先秦文学成就时说："《诗经》的赋比兴手法，《左传》的叙事艺术，《庄子》的想象与虚构艺术手段，《楚辞》的抒情艺术，都成为历代文学学习的典范……比兴原则、春秋史笔、寓言写真、香草美人等，虽逾千年仍为有效的批评话语传统……要之，先秦文学既是中国文学的滥觞，也是中国文学史上的第一个高峰。"（《先秦文学的历史高度》）寥寥数语不仅高度概括出先秦文学的特殊成就和地位，而且揭示出这一时期史学、哲学各个层面的非凡造诣，语言极其简练，但内涵特别丰富。更精彩的是对"后必胜前"的进化论文学观的批评："后必胜前的文学观，其根源是进化论。然而进化论对于文学甚至所有的精神产品，未必完全适用。轴心时代的思想家，如古希腊思想家苏格拉底、柏拉图，以色列犹太教的先知，古印度的释迦牟尼和中国春秋时期的孔子，他们所创造的思想，数千年来都是经典，至今仍具有无法超越的高度，就是明证。"（同前）言简意赅，论点、论据、论证齐全，达到了通达圆照的境界。

三是"立片言而居要"。如《中国文学自觉诸说》一文载："中国古代文学，经史之外，以诗文为正宗。而欧洲文学是发源于古希腊的史诗，小说、戏曲文学是其主流，故其文学特质强调形象。而以诗文为正宗的中国古代文学则不是这样，抒情言志是文学的主要内涵。"通过中西比较，作者三言两语便揭示出中西文学的本质差异。

从历史上看，刘勰在《文心雕龙·物色》中说："以少总多，情貌无遗。"宋人葛立方在《韵语阳秋》中曾说："尝鼎一脔，可尽知其味。"清代王士禛在《渔洋诗话》中指出："一滴水，可知大海味矣。"《华严经》有云："以一统万，一月普现一切水；会万归一，一切水月一月摄。"以上强调的都是以小见大、以少总多。仔细品味詹福瑞先生的《小言詹詹》一书之后，对这些论断深有会心。

面对学术的时间意识

陈玉强　河北大学

西哲海德格尔曾言:"任何一种存在之理解都必须以时间为其视野。"[1] 詹福瑞先生对人生的理解正是如此,他出过诗集《岁月深处》、散文集《俯仰流年》,最近新出的诗集又名为《四季潦草》。岁月、流年、四季,无一不体现出詹先生对时光印迹的敏锐捕捉,正如他揭示新诗集的题义:"四季轮回,给我人生感触良多,非陈诗无以慰之。"[2]

詹先生不仅是一位优秀的诗人,也是一位杰出的学者,他对时间的敏感不仅体现在生活时间上,也体现在学术时间上。

詹先生新出的《小言詹詹》是他面对学术时间而揭其真谛的一本学术随笔集。题名取自《庄子·齐物论》,又隐指詹氏之小言,这是一个古语出新义的题目。詹先生自谦小言,其实是要言不烦,有妙道居于其中。

面对学术的时间意识,不仅指珍惜时光的态度,詹先生夙好做笔记,积学如储宝,其用功之勤自不待言;也不仅指学术史梳理的方法,詹先生研究一问题,必梳理此问题在时间序列上的主要成果,对之了然于胸,再述以己见;更是指詹先生提出的中国古代文学研究的根本纲领,即"现代学术立场和历史主义态度"[3]。现代指向当下,历史指向过去。当下的学者究竟应该如何研究古代的文学遗产?这是决定古代文学研究成败的关键问题。詹先生在这本学术随笔集中给出了提纲

---

[1] 〔德〕海德格尔:《存在与时间(修订本)》,陈嘉映、王庆节合译,生活·读书·新知三联书店,2006,第1页。
[2] 詹福瑞:《四季潦草》,河北教育出版社,2021,扉页。
[3] 詹福瑞:《小言詹詹》,商务印书馆,2022,第68页。

挈领、令人信服的答案。

第一，詹先生赞成以历史主义态度，回到历史现场，回到文学原点，倡导力求客观的研究态度。

如此，中国文学史上的作家作品有必要重新评价。例如，詹先生认为学界现在对陆机的评价，和陆机在当时的文学史上的地位是不相称的。陆机被誉为"太康之英"，钟嵘《诗品》将之列为上品，以之为诗文典范；萧统编《文选》，陆机入选作品最多。但是"现在的文学史，对他的评价不高，给的篇幅也不多，把他'太康之英'的地位给拉下来了"[①]。陆机被低估，"不可排除是受了用形式主义来衡量作家作品的左右，其实有失客观公允"[②]。

如此，对中国文学的诸多观念也有必要重新反思。例如铃木虎雄、鲁迅均以魏晋时期出现反对道德论的文学观作为文学自觉的标志，这一论点持续至今，影响已有百年。詹先生提出疑问："按照这种说法，是否离开教化的观点就是文学自觉了？然中国自先秦以来，儒家思想就影响甚大，汉代以后，更成为我们的主流思想意识。儒家经典重人伦、重教化、重道统的观念影响了中国古代社会生活的方方面面，包括文化。因此，中国古代文学及其理论，从来就没有离开过教化的观念。所以铃木虎雄也好、鲁迅也好，以此来衡量文学是否自觉，并把它作为一种标准，是不准确的。实际上，教化的观念始终存在于中国的文学观念里，而在教化之外，逐渐有了怡情的观念作为道德论的补充。"[③] 詹先生实际指出中国文学史上的教化传统与抒情传统是互相融合、互相补充的关系，以抒情传统否认教化传统，并以之作为文学自觉的标志，是不符合历史事实的。

魏晋文学自觉说，自 20 世纪 80 年代以来，受到学界质疑，龚克昌先生、张少康先生、詹福瑞先生从不同角度提出文学自觉始于汉代说，影响渐广，现已进入"马工程"中国古代文学史教材，作为文学自觉

---

① 詹福瑞：《小言詹詹》，商务印书馆，2022，第 61 页。
② 詹福瑞：《小言詹詹》，商务印书馆，2022，第 145 页。
③ 詹福瑞：《小言詹詹》，商务印书馆，2022，第 69 页。

诸说中的一说而获介绍。

第二，詹先生对于回到历史现场、回到文学原点所面临的困境，也有清醒的反思。

回归过去的时间，必然直面这样一种困境："中国古代文学并不是纯文学，是文史哲不分的杂文学。按照过去的说法，经学也算文学，子学、史学也算文学，彼此是不分的。""那我们的研究究竟怎么做才叫回归文学本体？""既然古代文学中文史哲不分，所有哲学的、历史的都可以算作文学，那么'文学性'还算不算我们研究的核心问题？"[①]而且"史的研究强于文学研究，也是个问题。中国古代文学研究由历史与文学两个部分组成，从实际成果看，历史的梳理与还原是研究的主体，作为语言艺术的文学研究事实上业已边缘化"[②]。

如何走出这一困境？詹先生认为："文学史研究的目的，一般认为是还原历史，揭示其本来面目。不过似乎文学研究不应停留在此处，因为仅仅停留在历史还原，还是历史研究的任务，即历史研究，而文学研究还应进一步追问：还原历史的目的是什么？答案是文学，包括文学的审美性，文学发展的轨迹等。我以为此方为文学研究，而且文学性的研究，永远是古代文学的研究核心。"[③]

主张做文学性的研究，不仅解决了如何回归文学本体的问题，也克服了"史的研究强于文学研究"的弊端。在詹先生看来，中国古代文学由士人文学和民间文学两个传统构成，而文史哲不分的士人文学基本上就是文章学。"经书的注疏里边很大一部分是文章学，讲的是文章的做法"[④]，从文学性研究的角度可以将之纳入文学史的研究视野，因为"决定文学特质的不仅仅是表现了什么，而是如何表现，即使是应用文体，只要是艺术表现，就可以成为文学"[⑤]。为此，詹先生呼吁

---

① 詹福瑞：《小言詹詹》，商务印书馆，2022，第37页。
② 詹福瑞：《小言詹詹》，商务印书馆，2022，第41页。
③ 詹福瑞：《小言詹詹》，商务印书馆，2022，第42页。
④ 詹福瑞：《小言詹詹》，商务印书馆，2022，第60页。
⑤ 詹福瑞：《小言詹詹》，商务印书馆，2022，第70页。

"建立中国的文学学"①。这是极富于远见的学科规划。

第三，詹先生在"历史主义态度"之外，特别提出"现代学术立场"，主张从当代价值观出发，发掘传统文化与当代的价值关联。

古代与当代属于不同时空，对古代的研究能否悬置当代而自成系统？詹先生认为："作为古代文学研究者，虽然我们研究的是前人的文化，可是我们站的立场应该是现代的立场，我们研究的价值观也应当是当代的价值观，而不是古代的价值观。正是因为这样，我们所有的研究还是要关注民生，关注社会现实，而不是做一种完全独立自足的东西。"②

"现代学术立场"指向人文学者应有的使命、情怀与研究个性。传统文化生成于过去，又流传到今天，其中有作为标本的死去的文化，也有能与当代发生关联的存有活性的文化。传统文化的传承不仅在于保护、展览，也在于激发其活性，助益当下的文化建设，这是人文学者的使命。詹先生认为："如何通过研究，发现传统文化与当代的价值关联，激活对于今天有意义的部分，就成为学者阐释传统文化的前提性工作。"③"现代学术立场"不是为达到某种目的而随意割裂、拼凑古代文献，而是指涉当代人文学者的情怀。詹先生精辟地指出："情怀似是文章之外事，却也直接影响到研究的走向与程度。"④ 因此，"作为当代的人文研究者，其研究和著述，未必一定直接联系家国大事，但胸襟怀抱一定要有"⑤。拥有这样一种"以研究作为理解传统文化、追求普遍意义和价值的情怀"⑥，正是人文学者存在于世的意义所在。

詹先生这一观念是继承前代学者的学术遗产而来。詹锳先生、任继愈先生这一代学人，"最值得关注的是他们关注社会民族与人民命运

---

① 詹福瑞：《小言詹詹》，商务印书馆，2022，第 42 页。
② 詹福瑞：《小言詹詹》，商务印书馆，2022，第 35 页。
③ 詹福瑞：《小言詹詹》，商务印书馆，2022，第 12 页。
④ 詹福瑞：《小言詹詹》，商务印书馆，2022，第 239 页。
⑤ 詹福瑞：《小言詹詹》，商务印书馆，2022，第 239 页。
⑥ 詹福瑞：《小言詹詹》，商务印书馆，2022，第 340 页。

的情怀"①。任继愈先生在七七事变后,徒步一千三百多公里,目睹农村败落和农民贫困景象,因而思考传统哲学研究如何与当时贫困的农民和败落的农村发生关系。这反映了一代学人的良知与良心。因而詹先生认为:"学者读书,是为了找回已经丢失或者被埋没的良知;而学者研究的目的,则是为民众启蒙良知。"②

"现代学术立场"也指涉学者的研究个性。一味钻在故纸堆里,跳脱不出来,做了过去的奴隶,丧失了价值判断、问题意识、学术创新,这样的研究究竟有多少价值,这是存疑的。缺乏研究个性,也就难以避免千人一面,这样的研究必然"一看就是老面貌"。詹先生认为:"对待社会和人生,应有自己独立的认识;对待学术,对待文学,也应有自己的深入思考,一旦形成自己的认识,就勇于坚持,并贯彻到自己的学术研究中去。"③

"现代学术立场"不同于古代立场,它的要义在于"现代"二字。坚持现代学术立场,是以尊重历史为前提,但尊重历史并非拜服于历史,并非放弃当下,退回去做历史的信徒。詹先生反对完全回到古代的学术话语,认为:"'五四'之后,我们才建立了真正意义上的古代文学研究,离开或倒转这一进程,中国古代文学研究只能走进死胡同。"④

"现代学术立场"不是现代西方立场。"五四"以来的古代文学研究引入了现代思维,融合了西方视野,这是毋庸讳言的。西方文学观念融入中国之后,也并非全然的本来面目。詹先生指出:"中国古代文学,在学科的发展和演化进程中,中西文化既碰撞,又融合,已经不再是纯粹的西方文学观念,而是中西交融的产物,是不中不西、不洋不土的文学概念。所以我们今天所谓的现代学术立场,并非完全的西学立场,这是无可怀疑的。"⑤

---

① 詹福瑞:《小言詹詹》,商务印书馆,2022,第212页。
② 詹福瑞:《小言詹詹》,商务印书馆,2022,第214页。
③ 詹福瑞:《小言詹詹》,商务印书馆,2022,第47页。
④ 詹福瑞:《小言詹詹》,商务印书馆,2022,第42页。
⑤ 詹福瑞:《小言詹詹》,商务印书馆,2022,第68页。

只有站在中西交融、古今会通的现代学术立场，我们才有可能对过去的经典作家作品、重大的根本性问题予以崭新的理论阐释，进而才有可能从传统文化中衍生出新文化。詹先生称之为"借旧籍而生新义"[①]。

如果说，学术研究中的历史主义态度是面对过去的遗产力求客观还原，那么现代学术立场则是在前者的基础上将研究的落点最终指向当下，旨在激活过去时间所凝结的智慧，用于当下的文化建设。

立足当下，尊重过去，发掘和阐释过去与当下的关联，这既是面对学术当有的时间意识，更是中国古代文学研究者的使命所在。詹先生的这本学术随笔集看似信笔所书，却直指这一大道，值得反复品读。

[①] 詹福瑞：《小言詹詹》，商务印书馆，2022，第19页。

从"小言詹詹"看"大言炎炎"

李英英 河北大学

"小言詹詹"一语出自《庄子·内篇·齐物论》,原文为"大知闲闲,小知间间。大言炎炎,小言詹詹"。一般译解为"大智者看上去显得非常广博,小智者却十分琐细。高论者盛气凌人,争论者小辩不休"。在学术研究写作中,"大言"是指堂堂的学术论文,"小言"指娓娓道来的学术小品。不少著作等身的前辈学人就擅长富有才情、文采的学术小品写作,比如季羡林、金克木、俞平伯、钱锺书等。詹福瑞教授以"小言詹詹"命名其随笔集,既是巧用姓氏"詹"字提升格调的奇思妙想,也是学者对著作中众多篇幅短小精悍的"妙论"的一种自谦,从读者角度来说更是蕴含着以小见大、以少见多的独特韵味。

《小言詹詹》于2022年8月由商务印书馆出版,被列入"涵芬学人随笔"系列丛书,收录詹福瑞教授的学术随笔74篇,全书18.1万字。作家按照作品内容,将这70余篇内容分为三类:第一类(辑)"一曲之见"主要是关于文化、文学的评论,第二类(辑)"得一察焉"主要是关于中国古典文学研究的心得体会,第三类(辑)"启予者文"主要是对其他学人的品评或著作序言。这些文章大多篇幅不长,其中篇幅短的如《出身与书写的立场》只有1400余字,篇幅较长的如《怎样读〈文心雕龙〉》也仅有4000字,短小精悍,言简意赅。从这些文字中我们不仅可以看到詹福瑞教授对文化和中国古典文学研究的点滴思考,还能看到其对前辈学者人格学问的追思、对同辈师友或学生后辈治学成果的欣赏和介绍。可以说,篇幅虽小但包罗万象,形式上的"小言詹詹"更衬托出内容上的"大言炎炎"。

虽然《小言詹詹》是一本随笔集,但詹福瑞教授作为古典文学研究学者，作品中不仅有如《写了半世的书——〈李白生命意识研究〉后记》这样细节真切、富有感染力的治学历程回顾，也有像《庄子梦蝶与李白梦游》等写得有趣又个性迥然、蕴含哲思的文学文化评论，更有《文采自然说》《文章之"势"》这样理论性、学术性较强的研究型文章，在其中能够读到深厚凝练的学术思想和多年学术生涯沉淀下对生命的深刻体悟。

一　读文化担当

——体悟文化学者的传统坚守与创新探求

詹福瑞教授是中国古代文学研究者，但不甘心做古代文学研究的"孤家寡人"，他在很多文章和讲座中阐述古典文学大众化的问题，提出"弘扬传统文化要贴近百姓生活"，读经典"不是喜欢问题，读经典是需要"，这部作品也多处谈及弘扬传统文化、大众文化和经典阅读。特别是他认为："社会越发展，经济越强大，一个民族的根本性问题越凸显，就是民族的灵魂问题，即民族的文化。中国有很好的文化传统，需要研究，更需要培养懂得我们传统文化的人。"[①]

随笔集开篇就是《面对传统文化热》，詹福瑞教授通过这篇文章系统阐述了当代传播语境下，传统文化热出现的原因以及如何传承和弘扬传统文化。从古代文学研究者的角度看，在传统文化热出现后，自己的研究领域从"冷门"到"热门"，研究古典文学从"坐冷板凳"到"被热捧"，在感到欣喜的同时应该"再添一把柴"。但詹福瑞教授作为一位有历史责任感的文化学者，在为传统文化（国学）被大众追捧感到欣慰的同时，还保持了冷静的思考，发出中华文化"这份遗产，既有可能成为我们的瑰宝，也有可能成为我们的包袱，关键在于我们如何对待和处理它"的警示，这是前辈学人文化自信与社会责任感的重要表现。

[①] 转引自《让传统文化回归生活细流》，《杭州（生活品质版）》2011年第3期。

特别是他认为"对待传统文化,首先要做的工作是清理","要把有价值的思想内涵从作品中剥离出来,并进一步加以阐释"(《面对传统文化热》)。也就是说,詹教授认为传承和弘扬传统文化应该对经典的价值进行发掘梳理以及建构,而不是简单整理文献。在《清理与创新》《确立正式 创新研究》这些文章中,当我们读到"中国古代文化创造,有一个十分重要的现象,就是文化的创造并非毫无依凭,常常是借旧籍而生新义,一些重要的思想、重要的学派,是在清理旧的文化中产生创造的"(《清理与创新》),读到"文学史的研究模式已经有正史、断代史、文体史、编年史、思想史、批评史,是否可写一部诗歌艺术史,此一设想,我早在十年前就有,可惜一直未能实施"和"新的范式的出现,需要有新的文学史观、新的文学方法的出现,我们对此充满期待"(《确立正式 创新研究》)时,更能体悟到古典文献整理与创新的关系,更能感受到学者对传统文化研究创新的坚持。詹福瑞教授对学术创新的坚持在《古代文学研究的学术个性》这篇文章中阐述得更加明确,他认为"学术研究的目的在于问实求真,因此真正的学术研究,其成果必然是独特而富有创见的","没有学术创新,就谈不上什么学术个性;而追求学术个性,就必须要创新,因此也必然强化古代文学研究中的创新意识,带动整个学科的进步"。

二 读学术造诣

——学习蕴含其中的治学态度和治学方法

詹福瑞教授认为,治学是积累学问、研究学问的过程,这个过程包括从兴趣到关注、从感性到理性、从读书到写作、从随意到严谨四个阶段。毫无疑问,这本随笔集就是这一治学理念和方法的具体实践。这些文章中既有《古代文学研究的困惑》《苍凉的孤旅之悲》《李白笔下的奴才》等感性的、随意的有感而发,更有《中国古代文学研究的现状与前瞻》《中国文学自觉诸说》《文章学的"神思"论》等理性的、严谨的学术考据。如果说散文式的学术书写让我们看到了詹教授丰富的想象力和情感表达，那么对中国古代文学史或者文学理论概念考究的论说更能让人体会到前辈学人严谨的治学态度和治学方法。

詹福瑞教授师从詹锳先生，在20世纪80年代后期着手中古文学理论范畴研究，其中对《文心雕龙》从阅读到研究，就是其"关注、阅读、写作、论证"学术研究方法的集中展现。他曾说过，"我从詹锳先生读《文心雕龙》，下过背书功夫"，"最初研究此书，主要采用内证方法"，"逐渐从内证转为外证"，"由是开始中古文学理论范畴梳理"。这本随笔集中的《怎样读〈文心雕龙〉》一文，从表面看是关于阅读《文心雕龙》的教学，深入浅出介绍写作背景、作者身世、阅读次序和需要注意的内容，但从本质上来说，这也应该是古代文学研究者开展《文心雕龙》学术研究的方法论。正是由于《文心雕龙》"基本可以作为唐前分体文学史来读"的特殊历史地位，这也是研究古代文学理论乃至古代文学的方法论。他认为，"读《文心雕龙》，自然首先从文本入手"，这是由其骈文文言文体所决定的，也提出可以阅读前人学者注解的方法。同时，研究"要遵循古人知人论世的方法"，这也告诉我们，了解作者所处时代与人生历程，是文学作品研究的基础性工作。

当然，詹福瑞教授认为古典文学文化的研究，并不是空谈理论，在《研究的文化——写在〈林继中文集〉出版之际》这篇文章中，他把"研究本身所呈现出的文化"作为论述对象，以读《林继中文集》为引子阐述研究观念、方法路径与学风。他认为，学术研究者需要有学识、才气和情怀。学识就是刘勰所说的"积学以储宝"和"研阅以穷照"，才气包含学者先天禀赋的才质和后天修为的才力，情怀直接影响到研究的走向与程度。这就告诉我们，想要在古典文学研究中有所建树，必须有深厚的学术积累和合理的知识结构，必须有学术视野、价值判断力和问题穿透力，必须通过后天锻炼提高对文学的感悟、理解和想象的能力，必须有一定的胸襟怀抱充分理解传统文学与文化的精神高度，只有自觉提高学识、才气、情怀，才能理解传统文化中蕴含的人类普遍意义和价值。

三　读人情温暖

——管窥三代学人的别样风貌与精神传承

"启予者文"这一辑收录的文章大多是詹福瑞教授为自己或他人学术著作所作的序，花费大量篇幅介绍古代文学研究界学人在研究思路、方法和路径上的推陈出新，也零散记述了自己与不少前辈学人、其他学者或学生交往的经过和文坛趣事。书中有对前辈学者严谨研究态度和人格魅力的描摹，比如在《写在〈任继愈文集〉出版之际》一文中，把任继愈先生誉为"图书馆界的一棵参天大树"，详细回忆先生晚年关于整理出版作品集的点滴小事，从中不难看出任继愈先生的心胸坦荡、温厚幽默、仁爱智慧。再比如，《一代学人的良知——在纪念詹锳先生百年诞辰学术研讨会上的发言》写出了先生心系民族命运、坚守治学、恒久钻研的治学态度。书中也刻画了当代古代文学研究者的生存状态，比如《瞧，这群文化动物》是作者李冰撰写的访谈录，采访的主要是刘埔、毕淑敏、周国平、王蒙等有重大影响的文化名人，詹福瑞教授在《瞧瞧这群文化动物》一文中触及了当下学术研究界的人情、世态。再比如《默默耕耘的学者》，以介绍王志彬先生为引子，直接指出当前学界存在有名无实、名师相济、默默耕耘三类学者，并毫不掩饰地表明自己的倾向，详细描摹了王志彬先生研究《文心雕龙》的过程和特点。书中更写出了对学术研究生涯的追忆、对人世沧桑的感怀，在《写了半世的书——〈李白生命意识研究〉后记》中，回忆自己关于李白生命意识研究的历程，也发出了"对生命的认识，也需要人的一生。所以对生命的感悟与揭示，也是我一生的事业"的感慨。

在有些文章中，我们也能看出詹福瑞教授对自古以来文人以道自任精神的追求，无论是《生命意识觉醒的士人》《从硕学鸿儒到士人清流》等研究型文章，还是《高蹈遗世者的初始性格——〈魏晋南北朝隐逸文学研究〉序》等序跋类文章，都能或隐或显读到文人要"学道、得道、弘道、守道"的精神内核。作家通过追古述今，试图从古代文人生命历程中寻找读书人的责任与担当，也彰显出詹福瑞教授研究古代文学时的民族民生关怀。尤其是在《古代文学研究的困惑》一文中，詹教授认为，"虽然我们研究的是前人的文化，可是我们站的立场应该是现代的立场"，"我们所有的研究还是要关注民生，关注社会现实"。他还特别强调，作为古代文学研究者，应该树立什么样的立场、什么样的价值观，这是前辈对我们这些初入古代文学研究殿堂的后辈的谆谆教诲。

总之，学术研究写作固然需要许多"炎炎"的"大言"，但不妨有一些"詹詹"的"小言"。《小言詹詹》作为随笔集，或论述古代文学取得的成就，或品评当下古典文学研究，由古及今，中西贯通，用散文式的语言阐述对古典文学研究的一些思考，其中蕴含的微言大义，对于引领古典文学研究者建构和丰富理论体系，对于带领普通读者走进古典文学研究大门，具有较高的理论价值，需要我们反复品读和感悟。

解读《小言詹詹》的五重维度

李晓宇　河北大学

詹福瑞先生的《小言詹詹》一书于2022年8月出版，书名借用了《庄子·齐物论》中的"大言炎炎，小言詹詹"，既是谦虚之语，亦是绝妙的化用。按照詹先生所言，《小言詹詹》一书共分为三辑，分别是：关于文化、文学的短论（14篇），关于文学史的短文（30篇），介绍前辈师尊的人格学问、同辈师友的治学成果、为学生新书作序（30篇）。详读之后，愚以为《小言詹詹》一书同时具备了学术性和文艺性，既有知识，又有趣味，既有学术，又有情感。可谓是"小言"汇集之"大著"，能于"小言"中见"大义"之著。书中无论是对传统文化和国学的辨析、对中国古代文学研究和学术个性的论述，还是对先秦文学、两汉经学、魏晋南北朝文学自觉、生命意识、《文心雕龙》等的探究，乃至对李白诗歌的现实性、李白诗风与庄子的关系等的讨论，都能以轻松的方式在短小的篇幅中给人以启迪和感发。

一　经济富足而思文化

党的二十大报告指出，要"建设社会主义文化强国"，"推进文化自信自强"，增强文化自信、建设文化强国是建设中国特色社会主义的题中应有之义。在经济快速发展和社会长期稳定的大背景下，中华优秀传统文化作为中华文明的智慧结晶不可或缺，如詹先生所言，"经济富足了而思文化，似为历史常轨"[1]。《甲申文化宣言》指出，"中华文

---

[1] 詹福瑞：《小言詹詹》，商务印书馆，2022，第3页。

化注重人格、注重伦理、注重利他、注重和谐"[1]，中华文化中包含的人文精神对于思考和消解当今世界令人困扰和担忧的现象以及追求人类的幸福提供了重要的思想启示。那么如何"古为今用"？又如何"推陈出新"？

文化不会凭空产生，也无法凭空创造。"传统文化既是民族文化的根基，又是衍生新文化的树干"[2]，中华优秀传统文化积累厚重，是建设社会主义"新"文化的源头活水和建设文化强国的重要资源。主流媒体对优秀传统文化的传播起到了巨大的推动作用，同时，一代代文化学人坚守学术初心，探索不止，笔耕不辍，也为优秀传统文化的传承以及创造性转化、创新性发展奠定了坚实的基础。优秀传统文化传播的速度在媒体，优秀传统文化传播的质量在大学、在大师。所以，《小言詹詹》中关于传统文化、国学的几篇"小文"实能起到引领和辨明的作用。比如，詹先生说，"传统文化，从总体上看，是强调集权，而缺少民主思想；重视社会群体意识，忽视人的个性；惯于服从，很少异端"[3]。詹先生提示我们要觉察到传统文化中的这些不足，正是为了"取其精华，去其糟粕"，更好地继承传统文化中的优秀思想。"如何通过研究，发现传统文化与当代的价值关联，激活对于今天有意义的部分"在詹先生看来是"学者阐释传统文化的前提性工作"[4]，有了这个前提性工作，才能使有价值的传统文化成为当下活性的文化，与"今天"发生切实的联系，才能够真正"古为今用"，"推陈出新"。詹先生还举了孔子整理"六经"和郭象注《庄子》的例子，生动地说明了在阐释旧文化的过程中即产生了新的适合于当下的文化。

章太炎曾说："吾闻处竞争之世，徒恃国学固不足以立国矣，而吾未闻国学不兴而能立者也。"(《民报》第七号《国学讲习会序》)[5] 国

---

[1] 詹福瑞：《小言詹詹》，商务印书馆，2022，第3~4页。
[2] 詹福瑞：《小言詹詹》，商务印书馆，2022，第18~19页。
[3] 詹福瑞：《小言詹詹》，商务印书馆，2022，第7页。
[4] 詹福瑞：《小言詹詹》，商务印书馆，2022，第12页。
[5] 转引自詹福瑞《小言詹詹》，商务印书馆，2022，第22页。

学，中华经典之学，传统文化的精华之学，必然永久地成为中华民族文化的根基。

二 站稳现代学术立场

詹先生认为，改革开放以来，古代文学研究最重要的成就是"回到真正的科学意义的研究"[①]，而不再是政治的附庸。"不是政治的附庸"不代表与政治无关，因为文学研究与社会、与人生关联紧密，与政治的关系也可谓千丝万缕，所以正如詹先生所说，"当代所有的古代文学研究必然是和当代的文化结合在一起的"，古代文学研究者的研究对象虽然是"存在于过去"的文化，但是"我们站的立场应该是现代的立场"[②]，所做的研究应该建立在关注民生、关注社会的基础上，研究的内容应该是能够与当下关注的热点、难点问题发生关联的古代文学。

文学固然不是科学，但是对文学的研究却是科学。学术研究的目的是"求真求实"，在求真的过程中，必然会有独特的发现，或者产生独特的思想及见解，或者开创独特的研究方法，总之，会产生创新。那么对古代文学研究来说，如何进行学术创新呢？詹先生以《古代文学研究的学术个性》给出了解答。詹先生说："学术个性不仅是学术创新的重要标志之一，也是一个成熟而有成就的学者的重要标志之一。"[③]追求学术个性与强调学术创新在本质上是一致的。没有学术创新，就谈不上学术个性；追求学术个性，就必须要创新。[④] 一个有学术个性的、不人云亦云的学者才有可能发现和揭示新的文学现象或者文学规律，才有可能开创新的方法，为他人提供新的研究范式。老一辈学者已在学术的坚守和创新中展示了他们的学术个性，未来的古代文学研究之路还待师者的引导和后学的奋进。

[①] 詹福瑞：《小言詹詹》，商务印书馆，2022，第29页。
[②] 詹福瑞：《小言詹詹》，商务印书馆，2022，第35页。
[③] 詹福瑞：《小言詹詹》，商务印书馆，2022，第43页。
[④] 詹福瑞：《小言詹詹》，商务印书馆，2022，第44页。

三 "生命意识"与李白

读到《生命意识觉醒的士人》一文时,马上就想到了詹先生的另外一部著作《诗仙·酒神·孤独旅人:李白诗文中的生命意识》。后者是在哲学和文学两个层面对李白诗文中的生命意识进行详细分析和解读;前者,则是《小言詹詹》中的一篇"小文"。虽是一篇"小文",却与其他几篇"小文"一起成为后者的补充,如果后者是天空中的圆月,那前者及其他的"小文"便是天空他处闪烁的群星,正与圆月遥相辉映。

魏晋时代是一个特殊的时代,人们开始关注个体的人、自然的人,开始挣脱儒术和社会的枷锁,于是出现了生命意识、适性意识。光阴飞逝、世事无常让士人强烈地意识到生命的短暂和有限,催发了个体建功立业的渴望和建功受挫后及时行乐的取向,与此同时,士人也开始追求"适性",满足自己的精神需求。所以郭象提出了"夫圣人虽在庙堂之上,然其心无异于山林之中",将身和心分离,却调和了儒道,调和了入世与出世,调和了物质与精神,亦可视作"适性"的高论,特定时期精神解脱的法门。另外,髑髅之乐的向死而乐,挽歌辞的向死而生,正如李泽厚所说,都是"对人生、生命、命运、生活的强烈欲求和留恋",都是生命主题的一个内容。

《李白笔下的奴才》站在一个独特的视角反驳了在关注现实方面对李白的偏见。人生经历不同,诗如何能同?李白对那些暴贵奴才的辛辣揭露,即使以现实主义的标准衡量也是杜诗不能及的。《诗人与镜子》抓住了李白诗中揽镜自照这一细节进行分析,李白以才能自傲,又为人生易老而焦虑,所以从揽镜自照的细节和相关诗句中可以照见李白强烈的生命意识。《庄子梦蝶与李白梦游》说明了"李白天纵自由的诗风,即受了《庄子》思维的影响"[①]。《苍凉的孤旅之悲》则分析了李白诗文中的孤旅意象,阐释了李白对个体生命的感悟。你看,这

---

① 詹福瑞:《小言詹詹》,商务印书馆,2022,第184页。

繁星点点，是不是对圆月的遥相辉映呢？

四　《文心雕龙》与文章

詹福瑞先生师从詹锳先生，对李白和《文心雕龙》亦做重点研究。在《小言詹詹》中，詹先生娓娓道来，讲述了《文心雕龙》作为中国古代文论代表作的重要地位，并且教授我们如何读《文心雕龙》，比如首先从文本入手，因是骈文写成，阅读时需要借助前人的注解，比如要"遵循古人知人论世的方法，了解作者刘勰的思想"[①] 等，并从《序志》、总纲到文体论和创作论都给予了一一解说，实在是《文心雕龙》爱好者和求知者的法宝。

《文章学的"神思"论》谈论了文章的构思活动，并指出了刘勰《神思篇》的贡献，即"在中国古代第一次鲜明地概括出文章构思时思维活动的几个特征"：思维超越时空、精神附会于物，情感参与与浸透，以及"为文思顺畅与否把脉"。[②]《"风骨"的理论内涵》《文变则通，通则久》《文采自然说》《文章之"势"》《声律的自觉》则分别从"情感表现与辞藻运用""'通变'在文论中的应用""情感与文采""借'势'论风格""韵文文体发展和声律自觉过程"等方面解析了《文心雕龙》下篇中的《风骨篇》、《通变篇》、《情采篇》、《定势篇》和《声律篇》。一篇篇"小文"，均是有感而发、深入浅出，读者就像坐在教室聆听詹先生讲课一般，既学习了《文心雕龙》上述各篇所论的相关知识，对于"写文章"这件事有了更加深入的理论上的了解，又窥见了先生的治学观念和教授方法，受益颇深。

五　三代学人之传承

中国古代文学研究在传承中发展，在传承中创新，在传承中举世

[①]　詹福瑞：《小言詹詹》，商务印书馆，2022，第147页。
[②]　詹福瑞：《小言詹詹》，商务印书馆，2022，第153~154页。

瞩目。这本书的第三辑愚以为是最富有文学色彩、最饱含文人精神和学者情怀的一辑。对任继愈先生、詹锳先生、张立斋先生等前辈学术传承和学术成就的回顾，对同辈师友治学成果的评说，对学生的指导和关怀，尽在此辑。三代学者的风貌、三代学人的坚守、百年学术的传承均可在此辑中窥见辉光。

笔者谨以最"熟悉"，也是感触最深的詹锳先生为例，来谈一谈三代学者的传承。詹锳先生曾是河北大学中国古代文学学科的带头人，先生的一生都奉献给了古代文学，奉献给了魏晋南北朝隋唐诗文，奉献给了李白和《文心雕龙》，著述等身，获奖无数，治学严谨，桃李天下。先生高山仰止，景行行止。先生归去已二十余年，但先生的精神永存，文章无穷，著者不朽。詹锳先生的李白研究、《文心雕龙》研究、其他魏晋诗文研究不仅传给了自己的学生，也传给了所有后学，传给了所有热爱古代文学的人。

笔者以"经济富足而思文化"、"站稳现代学术立场"、"'生命意识'与李白"、"《文心雕龙》与文章"和"三代学人之传承"来解读詹福瑞先生的《小言詹詹》一书，自有不深入、不完整之处。比如《中国文学自觉诸说》《先秦文学的历史高度》《屈原虚实之争》《经学的神圣化与学术文化的凋敝》等文都探讨了学术热点问题且都有富启示意义的"一家之言"，都于微言之中见大义，但因不便归类，没有在上文中提及，是此文遗憾之一。读书尚少，学识尚浅，不能如老师般高屋建瓴、纵论古今，而只能以学习的视角归类、阐述、吸纳，是此文的遗憾之二。对书中个别理论和观点认识不深、领悟不透，为遗憾之三。"路漫漫其修远兮，吾将上下而求索。"

詹福瑞《四季潦草》的美学价值

张瑞君　太原师范学院

一个人的人生不是你选择职业，冥冥之中却是职业在选择你，你真正的兴趣往往不是你的职业，鱼与熊掌不可兼得。詹福瑞应该是一个作家，可却做了学者，又做了几十年大学、国家图书馆的领导。多种角色，游刃有余，都能做好，已经很不容易。他却能初心不改，坚持自己的诗人梦想，出版了《岁月深处》《四季潦草》两本新诗集。我曾在青年时代做过诗人梦，发表过一些没有什么反响的新诗。但远离新诗二十多年，也仅仅是翻翻《诗刊》而已。现在读他的《四季潦草》，实在令我佩服。其诗歌外在平易，内在深厚，意境深远，充满人生的思索，呈现出独特的美学风貌。仿佛给当今的新诗界吹来了一阵田野的清风，令人畅快。故不避外行之嫌，发表如下感想，以期粗糙之砖引出精良美玉。

一

与或斤斤计较于个人喜怒哀乐，或故弄玄虚、无病呻吟，或用朦胧晦涩掩盖感情的贫弱不同，詹福瑞的诗歌直面现实人生，感情真挚，喜怒哀乐不吐不快。强烈的创作热情洋溢在字里行间，故能动人心弦。正如其引子所言："四季轮回，给我的人生感慨良多，非陈诗无以慰之。"这不但是他的诗歌主张，更是他灵感迸发的源泉所在。积极进取，肯定人生，歌颂伟大的人性美，成为其诗歌的主旋律。

在板结如铁的土地上

一株幼苗的诞生
　　如同一次痛苦的分娩
　　新生即意味着夭折
　　希望即是绝望

　　一株幼苗的出土
　　注定符合上苍的意旨
　　看似羸弱无骨
　　却有坚毅的灵魂附体
　　落地即生根
　　落地即繁衍
　　长成一株枝叶
　　一朵小花
　　完成一个生命的轮回

——《幼苗》

他自强不息的人格精神找到了最贴切的对应物。费尔巴哈说："人是在对象上认识到他自己的，对象的意识就是人的自我意识。你是从对象认识人的；人的本质是在对象上面向你显示出来的。"（《十八世纪末—十九世纪初德国哲学》）不屈不挠、落地生根发芽的幼苗也是诗人永远旺盛的诗心。

　　诗人用深切朴实的语言、感人至深的细节歌颂伟大的母爱。

　　母亲治病有三个绝活
　　一碗她手擀的热汤面
　　总会有一个荷包蛋
　　点上香喷喷的葱花和香油
　　喝出一身淋漓的大汗
　　身体顿时就轻松了

母亲刮痧用的是她的梳头油
　　还有一枚黄灿灿的大铜子儿
　　刮完两只手臂刮后背
　　刮得越紫散湿热的效果就越好

　　都不见效时母亲还有最后一招
　　盛满一碗水，筛上三只筷子
　　待筷子立直时用菜刀砍倒
　　然后，母亲呼唤着我的魂儿

　　　　　　　　——《病中想起了妈妈》

此诗最富有感情冲击力的是他的切入点——"病中"，这样写来便在司空见惯的题材中推出了新意。作者重视独特的细节与自己独特的心理感受，又用十分准确朴实的语言表达，一幅立体的具体感人的母亲形象跃然纸上。

　　2018年，我邀请福瑞兄与左东岭兄到太原讲学，从飞机场到学院路上，下车观赏汾河公园，公园的美景并没有带给他心旷神怡的美的愉悦。他心情沉郁地讲他的学生胡遂，面对宁静的拦坝河水，他感慨人生的命运难以捉摸，现在看到这首诗，才恍然大悟，悲伤的情感积蓄在心中，不吐不快。

　　好好地活着
　　读书，教书，参禅
　　怎么说走就走了
　　天堂固然很好
　　可那里毕竟都是陌生人

　　芙蓉国里的女儿啊

此去的路途有多远
　　我无声的眼泪飞向你
　　隔山隔水地送你一程
　　　　　　　　——《悼胡遂》

此时无声胜有声，真实的情感用直白的抒情表达已经足够，再多余的技巧反而是累赘。

不难看出诗歌对于他，是歌，是蜜，是酒，是药，是兴奋剂，是麻醉剂，是生命中不能舍去的珍藏。

二

伽达默尔说："艺术的使命不再是自然理想的表现，而是人在自然界和人类历史中的自我发现。"（《真理与方法》上册）独特的审美感悟，奇巧的艺术构思，使他的诗歌"看似寻常最奇崛"。他常常在难以下笔的题材中因难见巧，奇外出奇。为了全面认识，必须完整引用一首诗《有一种失眠叫声音》：

　　有一种失眠叫声音
　　那是一阵风的鼻息
　　轻轻的，有些微甜
　　如同初吐嫩芽的柳丝
　　摇曳着一枝春梦
　　带着小小的鼾声

　　有一种失眠叫声音
　　那是一棵树的体香
　　似四月的海棠花
　　绽开粉红的胭脂

每一片都似黄莺儿歌唱

有一种失眠叫声音
那是一朵云的眼泪
似一串沙沙的雨声
水滴穿透焦土的噗噗快意
燕子把一声声呢喃剪碎

有一种失眠叫声音
那是把你的感动吹响的小号
那是把你的记忆弹响的贝斯
那是把你留在昨天的圆舞曲

失眠是人生中多么无奈的事,然而宁静的夜晚使他想落天外,发现了常人难以发现的审美意境。全诗充满拟人化的追寻,以现实的细微的审美感悟为基础,又不拘泥于现实的表达,吸收现代派诗歌的技巧,出于现实又游离于现实。既真实又迷蒙的美感在自然流畅的语体风格中得到最好的表现。语言技巧方面用了反复、叠字等,自然而不露雕琢痕迹。

三

多愁善感的诗人气质,又受中西哲学的滋润,詹福瑞善于思考人生,他的诗歌有一种穿越时空的思辨张力。

父母知道我去的地方叫城市
那里有柏油路汽车和楼房
可他们的目光
只能随着公路到达山顶

诗性与文情

　　路到了那里就消失了

　　　　　　　　　　　——《路》

人一出生便切割了时空，出生地是他的胎记，生活的领地是他的空间。深刻的哲理，莫名的惆怅，全部包蕴在平淡的意象中，格高意远，耐人回味。

　　人类自诞生之日起就与超越的梦相连，但是实际上永远难以真正地超越。文学便能暂时满足人们超越的欲望。

　　我看到了云在缓缓地向上飘
　　变换着漫不经心的心情
　　云有云的上帝，云的天堂
　　它只是偶尔与大海相遇
　　以星光的韵律演奏着天体之音

　　　　　　　　　　——《对一朵白云的凝视》

这首诗通过转瞬即逝的时空意象，以敏锐的审美触觉，很好地表达了深刻的人生哲理。

四

　　狄德罗曾说："其实，于所有拥有丰富想象力的作家而言，任何语言中都无法找到充足的恰当词汇……他们设计出情境，于字符间感悟细微的差别，用最天真的笔触进行描绘，这些都让他们与日常的普通表达方式拉开了距离，也逼迫他们采用一些令人惊羡的表达方法。"（《哲学思想录》）詹福瑞的诗歌语言仿佛用自己独特的审美筛子筛过，只留下清泉一般清澈、明月一般皎洁、山花一般美丽的语言为自己的感情表达效力，其特质外朴内秀，内容找到了最好的形式。我想这与他受乡村环境的熏陶，纯朴直率、真诚善良的性格，多年受到李白清水芙蓉美学理想的指引等不无关系。

> 已经很久了
> 是几个月还是数年
> 没有闻到阳光的味道
> 用七彩酝酿而成的味道
> 自由的风杂糅着青草的味道
> 暖暖的爽爽的味道
> 让人舒舒服服平平静静的味道
>
> ——《阳光的味道》

五句连用"味道",如瀑布飞泻而下;连用叠字,脱口而出,自然而然,妙不可言。

五

从来才大者,面貌不专一,詹福瑞研究领域广阔,其论文、散文卓尔不群,诗歌风格的多样化成为其个性的标签。

热情澎湃如《四月的可能》:

> 四月,是女神的节日
> 她让所有的生物梦幻般神游
> 树木春情怡荡
> 小草颤抖着四处奔走
> 所有的动物激情四溅

细腻秀美如《海滩拾贝》:

> 知道你已无生命

>   我还是轻轻拾起你
>   不是为了灵与肉
>   是小小的一个美丽
>   仅此一次，也是
>   最后的美丽

清新自然如《雪中》：

>   雪中的风是我的玩伴
>   转着弯挟裹着我
>   试图掀起羽绒服的一角
>   发觉它力气没那么大
>   原来雪中的风也是温柔的
>   喜欢风包围我的样子
>   感到这比晴天更安全

沉郁顿挫如《在落叶间行走》：

>   感恩站立在上面的泥土
>   我吮吸着它的乳汁
>   长成了万物中的一棵小草
>   而且爱和被爱过
>   和我一样卑微的小虫
>   和我一样卑微的小草

清空睿智如《我站在一棵树前》：

>   我站在这棵年轻的树前
>   莫名其妙地有了依恋

>我的目光化为一只蚂蚁
>缘着树干爬上树叶
>久久地久久地粘在了那里

清迈飘逸如《书与咖啡》：

>一杯咖啡与一本书
>用什么对话
>是用它流动的气质
>还是用它缥缈的气态

给人万紫千红、美不胜收的艺术感召。

詹福瑞的诗歌，将细致入微的审美感悟、准确传神的描绘、富有张力的抒情与内在深隽的哲理融为一体，给人咫尺应须论万里的美学享受，也必然会得到更多读者的喜爱，给新诗带来崭新的启示。

非陈诗无以慰心,非真诚无以成诗

王福栋　河北工程大学

詹福瑞老师是当代中国古代文学研究的著名专家,在古代文学研究方面成就卓著,这是有目共睹的。然而,总站在山脚下是没有办法看到全部山色的。幸好詹老师不但研究古典文学,他还搞创作,写散文,写诗,这给了我们一个了解他、认识他的机会。近几年詹老师集中出了好几本书,包括《小言詹詹》《诗仙·酒神·孤独旅人:李白诗文中的生命意识》《四季潦草》等。这些书一如詹老师以前的风格,以学术文章为主,充满了理性的思辨。

其中,《四季潦草》于我们这些读者来说却是个意外的惊喜。詹老师是钻研古代文学的学者,这部诗集却并非古体诗或近体诗,而是现代诗,真真是跨界而行。但詹老师并不这么看,在他眼里只有文学和非文学之分,这样看来也就不奇怪了,都是文学又何必硬要区分古今呢?隔阂太久了,小沟也容易成沟壑,但对某些人而言,小沟终究只是小沟,跨过去就没什么了。关于这部诗集的写作缘由,詹老师在书后的"跋"中说得很清楚:"四季轮回,给我人生感触良多,非陈诗无以慰之,这是我始终未放弃写诗的原因。"这不禁让我们想起钟嵘的《诗品·序》:"凡斯种种,感荡心灵,非陈诗何以展其义?非长歌何以骋其情?故曰:'诗可以群,可以怨。'使穷贱易安,幽居靡闷,莫尚于诗矣。"用一句话说就是,《四季潦草》大大联结了詹老师和我们。詹老师并无意于跻身当今诗坛,也并未自视为一个诗人,只是有些感受不吐不快,却又不能直白地表达,而诗则是最好的方式。读詹老师的诗,感觉就像走进了他的世界,可以更深入地接近他、了解他,所以说这部诗集对我们这些读者来说是个意外的惊喜。翻来覆去地读这部诗集，我以为这部诗集有三个主要的特点吸引着我。

一是情感细腻而丰富。我们经常用"喜怒哀乐""悲欢离合"等词语来概括人的复杂感受，实际上这些字眼远不能涵盖我们的诸多感受，就比如忙碌、苦闷等等。时代的列车飞速向前，进入工业化社会之后，我们的生活节奏就如机器齿轮一般转得飞快，所以很多新鲜的感受在古诗词里面是见不到的，比如无聊。宋代赵师秀《约客》的"闲敲棋子落灯花"就是描写无聊，然而这无聊并不让人恼，反而有些美好。詹老师的《日记》则把无聊写到了恼人的地步。他开头一段就说出了这首诗的主旨："昨天/我睡了二十四小时/醒来后还惺忪着眼睛/倚着枕头/拥着棉被/想不起来今天要做什么。"詹老师接下来描写玻璃上晒太阳的苍蝇："好似缺了一只后腿/身子不免倾斜四十度/翅膀震动了七次。"如此细致的观察，用数字来描写苍蝇的姿态和动作，一个人的无聊还能胜过这个吗？答案是能。詹老师还写到了慵懒的猫和阳光："我看着猫在一个山脊上跳了过去/吓得阳光浑身抖动了三秒。"不仅如此，詹老师从开头的"二十四小时"起便一直在不断重复"二十四"这个表达繁多的数字："伸了二十四个懒腰"，"翘了二十四遍二郎腿"，"打了二十四个哈欠"，"挂了二十四个电话"，"翻了二十四个电视频道"。这些是现代人生活的典型特点，这生活到底是多么无聊啊！这首诗的最后一句"还是没想好今天要做什么事情"很好地呼应了开头的那一句"想不起来今天要做什么"。很多人每天忙忙碌碌，每天都有很多事要做，为工作，为挣钱，为孩子，为家庭，每天马不停蹄，脚不沾地，好像很充实。但大多数人可能都没有想过"意义"这个事情，没有认真衡量过什么事情更有意义，或者说什么事情最有意义。詹老师的这首诗，表达的可能是一种对人生意义的怀疑，他找不到有意义的事情去做，在一次次否定中深陷苦闷与无聊而不能自拔。

相对于一些具有深度人生意义的思考而言，詹老师诗集对特定场景中特定情绪的描写也非常生动而细致。比如《午后的第一节课》这首诗，很能体现詹老师的教师身份特点。同样身为教师的我，对这首诗简直就是感同身受。这首诗从头到尾所描绘的都是夏日午后给学生上课时的昏沉、难挨,写得细致而精彩。诗人在开头一节用里程的方式描述了给学生上课时的状态:"我的语速提到了十公里/学生们的眼神/还在五公里的地方黏滞。"午后时间,昏昏欲睡的状态实在太形象了。这首诗的第二节描写的是教室里面的烦闷气息,最精彩的当数第三节:"我的文学史/讲释家的了无挂碍/和苏东坡的放达/可我的目光无法离开/一部银灰色华为手机/三只闪光的眼睛/和一个梳着马尾辫的学生/粘在嘴角的白米粒。"老师上课讲的虽是高雅,是形而上的精神,但因这烦闷、昏沉的午后,讲课的老师也三心二意了——嘴里讲的是道理,而眼里看的则是手机和嘴角挂着米粒的女生。作者所描述的这个场景细想起来很有意思,略带喜剧成分。试想老师给学生上课时,一个女学生正在认真或不认真地听课,她嘴角上竟挂着一个白米粒,估计没有哪个老师能忍住不看这个学生,这可能是课上唯一有趣的事情了。再说手机,作者上课时,嘴里忙个不停,但心里早已是百无聊赖了,除了注意到一个学生嘴角挂着的米粒外,还有学生明晃晃的手机。詹老师的诗写得真形象。

再说情怀动人而真挚。詹老师在"跋"的开头处说:"小说的价值在于戳破假象,揭示真实的人性;诗歌的本性则在表现真实的心灵,用爱拯救灵魂。"《四季潦草》里面的诗读来多能体会出里面的真性情,然而最打动我的却是悼亡诗。詹老师诗集里面包括《悼余光中》《桃花潭吊李白》《悼胡遂》《悼霍金》《悼李敖》《先生》等六首悼亡诗。这些悼亡诗各有特点,《悼余光中》最有诗意,颇富南方水乡气息。《桃花潭吊李白》最为浪漫,作为李白的异代知己,詹老师性格里的浪漫颇同李白的"我歌月徘徊,我舞影零乱"。《悼霍金》只有四句,简短而颇富哲理。《悼李敖》也只有四句,却表达了对李敖擅骂的理解及对李敖的哀悼。这两首短诗紧依被悼之人的特点顺势抒怀,简单而深情。《先生》好像是一首悼亡诗,因为里面有一句"你的骨头变白了"。但诗里面并没有指明描写的到底是何人,因而更像是歌颂这位已经逝去的先生。这位先生虽然已经去世,但他留下的文字却并没有跟着消失,这就是古代所谓"三不朽"中的"立言"吧。从这个角度来说,这首诗与其说是悼亡诗，倒不如说是一首赞美诗，赞美的或许并非某一个人，而是某一类人，或者说是作者的人生理想。

古代悼亡诗悼念的一般是自己的亲人或故交，以上所提五首悼亡诗的五个人中，李白是唐代人，霍金、李敖、余光中应该未曾与作者谋过面。《先生》可能并不是一首悼亡诗。这样看来，唯《悼胡遂》符合古代悼亡诗的创作传统，写得最沉痛，最深情。所以我想专门谈谈这首诗。

古语云：知人论世。要谈这首诗应该对这首诗的背景有所了解才好，而我恰好与胡遂有过一面之缘。按照入门先后来讲，胡遂是我的师姐。当年她在河北大学师从詹老师攻读博士，她毕业答辩时我读研究生二年级，全程旁听了她答辩。当时与她一同答辩的是韩田鹿，答辩老师对他们俩很满意，将二人喻为李白和杜甫。胡遂出身名门，是晚清湘军著名将领胡林翼的玄孙女，天生聪颖而富于思辨。她读博以前就已经是湖南大学的名师了，科研、教学双丰收，尤擅佛教文学研究，有不少成绩和荣誉。这样一个好学生，想必詹老师是非常满意的，这从《悼胡遂》这首诗中颇能看出：

> 昨天给你发短信
> 你没回，就悄悄地走了
> 我埋怨你这个缺礼的学生
> 怎么不给我打声招呼呢
>
> 好好地活着
> 读书，教书，参禅
> 怎么说走就走了
> 天堂固然很好
> 可那里毕竟都是陌生人
>
> 芙蓉国里的女儿啊

> 此去的路途有多远
> 我无声的眼泪飞向你
> 隔山隔水地送你一程

第一段是作者初闻噩耗时的反应,第二段是对胡遂的回顾与对她去世的难以接受,第三段是接受胡遂去世后的哀悼。这首诗的书写符合古代悼亡诗的写作逻辑,却又有所不同:作者所悼的是自己的学生,这在古代是比较少见的。正因为是学生,所以像詹老师这样一向"护犊子"的老师就更加伤心了。"昨天给你发短信",詹老师主动给学生发短信,可能是他早已知道学生病重的事,发信息是问候。"你没回,就悄悄地走了/我埋怨你这个缺礼的学生"两句是因果关系,人没了,自然没法回信息。作者"埋怨"这个学生,这"埋怨"之中一定包含着心痛。"缺礼"一词用得非常准确。"失礼"是违反礼节,没有礼貌,或故意或无意,有批评或自我批评的含义。而"缺礼"则强调了"缺",作者对胡遂是有批评的,但这批评的分量非常轻,更多的是"不忍"和"心痛"。第二段书写的是诗人对胡遂生前与去世的不同感受。"好好地活着/读书,教书,参禅"是作者对胡遂一直以来的印象,"天堂固然很好/可那里都是陌生人"是作者对胡遂的不舍,他多么舍不得这样一个好学生就这样离去。"芙蓉国里的女儿"是作者对胡遂的赞美,想来应该有多重含义。一来,胡遂是湖南人,"芙蓉国"是湖南的代称,所以作者用"芙蓉国里的女儿"指称胡遂是很恰当的。二来,芙蓉花之美正好可以比喻胡遂之女性气质。三来,"芙蓉"也很容易让人联想到佛教之莲花,联想起钟情于佛教的胡遂。四来,还容易让人想起《红楼梦》中的《芙蓉女儿诔》,不但赞美了胡遂之才华与气质,更表达了对胡遂去世的哀悼。算上《俯仰流年》和《岁月深处》,詹老师的诗文不乏哀悼之作,但只有这一首出现了"泪"字——"我无声的眼泪飞向你",足见作者对于这位学生的去世是多么悲痛。不但因为是学生,更因为离得远,所以作者只能"隔山隔水地送你一程"。如果胡遂地下有知,我想她也一定能感受到老师对她的深情。

最后说金句。《世说新语·文学》中，孙绰曾对比潘岳和陆机的文章，说："潘文烂若披锦，无处不善；陆文若排沙简金，往往见宝。"读詹老师的这部诗集，我总是会惊诧于其中怎会有那么多的"金句"。我以为这些"金句"可以分为"警句"和"锦句"两类，前一类以警策性和富有启迪性为主，后一类以文学性为主。

詹老师诗集中的"警句"非常多，多不是单句，而是一组诗句，往往能针砭时弊。例如《城市生活》书写城市生活的烦躁，有一组描述逛书店和进菜市场的诗句写得极形象："去菜市场如同逛书店/挑挑拣拣总无可口的文字/逛书店又如进菜市场/萝卜白菜不洗泥/胃口不倒也很差。"詹老师一生与书为伍，对于书的鉴别力应该是很强的。所以他在与逛菜市场的对比中评价逛书店时的感受就说得颇精辟：在书店里挑挑拣拣却很难发现好书——总无可口的文字、胃口不倒也很差。《霾》通过雾霾表达难受："我在雾里看汽车/看了汽车的放屁/我在雾里看人/看到人的黑肺……雾霾深深地潜入我的骨髓/我变成了雾霾的样子/我既想逃出天外/却又藏身其中。"这首诗具有两层面目，从表层看这首诗应当说是一首咏物诗，一直在谴责雾霾——现代工业社会的不良产物；而在深层，这首诗似乎在讽刺人心——"看到人的黑肺"而人的"黑心黑肺"与雾霾又并无关系。作者似乎在说，他身处沧浪之水，不但被"沧浪之浊"包围，而且也肯定沾染了"浊气"。他想逃离，却发现自己已经习惯了藏身于周围的"雾霾"，所以他难以逃离，所以他矛盾，所以他难受。再如《灵魂与心》反映的是现代生活的快节奏与快餐化："我不得不向钱穆先生鞠躬/恭恭敬敬和他说再见/实在顾不上你的灵魂与心了/今天的世界很骨感也很忙。"这首诗的第一段曾提到过钱穆的话："灵魂何在/心又何在。"钱穆先生引导人们走向深刻，走向崇高。然而詹老师这首诗对钱穆的理论却是一种歉意："实在顾不上你的灵魂与心了。"为什么？工业化社会以来，商品经济大兴，物欲横流，什么都是快节奏的，身处其中，忙忙碌碌又浑浑噩噩，哪有几个人能安静下来仔细想想灵魂与心的问题？詹老师一句"今天的世界很骨感也很忙"恐是既无奈又愧疚。

詹老师诗中的"锦句"也很多，多得古典文学之妙。例如《村庄》一诗，作者似乎游走在自己曾经的村庄，然而他在这个村庄却感到异常陌生——"我的村庄在那里/变得空旷苍凉"。这首诗的最后一组写得极好：

  一个姑娘瞅了我几眼
  您是哪个村的，找谁
  我就这个村的，我说
  姑娘摇了摇头露出惊讶的神情
  我也恍惚觉得走错了地方

从诗意上来看，与贺知章的《回乡偶书二首》其一"儿童相见不相识，笑问客从何处来"是一致的。不同之处在于，贺知章的故事发生在作者和一个小孩之间，小孩问而作者没有答，作者将痛楚隐藏了起来，而且由于平仄的缘故，整首诗读起来节奏鲜明。而詹老师的诗则发生在一个姑娘和作者之间，他们有问有答，从结构到节奏都极新："您是哪个村的，找谁/我就这个村的，我说"。现代诗而能如此运用对仗，还显得如此自然，如果没有古典诗熏陶，恐怕是很难做到的。《悼余光中》的最后一节也是这样的：

  雾霭呵沉沉
  海水呵苍苍
  江南仍在梦中
  此时却非春光

这四句诗的形式很美，集《诗经》的语言美（叠词的运用）、古体诗的形式美（五言句、六言句）和近体诗的韵律美（押韵、对仗）于一身，难能可贵，真正做到了尽善尽美。这样的例子还有很多，再比如《晒一晒影子》中的两句：

阳光强烈时，影子亦深
阳光暗淡时，影子也浅

这两句诗结构完全一致，同样有《诗经》之妙，通过相同结构的重复描述影子的无所不在，描述影子随着阳光的变化而变化，形象而优美。

尽管已经很努力了，然而我发现这部诗集中的很多诗我还是读不懂，读不透。我想一是我还有很多人生道理没有体悟过，二是没有詹老师的哲学高度和学问积累，所以有些作品可能我永远也不能理解。然而我并不觉得遗憾，因为哪有一个诗人的作品能被完全解读？又有哪个诗人能被完全理解？更何况我们面对的是詹老师这样一座高峰，我愿用一生来读詹老师和他的诗。

经历·感受·淬炼

张志勇　河北大学

现代诗体制自由，蕴含丰富，意象塑造重于修辞经营。与古诗一样，现代诗也是妙手偶得，感兴成章。然而它又彻底突破了古诗"好色不淫，怨诽不乱"的樊篱，更注重诗人自由奔放的个性表达与率性直言的陈述，从而在"可感与不可感之间"巧妙而直接地激发读者强烈的"心音共鸣"。河北教育出版社推出的詹福瑞先生新作《四季潦草》，就是这样一部情真意切、意境悠远的现代诗集。

詹先生既是古代文学、文艺理论研究方面的专家，又是一位笔耕不辍的诗人。他创作诗歌，本不为博取名利或标榜风雅，而是纯任自然地抒写自己内心的兴发感动。所以他的诗，实则是创意诗性与赤子情怀妙合无垠的艺术"结晶"。

诵读《四季潦草》，能强烈感受到詹福瑞先生对当前社会生活保持着敏锐的洞察和深入的思考。这观察和思考又像源头活水一样，体现在对语言、结构、节奏、形象等方面的敏锐感知和精准把握。可以说，詹先生是以文学的笔触来诉说他对当前社会生活的感悟，字里行间奔涌着一股高亢昂扬的激情，展现出了独特的情感与个人立场。比如《倒春寒》《宫墙边的白玉兰》《车站剪影》《悼余光中》《窗外风景》《灵魂与心》《先生》等，诗中描绘的很多场景都让读者在诗性的优雅之外，又感受到了一种似曾相识的亲切感。故而，这部《四季潦草》又显得格外真实，格外诚挚，特别通俗鲜活。

一个出色的建筑师，在垒起眼前每一块普通砖石时，心里装的一定是巍峨的大厦。詹先生在斟酌每一首诗歌时，脑海中呈现的是广阔的大千世界。先生于20世纪50年代出生在河北省青龙满族自治县的一座山村，在那里他度过了美好的童年和少年时光。家乡连绵起伏的山峰、郁郁葱葱的林木已经深深嵌入了他的记忆，又呈现在了笔端。例如《阳光》[①]，就是诗人对少年经历的深情回顾，也是故土情怀的自然绽放：

在我的记忆中
阳光，始终照射在
一朵雪白的梨花上

我记得，绿叶疯长
包裹了院落和一棵梨树
只有那一朵阳光，开放

我在妈妈的怀里
追赶梨花的声音
走了足足一个下午

我听到了
黄鹂的细语
蚂蚁的歌唱

却没有走出半步
像一只蜜蜂，牢牢地
粘上那朵阳光

从此我感受到
春天的阳光

---

① 詹福瑞：《四季潦草》，河北教育出版社，2021，第110页。

诗性与文情

  梨花般纯净
  蜂蜜一般甜

  但我也曾警惕
  那带花瓣的阳光
  吸住你的年龄
  永远不会长大

  过去，是一扇在我们身后关闭的大门。但过去的情怀并非只能"成追忆"，它还可以"如在目前"。这不，儿时院子里的阳光不仅照射在一朵雪白的梨花上，更照射在了诗人的生命里。它所代表的勃勃生机，宛如"无声"而又"惜细流"的泉水，让诗人生命中那份赤子回眸、返璞归真的兴动感发"流淌"成了明媚的画卷，逐一展现在读者面前：黄鹂的细语、蚂蚁的歌唱、蜜蜂的采蜜一直到妈妈的怀抱。画面感层次分明，有声有色，生动、鲜明、清新、酣畅。但未来是一条不断通向岔路口的小径，我们只能通过预期对它做出选择。因此诗人把这份情怀归结为"但我也曾警惕/那带花瓣的阳光/吸住你的年龄/永远不会长大"。这虽有点像"蓝田日暖玉生烟"，但字里行间却暗含着拥抱生命、拥抱未来的积极情怀，且流露出了对于人生历程中"歧路亡羊"的深刻认识。所以，此诗虽属"朝花夕拾"，但记忆中的"当时"却并不"惘然"，反而是表现出了一种"老树着花无丑枝"般的平淡绚烂之美。

  作为时空性存在物的我们，只能身处当下，并借助记忆、预期和过去、未来建立联系。现在，就像临出门的那一瞬，是从过去通向未来的一个临界点。在这个节点上，你必须做出选择，哪怕不选择也是一种选择。故而，只有用心生活的人，才能感悟到此诗"容量大、含蕴厚、历久弥新、老成绚烂"的美感和妙处。

  好的诗，还讲究气象严整，一气贯注，意义浑成，含蓄蕴藉。如诗人笔下求学之际父母"远送于野"的画面也被恒久定格了。这份遥远的回忆，一如既往地温润了诗人的心田：

>一条山路只能容得马车
>曲曲弯弯在山间盘旋
>有时牛就横卧在路上
>所有的汽车马车自行车
>都要放慢脚步绕行
>
>我离家远行时
>母亲送到了村口
>从此那里多了一棵瞭望树
>父亲走得更远些
>他送我到公路上
>那里也多了一棵瞭望树
>
>父母知道我去的地方叫城市
>那里有柏油路汽车和楼房
>可他们的目光
>只能随着公路到达山顶
>路到了那里就消失了

——《路》

诗人以极其精省的诗行勾勒出山路的狭窄和蜿蜒，延伸了惜别之情。家乡的山川草木，让人恍觉悠长的时光在此凝固。两棵"瞭望树"犹如鲁迅笔下"一株"和"另一株"的枣树那样，饱含真情，意蕴深远。在这两棵"瞭望树"上，我们读出了一丝苍凉，也体验到了一种眷念，更领悟到了一份执念和坚守。所以，"瞭望树"成就了诗人的精神家园，凝聚着诗人对于亲情和岁月的感念。可以说，"瞭望树"既倾注着诗人对生命的感悟和对人生意义的追求，也闪耀着人性的光辉。特别是诗的最后,"可他们的目光/只能随着公路到达山顶/路到了那里就消失了",这里萦绕着朴素温厚的乡土气息和哀而不伤的"温丽悲远"情愫,不仅是庄重的,也是神圣的,如同经久不息的生命"火炬"。

上面列举的两首诗具体而微地诠释了詹先生的温厚品性。而在生活中,詹先生还展现出智者的特质。他的诗不仅情感深厚,而且饱含哲思。即使日常生活中毫不起眼的事物,经过他的创作,也变得生动有趣,富有价值。比如在《城市生活》中说:"去菜市场如同逛书店/挑挑拣拣总无可口的文字/逛书店又如进菜市场/萝卜白菜不洗泥/胃口不倒也很差……"① 对当代图书市场混乱的状写细致而又真实。再如《晒书》中的"一团灯光下的书/温情脉脉的柔软/灵魂会大胆走出来"②,《倒春寒》中的"这一个春天/偏偏不使杨花结出紫花/不使柳树长出灰中泛黄的鸟爪/不使迎春冒出金黄的星星/不使酝酿了一个冬天的玉兰露出玉颜"③,这些诗行不仅清新、素朴,而且极富哲思。

此外,读《四季潦草》我们还不得不承认一个人的气质决定了诗歌写作的内在驱动力,即学者的涵养决定了诗人关注内心、关注人生的力度、深度和广度。读詹先生的作品,感觉他是在着力探索"历练的情感",探索在往昔的岁月中,人生际遇的辗转和社会人生的复杂状况对人性造成的影响,由此表达对生活、对现实的感悟和言说——在詹先生的诗中,这种言说,以寻找岁月和安放记忆为轴心,辐射并挖掘精神与感念、经历与时代、成长与自然之间复杂的互存和疏离、浸染与陪伴。在这些过程中,诗人的内心充满了诚挚和温煦的回望。比如《蒲公英》:

遥远的云山深处

有一座神秘的蓝山

我想借着微弱的羽毛

---

① 詹福瑞:《四季潦草》,河北教育出版社,2021,第 122 页。
② 詹福瑞:《四季潦草》,河北教育出版社,2021,第 119 页。
③ 詹福瑞:《四季潦草》,河北教育出版社,2021,第 4 页。

飞去，也许在那里

会播种下一枚蓝色的种子①

诗人由蒲公英而生发、追溯——遥远的蓝山，诗意由此诞生并开始延续，角度新颖，构思精妙。接下来"借着微弱的羽毛"，诗意不断延伸，耐人咀嚼，感性与理性的思考，在平易中见出深味。杰出的诗人，不但要有悲天悯人情怀，也要有阔大胸襟，其诗歌中总是表现出一种终极关怀，也就是对生命的醒悟，对生存意义的不懈探索与叩问。如果诗人写到这里就搁笔，可以说也已经足以让读者回味百端了。然而，诗人表达的重心还在后面，即"会播种下一枚蓝色的种子"。这精微的情愫，似蒲公英种子，悄然地释放出被韬藏的潜德幽光，那是温婉，也是敦厚。

  詹先生的诗，不是刻意的往昔回忆，而是岁月以其丰富的言说在不断地提醒着诗人，哪怕是抒写点点滴滴、角角落落的微小事物，都可以探寻出饱含诗情画意、值得咀嚼回味的内涵，从而使生活免于滑向疲于奔命的机械或坠入虚无的深渊。在诗人看来，对岁月的敏感一旦消失，即意味着精神生命的失血与单薄——"红红的液体/为什么是数盏/而不是一杯呢/那样就无须推杯换盏了/但酒还是从瓶子里/流出一条河/向北，再向北"（《微醺除夕》），诗人将除夕微醺之下对家乡的思念以"酒还是从瓶子里/流出一条河/向北，再向北"的方式呈现于读者面前。往事已经随风，旧日不再重来，诗人用譬喻记录下当时的无奈——"蝴蝶兰扇动紫色翅膀/杜鹃两颊微红/都随着音乐起舞/子夜钟声响起时/是谁发出轻轻的鼾声"（《微醺除夕》），这不仅是诗人自身的生命经验，它也指涉了人们共同的情感经验。所以，洒满岁月之光的人生屐痕中，诗人"总要怀念些什么"。这里既有北岛诗歌从意与境入手、触景生情的灵感创作手法，也有舒婷采用朦胧、象征之意象来表达内心复杂意绪和细腻情感的精妙技巧。

---

① 詹福瑞：《四季潦草》，河北教育出版社，2021，第13页。

诗歌最终是需要靠诗本身的魅力来征服读者。毋庸置疑的是，当前不少"批量涌现"的诗歌纷纷陷入了庸俗、粗俗的窠臼。针对这种状况，詹先生对现代诗歌持之以恒、身体力行的坚持，是对"急功近利"式文学创作观的一种生动的反拨。在《四季潦草》中，我们可以发现，面对生活的点滴，詹先生都能凭借生动细腻的笔触，表现出丰厚深远的内涵，可谓"其称文小而其指极大，举类迩而见义远"。作为一个学殖深厚的学者、诗人，他在经历、感受和淬炼生活的同时，保持积极进取的心态、旺盛的创作活力与对生活敏锐的洞察力。从这个意义上来说，詹先生的努力，其意义已经超出了诗集本身，具有更为广泛的意义。所以，读《四季潦草》不仅令人耳目一新，更能激发读者的思考与情感共鸣。

随时间而来的智慧

雷武铃　河北大学

詹福瑞先生这部《四季潦草》可谓时间之歌和生命之歌。因为时间以四季轮转的方式流逝，是衡量生命存在的刻度，因此时间就是生命，时间的流逝就是一个人生命的流逝，对时间的感受，就是对个人生命存在的感受，时间意识就是生命意识。詹老师是一个对时间意识和生命意识特别敏感的诗人。他的前一部诗集题为《岁月深处》，是有关时间流逝之中的生命印记。他作为古典文学研究专家，二十多年专注于对李白的生命意识的研究，其成果《诗仙·酒神·孤独旅人：李白诗文中的生命意识》正好和这部诗集同时出版。因此，这一时间和生命之歌可谓詹福瑞先生的诗人本色。这种对生命存在意识的敏感，对时光流逝的强烈感受，也正是中国诗歌传统的本色。我们有那么多伤春悲秋、对时光流逝生命不再而怅惘不已乃至痛彻心扉的诗歌。这是中国主流传统文化相信人生只有一生一世的现世性人生观自然而然生发出的对生命的无限珍惜和伤感。时光就是我们人生的刻度。宇文所安在《追忆》中专门讨论过时间的流逝感对中国古诗的根本性影响。这部《四季潦草》是传统的生命认知、感受和抒情方式在我们时代的又一次新生。

在这部《四季潦草》中，时间及其流逝感首先表现在整体的诗歌风格上，表现在诗歌的感觉方式的心理和精神基础上。渗透在这部诗集所有诗歌中的是叶芝所说的"随时间而来的智慧"。叶芝的一首四行短诗写出了生命和精神成长的过程："枝叶虽多而根只一条/我整个诳言妄语的青春时代/都在阳光下摇摆枝叶和花朵/现在我可以落尽繁华而进入真理。"① 《四季潦草》可谓是一部"落尽繁华而进入真理"的诗集。因落尽繁华，罢去多余的语言装饰和美学负担，这些诗获得了一种特别的自由。它在语言、主题和结构方式上都有一种罢去拘束和牵扯，摆脱所有不必要的顾虑、纠结之后的挥洒自如，一种了无挂碍、毫不犹豫、任情任性、非常通透的自由。这种自由很典型地体现在其诗题的即时即兴上。它们多取于目之所见和漫兴随想（漫兴是杜甫晚年诗题、诗兴与自由心态），多在日常生活中随意拾取：上班路上，坐车途中，课堂场景，深夜独坐，瞬间的思绪和感觉。这些思绪起灭自然，来去轻松、平和、真切，没有太多刻意的戏剧性。

就题材和内容来说，这部诗集最多的是与自然风景相关的诗。仁者乐山、智者乐水，山水自然可谓中国诗人传统的情感与精神的根本性皈依。从这些诗的题目中，就能看出这些诗都是专注于对自然的观看，其中观看的视角和聚焦的视点都很清楚，如：《我站在一棵树前》《对一朵白云的凝视》《窗外的风景》《此刻，外面刮着风》《雨还在下》《傍晚的豪雨》《伏天》《一片云》《在雪白的海滩》《印度洋的一朵云》。这些诗都是面对自然的直观的描写。有些专注于对自然的惊奇的新发现，从中流露出生命的欣喜。大多数兼具认识性的内容，在结尾处都会进入主体的沉思。这些沉思既有一种针对自我的反身性，也有面向世界的延展性，是自我与自然、自然和社会的一种交融。这种自然的单纯和自我的自觉的完美结合，我们可以通过下面这首《阳光》来具体感受一下：

  在我的记忆中
  阳光，始终照射在
  一朵雪白的梨花上

  我记得，绿叶疯长

---

① 译文为笔者所译。

包裹了院落和一棵梨树
只有那一朵阳光，开放

我在妈妈的怀里
追赶梨花的声音
走了足足一个下午

我听到了
黄鹂的细语
蚂蚁的歌唱

却没有走出半步
像一只蜜蜂，牢牢地
粘上那朵阳光

从此我感受到
春天的阳光
梨花般纯净
蜂蜜一般甜

但我也曾警惕
那带花瓣的阳光
吸住你的年龄
永远不会长大

这首诗语言结构都非常简单，内容也非常单纯，但同时也包含着内在的冲突，由此产生丰富性。阳光，梨花，童年，母亲，春天，这些甜蜜的元素交织运行，构成一个童话世界，一个理想化的美好世界；这是人们不断在回忆中重返、在内心中祈愿永远留驻的世界。就连奋斗不息的浮士德都忍不住会喊：你真美啊，请停留片刻。但这诗的结尾所带的转折，并非通常那种美好童年被外部力量打断，而是一种内在的自我警醒，一种主体认识上的自觉："但我也曾警惕/那带花瓣的阳光/吸住你的年龄/永远不会长大。"在这里，童年的美好值得珍惜，但人生的成长更为重要。长大成人，成为脱离光明灿烂的母爱天堂的庇护的有独立人格的人，有理性分辨是非，有责任承担自我存在和社会义务的人，这更重要。即使成人生活满是迷茫困顿、劳作辛苦，也是必须成长的。亚当和夏娃被迫离开伊甸园，而这首诗是自觉地要离开母爱阳光的伊甸园。

除了大量的自然风景诗歌中蕴含的沉思，还有一种专注于自我沉思、自我反思的诗，充满自省、自我完善、自我超越和解脱的诗。诗集中的这种自省反思，主要是像《沉重的肉身》这样的儒家的对自我道德完善的要求，每日三省的修身传统。而《真实》一诗有着庄子相对性与无限性的解脱意味。《三台寺的钟声》有着佛教的解脱与肉身的沉重之间的撕扯。而有些诗体现出了对这些沉思本身的超脱，成为一种行动上的慈悲，如这首《救赎》：

在过街天桥上相遇
也许是我们的缘分
我不想知道你的故事
也没认真看你告白的纸板
有过几次，我知道内容大同小异
无非是受骗，失窃，病患
身份大都是在校学生

我毫不犹豫地掏出十元钱
似乎早已经准备好的
放在你打开拉锁的书包里
请你不要感谢我的布施

> 真的不必，应该是我谢你
> 又给了我一次救赎自己的机会

这是我们当代城市日常生活中一度很常见的情景，几乎每个成年人都可能遇到。如何面对它，似乎成了一道全民测试题。立场和态度当然非常多，这取决于每个人的视角。专注于城市管理的人，认为这有碍城市形象和秩序；执着于真相的人，要确认这些行乞者是不是骗子，背后是否有团伙操纵；社会救济者，想着如何改善这些人的处境。这是一种象征，我们的行动本身全都面临各种思想的争论。在这首诗中，关于事情的真相等行动前的争论都取消了。这行动取决于我们自己的态度。在这里的行动，超出了对外界真相的所有判定和社会问题的思考，而纯粹属于自我的完善。行善不是为了救济别人，而是为了救赎自己，是人的自我道德完善的举动。这当然是人生经历，超脱各种观点和态度争论之后的意识——在行善助人和接受对象之间的关系中让自己处于谦卑之中。这首诗并非一种解决社会问题的正确答案，而是个人生出的某种随时间而来的智慧——一种自省、谦和的慈悲心。

还有必要指出的是，在这种充满智慧且自由、平静、温和的面目之下，是一个孤独的声音，一个历经时间的沧桑之后的个体的声音，一个时间的沉淀之后平静而又孤独的声音。这一个体生命在无限时空之中，与自己对话，反思自我。他沉思着世界和人生，真实和意义，肉身和灵魂，道德和世风，内心的牵挂，以及现代城市生活的枯竭（《日记》《每天都有一个约会》《似睡非睡之时》），他观看和反思。有时候涌出泉水般的对生命对春天的歌唱，生命独自的欣喜；有时候苍凉，有着苦涩和空无的万般滋味，但都是淡淡地透出来。他沉思着抽象的根本性的问题：《真实》《救赎》《灵魂与心》《海棠》。在人的一生中，什么是真实的、确实的、长存的。这些反思性的感受，这孤独的在心灵的空谷里回荡的声音，超脱而又留恋，萦绕在进入晚年的诗人的生命意识之中。

这部诗集所体现的随时间而来的智慧还在于各种对立因素在诗中

取得的一种平衡。它将一些矛盾对立的因素融为极其自然的一体，具有很强的包容性和丰富性。它即时即兴，与天地自然会通，对外部世界眼前之景的观看和对内心世界萦绕不停的感受的沉思相互交织；它对这世界既有历尽沧桑之后通透的理解，心无挂碍的超脱与自由，又有仁爱天性和道德关怀的情不自禁的牵挂。它既实又虚，既小又大。一方面在写特别具体的日常细节，另一方面专注的是抽象的普遍性的问题。正如杜甫所言"寂寞壮心惊"，一方面是独自一个人的寂寞之声，另一方面又牵扯着人类社会现实的壮心，既自足又感人。它完全体现了叶芝所谓的"落尽繁华而进入真理"，但却又保留着徐志摩般的浪漫情怀的语言，同时也有着当今生活的通俗口语，各种语言自由地杂糅在一起。这一切矛盾的因素，这万般滋味，都在随时间而来的智慧中自由地融为一体，成就了一首时间和生命之歌。

探寻《四季潦草》的生命意识

吴 蔚 北京联合大学

手捧这本诗集,触碰到书名——"四季潦草",心中打上一个大大的问号。对于书名的内涵,包括作序的丁帆先生亦是不明就里。这个标题是詹福瑞师与读者之间对话的一个暗语,解开暗语的答案,需与之相匹配的密码,而这些密码就藏在诗集的书页当中,亦或许藏在诗集之外的相关联的某个地方。

努力寻找隐藏密码的蛛丝马迹,首先发现了诗集扉页上的一句话——"四季轮回,给我人生感触良多,非陈诗无以慰之",得到了第一个线索。《文心雕龙·物色》篇中说:"春秋代序,阴阳惨舒,物色之动,心亦摇焉。"老师对于四季物候的变化是极其敏感的。曾经和老师闲坐时,听他谈起春天柳树树干颜色的变化,国图办公楼外的喜鹊来往的时间,北外乌鸦的来历,还听他播放手机里录下的七八年前武大清晨的百鸟啁啾之声。他的第一部诗集《岁月深处》的第一辑即名为"四季"。我在其中发现了种种与闲谈对应的诗句:"就在此时 你不经意地抬头间/杨柳就有了异样/枝头有些发紫"(《春天》)[①],"初春的野花只有两种颜色/一种是蓝/一种是黄"(《野花》),"燕子/是把雨织成帘子的梭子"(《燕子》)。老师的诗就是生活,或者说他的生活就是诗,因为他的四季中充满了生命意识。

至于"潦草",我从清人的诗集那里得到了第二个线索,他们常用"草"为诗集命名,如《人境庐诗草》《燕台旅草》《金台游学草》。而"草"与"四季"相配合,自又别有一番诗意,更有诗心随着春草蔓延

---

① 詹福瑞:《岁月深处》,人民文学出版社,2011,第14页。

的意味。而"潦"字,一开始着实让人有些迷惑不解,用"潦草"作为一部诗集的名字,是我从未见过的。带着这个问题,继续到书中寻找答案,终于在"跋"中发现了第三条线索:"我对生活的印象潦潦草草,心灵对四季的感受却真真切切。"原来"潦草"是言在此而意在彼,是对"真切"的反衬,潦草的是生活的印象,真切的是心灵的感受。也许是巧合,在《岁月深处》的"跋"中也有一个"潦草":"我的诗是旅途的流浪儿,多构思于奔驰南北的车中和滑行于云端的机舱内,潦草地记在宾馆的便笺纸上。"老师称自己写诗是业余为之,但却十分真诚。大概这里的"潦草"也有自谦的意思吧。

一 被砸伤的春天

春天是青春与生命的象征。自古以来,春天就是诗人钟爱的季节。詹老师在诗集《岁月深处》中多处写了春天,那时的春天给人一种乡土的气息和生命的力量。如"春天是从杨树上飘下来的/有一丝淡淡的新鲜的苦涩","春天总是有发芽般的萌动/和不知名的淡淡的忧伤"。(《春天》)虽然有苦涩和忧伤,但春天是清新的,忧伤是淡淡的。相隔十年,《四季潦草》中的春天似乎有些变异了,春天的色彩变得灰暗了。这里也写发芽,却没有了往时的萌动:

> 这一个春天
> 偏偏不使杨花结出紫花
> 不使柳树长出灰中泛黄的鸟爪
> 不使迎春冒出金黄的星星
> 不使酝酿了一个冬天的玉兰露出玉颜
> ——《倒春寒》[①]

[①] 詹福瑞:《四季潦草》,河北教育出版社,2021,第3页。

生命被倒春寒给压抑住了。诗人对春天期待已久,他"久久地凝视/一棵小草能否钻出冰层",但只看到"北方的土地上/腐败的树叶遍地起舞"。

与之类似的还有《梅山赏梅》中的梅花,"我们来时,梅花/已无精打采/努力找到小小的蓓蕾/却又瘦瘦地伤心着"。梅花其实跟十年前一样开放,只是"我错过了她的花期"。还有《宫墙边的白玉兰》:"宫墙边的白玉兰/努力地俯向人群/似乎迎合着手机镜头/却高高地悬着孤寂","只有到夜晚时/野猫才会闻到它的香"。在诗人的笔下,白玉兰虽然美丽,却是孤寂的,她的清香也无人赏识,只有夜晚的野猫才会闻到一二。诗人刻意地捕捉倒春寒下的百花,梅山上错过花期的梅花,宫墙边喧闹中的白玉兰,实际上是他对生命的感悟。春天在钢筋水泥、人来人往的城市中被挤压了,使他感到厌倦和痛惜。"这春天/只看见钢铁般的枯枝疯长/盘根错节/爬满了灰色的天空"(《倒春寒》),用钢铁形容枯枝带着对钢铁的厌恶。"梅山,梅如海/梅山,人如海"(《梅山赏梅》),"一万个人赏一万朵梅花",已经丧失了审美的心境。

在《布谷》里,诗人借布谷之口表达对春天失落的感叹:

> 习惯于没有广袤田园的春天
> 和习惯于没有葱绿的春天的田园缺乏想象
> 天籁之声消失于贫瘠如尸体肌肤的世间
> 不知地狱,自然也无法达到天堂
>
> ——《布谷》

广袤田园和绿意葱茏是诗人心中的春天,也是他记忆中的童年的春天,而大都市中的春天失却了这些,也让人失却了想象,失却了诗心。诗人伤感地表白——"一片花瓣落下/砸伤了一个春天"(《郁金香》)。有一首题为《萌》的诗,好像看起来是要写阳春三月的萌动,但最终仅仅是一个停留在头脑中的欲念——"我心亦生出欲念/要到户外探探春光/可我却在门内/徘徊了一个世纪"(《萌》)。为何要在门内反复徘徊?恐怕是对门外被砸伤的春天、对缺乏葱绿的春天产生了一种怀疑吧。春天来了，但是诗人心中的春天不见了，正像黄庭坚词中所说，"若有人知春去处，唤取归来同住"，这大概是他徘徊的原因。

二　在落叶间行走

与春天失落相应的是对于秋冬的感怀。时节不居，春秋代序，《在落叶间行走》一诗中，詹老师感叹："岁月总带着几分伤感/悄无声息地赶路。"（《在落叶间行走》）作为一位年逾七旬的老人，詹老师对于人生的冬季难免会有一种伤感。他在《时光之贼》中，怀疑熟睡时，时光被黑夜偷走了，"我深信，每一天/它也在悄悄剪短我/它喜欢用它的底色置换一切/终有一天，它会/剪断我的时间链条/使我变为它的同伙"。这是诗人对时间的敏感，对生命的敏感。在他看来，时间不是看不见摸不着的，而是像一根链条一样，黑夜每天都以月牙儿作为锋利的剪刀，悄悄地剪短它，直到有一天这根链条被剪得所剩无几，生命也将走到黑暗的尽头。

詹老师说，"越来越多地回过头去/越来越多地抬起远望的目光/熟识的人越来越少/忆起的人越来越多"（《在落叶间行走》）。在本诗集中，他有多篇回忆故人之作。如"每一个夜晚/都会斗转星移/有无数人融入黑幕/从此在人间失踪/包括我的父母"（《时光之贼》）。《病中想起了妈妈》《故乡的月亮》《村庄》等篇是与《岁月深处》中第二辑"故乡"呼应之作。除了回忆故去的亲人，他还忆起了诗人余光中先生，感慨"一个真诗人走了/一缕诗魂向着何处"（《悼余光中》）。他在桃花潭吊李白，"自诗人乘舟走后/只留下孤独的敬亭山月"（《桃花潭吊李白》）。他悼念胡遂老师，"好好地活着/读书，教书，参禅/怎么说走就走了"（《悼胡遂》）。胡遂老师出身名门，是湖南大学的博导，研究唐宋文学的才女，也是詹老师的弟子中第一个离开人世的。多少次，詹老师提起胡遂老师，都深表惋惜，甚至止不住潸然泪下。我亦是胡遂老师的学生，他每见我便思胡老师，因此我最懂其中的深情。此诗篇幅短小，但隐含了老师多少怜惜之情。

面对生命的冬天，诗人在伤怀中并没有自我沉沦。就像我看到的詹老师永远都是精神矍铄、步履朗健、风度儒雅，完全不像一位七旬老人。一位有诗心之人永远都不会老态龙钟。他只是不会再像少年一般"学着词人，浅吟／落花流水春去也"（《远去》）。但他说，"我要把那株玫瑰／从杏树下挪开／栽在我的窗前／再移来一棵西府海棠／留待明年的约会"（《远去》）。玫瑰是热烈的，西府海棠是娇艳的，她们都是生命力的象征，一想到这两种花之骄子，就有一种春天的气息扑鼻而来，让我们看到春天虽然离开了，但明年的春天更让人憧憬。在他的身上有着对生命的强烈追寻和积极入世的情怀。当"外面刮起狂风"时，他想起了千古相传的一句名诗——"安得广厦千万间，大庇天下寒士俱欢颜"，却没有似老杜那样吟诵出口，因为钢筋水泥筑成的房屋不会像茅屋一样被吹破。

> 我只是担心对面学校的牌子
> 是否被风摔到了操场上
> 门前马路上的红色信号灯
> 是否被风吹掉了头，电线短路
> 楼下的花花绿绿的招贴画
> 是否吹掉，明天的酱油到哪里去打
> ——《此刻，外面刮起狂风》

这不正是当代的《茅屋为秋风所破歌》吗？诗人虽然身居温暖舒适的楼宇之中，但心中所想的是学校的牌子，马路上的信号灯，甚至操心明天的酱油到哪里去打，这不正是一个儒者悲天悯人的情怀吗？诗人在冬天的落叶中行走，但永远有着一颗火热的心。

三　寻找灵魂与心

詹老师在"跋"中说："我越来越深切地感受到，人一生所遇，只有自然与心灵可信,爱最真实。""诗歌的本性则在表现真实的心灵,用爱拯救灵魂。"他的诗歌也在实践着这一主张。他之所以"对生活的印象潦潦草草",是因为长久的城市生活远离了自然的纯粹,使得心灵蒙尘,产生一种"烦躁与无聊",而小时候对自然的亲近,又使他充满"对自然与人生美与爱的向往与感激"。因而我们不要误解了他对生活印象潦草的话语,不要以为他缺乏对生活的热爱,其实他是不爱与自然分离的生活,不爱不真实的生活。

现代人的生活常常身不由己,人们被时代的洪流裹挟着,往往难以找寻那个最本真的自我。就像一片叶子,"没有任何力量/阻止我跟着风跑"。而一旦跑累了,厌倦了,"躲开风,悄悄地/回到林中困了一觉/醒来时却大惊失色/树林和群山都失踪了/转眼间风就卷走了它们"(《风中无定力》)。诗人似乎隐喻在这个滚滚向前的时代,想要躺平是不可能的,稍打个盹,你就被这个世界抛弃了,就将陷入无尽的孤独之中。在《灯》这首诗中,他说:"心中失去了一盏灯/灵魂出行,向外/伸出长长的触须/眼睛却没有瞳孔/每一个白天/皆如厚厚的夜晚。"现代人的成长经历中,有几人没有过这种至暗时刻:心中的灯塔突然倒塌,灵魂如同游走在肉身之外,惶惶然不可终日,整个世界都已经黑暗了,看不到光明。

为了找回出行的灵魂,诗人在努力寻找。他在四月的春光里寻找,"四月,我亦完全迷狂/走出封闭已久的身体/似乎为了丢失什么而寻找/又似乎为了接受什么而打开"(《四月的可能》)。他在阳光下寻找,发现的是自己的影子,他还会嫌弃它,说:"伙计,你多么不真实啊/拜阳光之赐的幻影/既不是我,亦非他人。"而"我"的灵魂却溜出来,向"我"质询"你是何人","我是我啊/哪里!我自空中看你/也不过是个影子而已"(《真实》)。这里我隐隐约约读到了庄子的味道,在《罔两问景》中,罔两嘲笑影子:"曩子行,今子止;曩子坐,今子起。何其无特操与?"可是罔两又何尝不是没有操守的影子呢?诗人在黑夜里寻找,黑夜里只感到"肉体的堕落",圣人告诉他:"有了灯光照明/灵魂才会发芽。"(《沉重的肉身》)他在书本里寻找,发现书中的"灵魂就怕晒","一团灯光下的书/温情脉脉的柔软/灵魂会大胆走出来/在黑暗中抖动头发/发散出霉味儿",而抖落掉这些发霉的灵魂之后,书本"薄了一公分/轻了零点五公斤/却干净了一点点"(《晒书》)。他感慨书里的灵魂也不干净,不纯粹,"如今,遍地都是诗人/满世界是长短句"(《悼余光中》)。这首诗中充满了对当代诗歌的反思。那些看似拥有诗歌的外在形式,却没有真性情的所谓诗歌,在我们的生活中时时可见。朱自清说"童谣即真诗"。失却了童心的凡夫俗子哪来的真诗?

詹老师曾强调:"西方的生命哲学重死,重点讨论灵魂问题;中国的生命哲学则主要讲生,很少论死。"[①] 从《四季潦草》中读到老师的生命意识里,有西哲寻找灵魂的一面,但往往最终会回到生活,回到现实,如他在诗的末尾说,"今天的世界很骨感也很忙"(《灵魂与心》),"明天的酱油到哪里去打"(《此刻,外面刮起狂风》)。他的生命意识既是传统的又是现代的。

---

① 詹福瑞:《诗仙·酒神·孤独旅人:李白诗文中的生命意识》,生活书店出版有限公司,2021,第2页。

图书在版编目(CIP)数据

诗性与文情 / 李金善, 周小艳主编. -- 北京：社会科学文献出版社, 2025.1. -- ISBN 978-7-5228-4471-8

Ⅰ.I207.227.42

中国国家版本馆 CIP 数据核字第 2024JD6039 号

诗性与文情

主　　编 / 李金善　周小艳

出 版 人 / 冀祥德
责任编辑 / 杜文婕
责任印制 / 王京美

出　　版 / 社会科学文献出版社
　　　　　　地址：北京市北三环中路甲 29 号院华龙大厦　邮编：100029
　　　　　　网址：www.ssap.com.cn
发　　行 / 社会科学文献出版社（010）59367028
印　　装 / 三河市尚艺印装有限公司

规　　格 / 开　本：787mm×1092mm　1/16
　　　　　　印　张：16.5　字　数：236 千字
版　　次 / 2025 年 1 月第 1 版　2025 年 1 月第 1 次印刷
书　　号 / ISBN 978-7-5228-4471-8
定　　价 / 89.00 元

读者服务电话：4008918866

版权所有 翻印必究